Libérée sous caution

J'AI LU

MAGGIE OSBORNE

Une épouse de trop	*J'ai lu* 4106/**J**
Chasseuse de primes	*J'ai lu* 4319/**I**
Aventurières de l'amour	*J'ai lu* 4608/**J**
Le serment de Jenny Jones	*J'ai lu* 5212/**J**
Mises au défi	*J'ai lu* 5356/**J**
Libérée sous caution	*J'ai lu* 5644/**I**

Maggie Osborne

Libérée sous caution

Traduit de l'américain
par Sophie Dalle

Éditions J'ai lu

Titre original :

A STRANGER'S WIFE

Warner Book, Inc., N.Y.
A Time Warner Company

1

Lily retint son souffle jusqu'à ce que la lourde porte en métal ait claqué derrière elle.

Enfin à l'air frais... enfin libre !

Elle s'éloigna précipitamment, scrutant l'horizon. Les branches des cactus géants fendaient les vapeurs de chaleur qui miroitaient au-dessus de l'étendue d'herbes sèches.

Pendant cinq longues années, elle avait compté les minutes qui la séparaient de ce moment. Enfin. Enfin, elle allait quitter pour toujours ce désert perdu. Ravalant ses larmes, comme chaque jour depuis qu'elle avait confié le bébé à sa tante, elle eut une pensée pour Rose. Combien de fois avait-elle rêvé de serrer sa petite contre son cœur ? Aujourd'hui, Dieu soit loué, ce n'était plus un vain espoir.

— Tiens ! Ta sacoche ! grogna le directeur de la prison, en laissant tomber devant elle un cabas en tissu fané.

— C'est la diligence ? demanda-t-elle, impatiente, en regardant la route.

— La diligence ne sera pas là avant trois heures.

— Ah, bon.

Tant pis. Les déceptions, elle connaissait. Tournant les talons, elle aperçut un banc près de l'arrêt de la diligence. Il n'y avait pas d'ombre, mais elle s'en fichait. Elle allait savourer le bonheur de ne rien faire, sinon de rêver à son retour dans le Missouri et à ses retrouvailles avec Rose. Elle ramassa son sac.

Le geôlier contemplait une spirale de poussière qui se rapprochait à vive allure.

— On a à parler, tous les deux.

— Eh bien, dites-moi adieu !

Attention, se réprimanda-t-elle. Il pouvait parfaitement la ramener à l'intérieur des hauts murs. Croisant les mains sur ses genoux, elle baissa les yeux. Aujourd'hui, il portait des bottes marron.

— J'étais pourtant sûr qu'on t'avait matée. T'as encore des choses à apprendre.

Il cracha par terre avant de poursuivre :

— Ce visiteur, celui qui est venu il y a environ six semaines... Il s'appelle Paul Kazinski.

Elle ne l'avait pas oublié. L'inconnu avait passé près d'une heure à l'observer alors qu'elle lavait des draps dans la lingerie. La façon dont il la fixait l'avait mise horriblement mal à l'aise.

— Ce Kazinski a une proposition à te faire.

Elle plissa les paupières.

— J'suis pas intéressée.

Désormais, elle craignait les hommes. C'était à cause d'eux, à cause de ses rapports avec eux qu'elle s'était retrouvée enfermée à la prison pour femmes de Yuma. Mais tout cela c'était fini : elle ne voulait plus en entendre parler.

Le directeur eut une moue de dégoût.

— Te flatte pas. C'est pas ce que tu penses. Kazinski peut se payer toutes les putains qu'il veut. Tu crois qu'il voudrait dans son lit d'une paumée comme toi ? Tu rêves.

Elle aurait pu lui rétorquer que ses gardiens l'avaient trouvée à leur goût. Mais elle était encore trop près du portail, et la diligence ne serait pas là avant trois heures. Elle se mordit la lèvre pour ne pas exploser.

— Tu m'écoutes, Lily ? Kazinski ne va pas tarder.

C'était donc lui, dans ce véhicule qui se rapprochait à toute allure ?

— Qu'est-ce qu'il me veut ?

— Discuter avec toi.

Tu parles ! Les hommes veulent toujours davantage.

— Qui est-ce ?

Elle n'avait pas de temps à perdre avec Paul Kazinski. Ni avec quiconque. Elle voulait rentrer chez elle et retrouver sa fille. Elle ne pensait qu'à ça depuis cinq ans.

— Kazinski est dans la politique. Il a beaucoup d'influence dans le Colorado. Depuis quelques mois, il fait le tour des prisons de l'Ouest et se bat pour imposer des réformes. Tu as une dette envers lui. C'est grâce à lui que tu sors. C'est lui qui a fait en sorte qu'on raccourcisse ta peine.

Si Kazinski avait accéléré sa libération, alors, oui, elle lui était reconnaissante. Mais cette mansuétude l'inquiétait. Elle n'imaginait pas une seule seconde que Kazinski ait pu agir uniquement par bonté d'âme.

— Qu'est-ce qui l'intéresse chez moi ?

— Comment veux-tu que je le sache ? Peut-être qu'il veut juste t'aider à recommencer une nouvelle vie. En tout cas, je lui ai promis que tu écouterais sa proposition.

Elle n'en fut pas étonnée. Durant ces cinq années interminables, Ephram Callihan avait régenté son existence. Comme celle de toutes les femmes retenues derrière ces murs. Au gré de son humeur, on pouvait manger ou non à sa faim. C'était lui qui décidait de leur tenue, de leur coiffure. Elles dormaient quand il leur en donnait l'ordre et se levaient de même. Selon ses caprices, elles avaient droit ou non à la promenade.

— Et si je refuse de discuter avec lui ? lança-t-elle, une lueur de défi dans les yeux.

Son bourreau afficha une expression qu'elle connaissait bien. Elle eut un mouvement de recul.

— On te relâche sous sa responsabilité. Ça signifie que tu lui appartiens. Il peut te ramener ici s'il en a envie.

Son cœur fit un bond.

— Je rentre chez moi, dans le Missouri.

— Tu feras ce que Kazinski te dira.

Le chariot quitta la route pour emprunter le chemin qui menait à la prison.

— Kazinski a pris des risques politiques pour te sortir de là. Il t'a achetée. Tu n'as pas intérêt à l'oublier.

Le directeur de la prison la toisa, puis il se détourna pour ordonner à l'un de ses gardiens d'apporter de l'eau pour les chevaux de Paul Kazinski.

Ça n'allait pas être si facile. Elle aurait dû s'y attendre. Rien n'était jamais gagné d'avance. Submergée par l'angoisse, Lily se tordit les mains. Le soleil lui tapait sur la tête, transperçant la paille usée de son chapeau. Un filet de sueur ruisselait dans son dos.

Elle ne leva la tête que lorsque le véhicule s'arrêta. À sa grande surprise, elle découvrit non pas une calèche, mais une superbe berline Rockaway. De lourds rideaux de satin protégeaient Kazinski du regard des curieux, ainsi que de la poussière et de la chaleur. Lily n'avait jamais rien vu d'aussi élégant.

La portière s'ouvrit avant que le cocher n'ait eu le temps de descendre. Un homme impeccablement vêtu apparut. Il devait avoir environ quarante ans. Il respirait l'autorité et la confiance en soi. À tel point que Lily ne remarqua pas tout de suite combien son physique était quelconque. Plutôt petit, il avait les cheveux et les yeux noirs, et des joues rondes.

Ignorant le directeur de la prison, Kazinski se dirigea vers le banc où était assise la jeune femme et ôta son chapeau. Ce geste simple de courtoisie, inattendu, la toucha. Son cœur se serra. Il y avait bien longtemps qu'on ne lui avait pas montré autant de respect.

Il la contempla une bonne minute.

— Lily Dale ? Je suis Paul Kazinski. Je pense que Callihan vous a expliqué la situation.

Troublée par ce long examen, elle tenta de deviner ses intentions. Le visage de son interlocuteur ne dévoilait rien de ses sentiments. Dans l'espoir de paraître indifférente, elle haussa les épaules.

— Je vous écoute.

— Nous serions mieux à l'abri du soleil, vous ne trouvez pas ?

De toute évidence, il ne tenait pas à faire participer Callihan à leur conversation. Cela rassura Lily.

— Puis-je vous proposer une petite promenade ?

Elle n'avait guère le choix. Elle le savait. Pourtant, elle hésita. Comme il haussait un sourcil en direction de Callahan, elle se leva et s'empara de son sac.

— Pourquoi pas ?

Ainsi, elle s'épargnerait au moins une attente de trois heures avec, chevillée au corps, la crainte qu'Ephram Callihan ne la remette derrière les barreaux.

Le cocher se précipita pour lui prendre son cabas. Elle mit un pied sur la marche. Tout ce luxe contrastait de manière frappante avec ce qu'elle venait de quitter.

— Lily Dale, tu as une dette envers la société. Mais la vie s'ouvre devant toi ! lança Callihan derrière elle.

Lily le soupçonna d'avoir concocté ce discours dans le but d'impressionner Paul Kazinski. Elle le regarda droit dans les yeux.

— Je vous souhaite de brûler en enfer, répliqua-t-elle à voix basse.

Elle avait attendu cinq ans cet instant, et prit un malin plaisir à le voir s'empourprer. Si Kazinski n'avait pas été là, il l'aurait violemment frappée.

— J'ai la mémoire longue, Lily.

Il se pencha légèrement puis cracha en direction de la jeune femme.

— Va-t'en au diable, espèce de salaud ! conclut-elle avant de soulever ses jupes et de s'engouffrer dans la voiture.

Elle espérait bien qu'il paierait un jour sa brutalité. Une chose était sûre : elle préférait mourir plutôt que de retourner d'où elle venait.

À l'intérieur de la berline, il faisait sombre et un peu plus frais qu'au-dehors. Cependant, ce fut la banquette qui attira tout d'abord l'attention de Lily. Elle enleva un gant pour en caresser le velours.

Un sifflement en provenance du siège d'en face la surprit. Elle sursauta.

— Oh !

Aussitôt, elle sentit un parfum de brillantine, mêlé à un reste de fumée de cigare. Si la splendeur de l'équipement ne l'avait pas distraite, elle aurait tout de suite remarqué l'autre passager. Il la dévisagea, puis posa l'index sur ses lèvres. Lily fronça les sourcils et hocha la tête avant de l'inspecter en silence.

Coiffé d'un Stetson, une veste en cuir sans manches sur sa chemise blanche, les pieds chaussés de bottes magnifiquement travaillées, il ressemblait à un cowboy. S'il paraissait plus jeune que Paul Kazinski, son regard gris comme l'étain laissait deviner qu'il jouissait d'une certaine autorité. Pourquoi lui avait-il demandé de se taire ? Était-ce parce qu'il ne voulait pas risquer d'être reconnu par le directeur de la prison ?

Il continua de l'observer, tout en ôtant son chapeau. Il avait les cheveux ondulés, bruns, teintés de reflets acajou. D'après la longueur de ses jambes et la largeur de ses épaules, il devait être aussi grand qu'imposant. Rasé de près, il avait la mâchoire volontaire. Il inspirait à la fois respect et admiration.

Lily se sentit rougir et songea qu'il y avait bien longtemps qu'elle ne s'était pas trouvée seule en face d'un homme. D'ailleurs, elle n'y tenait pas. Elle était décidée à s'en passer. Pourtant, un petit frisson la parcourut.

Paul Kazinski entra à son tour et se laissa choir sur la banquette. Personne ne prit la parole avant que la berline ne démarre.

— Alors, Lily, êtes-vous heureuse de cette libération ?

— Je suis pas d'humeur à discuter poliment, riposta-t-elle, dans l'espoir de leur montrer qu'ils ne l'impressionnaient pas. Qu'est-ce que vous me voulez ?

Curieusement, Kazinski n'avait pas jugé utile de lui présenter son voisin.

— Pour commencer, j'aimerais entendre votre voix et votre façon de vous exprimer, répondit Paul Kazinski avec un sourire aimable.

Histoire de me mettre à l'aise, sans doute. Comme si c'était possible !

— Voulez-vous un verre de citronnade ?

Elle remarqua alors le panier à ses pieds. Elle mourait de soif. Cependant, elle refusa d'un signe de tête. Tant qu'elle ne saurait pas de quoi il s'agissait, elle ne voulait rien accepter.

— Peut-être changerez-vous d'avis un peu plus tard, murmura-t-il.

Il ouvrit le col de sa chemise, plaça son chapeau entre lui-même et son compagnon, qui, sans mot dire, ne cessait de fixer Lily.

— Je crois savoir que vous avez grandi dans une ferme du Missouri ?

— Et alors ? Jusqu'à présent, ce n'est pas un crime d'avoir grandi dans une ferme du Missouri.

— Essayez de développer vos réponses, Lily. Comment êtes-vous arrivée au Nouveau-Mexique ?

— Vous devez le savoir.

Pourquoi l'inconnu la regardait-il comme ça ? Elle n'était pas un monstre, tout de même. Elle changea de position.

— J'ai l'impression que votre ami cow-boy a mal au cœur.

En effet, il avait pâli, et bien qu'il ait les mains plaquées sur ses cuisses, ses doigts tremblaient.

— Il est en parfaite santé. J'aimerais entendre votre propre version des faits.

Elle n'était pas naïve au point d'imaginer qu'il avait arrangé sa sortie de prison sans se renseigner sur son passé. Mais elle lui devait la liberté. S'il voulait connaître son histoire, pourquoi pas ?

— Quand j'avais dix-huit ans, je suis partie avec un type qui revenait de la guerre. On a erré vers l'Ouest, narra-t-elle d'une voix monocorde. Quand il a mal tourné et qu'il s'est fait coffrer, j'en ai rencontré un autre, Jack. Il ne valait guère mieux. Il n'avait pas de travail, et il a fini par avoir des ennuis. Comme Albert.

— Mais vous l'avez suivi.

— Oui. La dernière fois... Jack a décidé de cambrioler un casino à Tombstone. Mais son partenaire est tombé malade... Jack ne pouvait pas attendre que Charlie soit guéri, il avait décidé de se débrouiller tout seul, à condition que je veuille bien lui donner un coup de main. Je n'avais qu'à me déguiser en homme et à brandir un flingue. Pour le couvrir. Après cela, il jurait qu'il ne me demanderait plus jamais rien. Il disait faire cela pour moi. Pour que je puisse acheter des jolies choses pour Rose. La chance devait nous sourire. Après, on déménagerait et on recommencerait tout de zéro... Il a fini par me convaincre.

Elle secoua la tête. Elle avait du mal à croire qu'elle ait pu être assez stupide pour accepter.

— On a eu que des ennuis. Les huissiers dans le hall se sont jetés sur Jack et, dans la mêlée, mon pistolet s'est déchargé. Au procès, ils ont dit que j'avais voulu tuer un certain Small, mais moi, je ne m'étais même pas rendu compte que le coup était parti. Je… Si Small était mort, ils m'auraient pendue. Jack, lui, a été exécuté.

— Quel âge avez-vous, Lily ? s'enquit Kazinski, impassible.

— J'ai eu vingt-huit ans le mois dernier.

Elle paraissait sans doute plus vieille. Cinq années d'étés brûlants et d'hivers rigoureux lui avaient ravagé le teint. Ses cheveux étaient secs et ternes ; ses yeux, cernés et sans vie. La lessive lui avait râpé les mains. Elle était trop maigre. Baissant la tête, elle serra les dents et cligna des paupières. Autrefois, elle faisait très attention à son allure.

— Vous avez une petite fille, n'est-ce pas ?

Un soupir lui échappa.

— Rose avait trois mois quand je suis allée en prison. Elle est avec ma tante Joe, dans le Missouri. Je sais pas ce que vous vendez, mais moi, j'achète pas, ajouta-t-elle en se redressant fièrement. J'attends depuis cinq ans pour voir mon bébé, et rien ne m'en empêchera. Je vous le dis comme ça. Je sais pas ce que vous voulez de moi, mais la réponse est non. J'ai plus de temps à perdre.

L'inconnu prit enfin la parole.

— Elle a la voix rauque. La ressemblance n'est pas parfaite, mais elle est frappante.

Il ne l'avait pas quittée des yeux depuis qu'elle était montée dans la voiture. Plongeant la main dans la poche de sa veste, il en extirpa un médaillon en forme de cœur. Il le déposa sur les genoux de la jeune femme.

— Ça vous dit quelque chose ?

Lily, qui commençait à perdre patience, s'empara du bijou et le soupesa. Allaient-ils tourner encore longtemps autour du pot ? En ronchonnant, elle ouvrit le médaillon, découvrant à l'intérieur un minuscule portrait.

Les yeux écarquillés, elle porta une main à sa bouche.

— Ben, ça alors ! s'exclama-t-elle.

Incroyable ! C'était elle ! L'artiste l'avait représentée un peu plus ronde et en tenue de gala, mais c'était bien elle.

Kazinski eut un sourire satisfait.

— Elle y croit elle-même.

— C'est vrai que c'est saisissant, dit son compagnon. Vous pourriez presque être jumelles.

Ce n'était donc pas elle, mais quelqu'un d'autre. Un sosie. Stupéfaite, Lily examina la miniature de plus près.

La chevelure était un peu plus blonde, mais elle poussait en V sur son front, comme la sienne. Les sourcils étaient droits, aussi, mais le plus étonnant, c'étaient les yeux, d'un bleu lavande : jusqu'ici, Lily n'avait vu les mêmes qu'en se regardant dans une glace. Si elle prenait quinze kilos et si elle changeait de coiffure, on pourrait la prendre pour l'autre.

Lily en eut la chair de poule. Avec un frémissement, elle rendit le médaillon à son propriétaire, qui l'observait avec attention.

— Qui c'est ?

Paul Kazinski se tourna vers son voisin.

— La balle est dans ton camp. Soit on fonce, soit on arrête tout, tout de suite.

Après l'avoir complètement ignoré, Kazinski paraissait soudain empli de respect pour ce faux cow-boy aux boutons de manchette et à la ceinture incrustés de rubis.

Il parut réfléchir, puis se pencha vers elle.

— Je m'appelle Quinn Westin. La femme du portrait est mon épouse. Excusez-moi de vous dévisager ainsi, mais j'ai l'impression d'avoir Miriam devant moi. C'est inouï.

— Ce sont les yeux, renchérit Kazinski. C'est comme ça que m'est venue cette idée.

Ah ! pensa Lily, mal à l'aise. Cinq années avaient passé, mais les hommes n'avaient pas changé. Ils continuaient de se servir des femmes pour assouvir leurs désirs, aussi sûr que le soleil allait se coucher ce soir. À présent, ils allaient parler, parler, parler, jusqu'à ce qu'elle cède.

Cependant, ces hommes étaient trop raffinés pour lui rappeler que c'était grâce à leur intervention qu'elle avait quitté la prison. Ils allaient d'abord tenter de la convaincre que ce qu'ils voulaient était dans son intérêt. C'est ainsi que les hommes incitaient les femmes à gâcher leur existence.

— Je préférerais un whisky, mais si c'est tout ce que vous avez, je boirais bien un peu de votre citronnade, marmonna-t-elle, soudain très lasse. Ensuite, vous pourrez m'expliquer comment vous voulez m'utiliser, et pourquoi je devrais vous en être reconnaissante. Mais je vous préviens, si ce que vous me demandez m'empêche de rentrer tout de suite chez moi, je refuserai.

Kazinski lui tendit un gobelet en cristal. La citronnade était exquise, et Lily eut du mal à se retenir de tout avaler d'un trait.

Kazinski s'éclaircit la gorge et desserra sa cravate avant d'entamer son discours.

— Il est vrai que nous avons l'intention de nous servir de vous, Lily, mais d'une manière beaucoup moins cynique que vous ne le supposez. Nous voulons vous embaucher.

Première perche. Ils savaient sans doute qu'elle avait à peine de quoi se payer le voyage jusque dans le Missouri.

— Ça m'intéresse pas... Mais ce serait pour quel genre de travail ?

Il était peu probable qu'ils aient arrangé sa libération pour l'engager comme femme de ménage.

Kazinski posa les coudes sur ses genoux et se pencha en avant, les yeux fixés sur elle.

— Savez-vous qui est Quinn Westin ?

— Je devrais le connaître ?

Elle jeta un coup d'œil en direction du cow-boy, qui continuait de la dévisager d'un air attentif.

— Westin espère être le premier gouverneur élu du Colorado quand cet État rejoindra l'union en mai prochain. L'élection doit avoir lieu en avril, dans six mois. La campagne de Quinn Westin est déjà bien entamée. Ses chances de gagner sont excellentes.

— Je connais rien à la politique, sinon que les politiciens passent leur temps à faire des discours.

Elle se figurait qu'ils étaient tous vieux, en redingote et chapeau melon. Le type en face d'elle n'avait pas quarante ans. Elle essaya de l'imaginer sur un podium, s'adressant à un parterre enthousiaste d'électeurs. Kazinski l'obligerait certainement à s'habiller autrement pour l'occasion. À moins qu'elle ne se trompe complètement en matière de politique.

Cependant, avec sa voix grave et son regard brillant, il avait tous les atouts pour captiver un auditoire. Sa présence avait quelque chose d'intimidant.

— Quel est le rapport avec moi ?

— Un candidat au poste de gouverneur se doit de mener une existence irréprochable, Lily. Il ne peut être question du moindre scandale, comprenez-vous ? Au stade où nous en sommes, il doit être au-dessus de tout soupçon. Plus blanc que blanc...

Kazinski haussa les épaules et marqua une petite pause.

— Pour l'instant, reprit-il, et durant les six mois à venir, les rumeurs et les ragots pourraient détruire irrémédiablement ce qui promet d'être une brillante carrière politique.

Lily tripota son verre. Elle ne comprenait toujours pas en quoi cela la concernait.

— Mon épouse a disparu, intervint Quinn Westin.

— Je suis sûr que vous comprendrez le problème, s'interposa Kazinski. Comment expliquer l'absence de sa femme ?

Lily haussa un sourcil.

— Ce n'est qu'une suggestion, mais pourquoi ne pas le dire, tout simplement ?

Le cow-boy demeura imperturbable. Kazinski afficha un sourire glacial.

— Une telle nouvelle ferait naître des spéculations qui finiraient par anéantir tous les efforts déployés jusqu'ici.

— Si c'est à ce point important, essayez donc de retrouver votre femme, déclara-t-elle à Westin. Où est-elle passée ?

— Ce n'est pas votre problème, gronda-t-il, le front plissé, en crispant les poings.

En un éclair, Lily comprit où ils voulaient en venir. Elle faillit laisser tomber son gobelet.

— Doux Jésus ! Vous ne supposez tout de même pas que je...

— Bien sûr que si, Lily. Nous voulons vous engager pour remplacer la femme de Quinn...

Elle arrondit la bouche, stupéfaite.

— C'est de la folie. Jamais de la vie ! Je rentre chez moi.

Kazinski balaya ses protestations d'un geste de la main.

— Nous n'aurons besoin de vous que pendant sept mois. Dès que Quinn aura gagné l'élection, nous publierons la nouvelle du départ précipité de son épouse, victime d'une rechute de consomption, pour Santa Fe. Peu après, nous annoncerons son décès.

— Sept mois ? Pas question !

— Nous souhaitons que vous restiez un mois après l'élection, histoire de sauver les apparences.

— Non ! s'exclama-t-elle en secouant violemment la tête. Quand je suis allée en prison, ma petite Rose était encore un bébé. Aujourd'hui, elle a cinq ans, et elle ne connaît même pas sa maman. Il va falloir trouver quelqu'un d'autre, parce que moi, je n'attendrai pas sept mois avant de retrouver mon enfant !

— Oh, si, Lily, oh, si. Primo, il n'y a personne d'autre qui ait des yeux comme les vôtres. Secundo, peut-être le moment est-il venu de vous signaler que vous bénéficiez d'une grâce provisoire. Savez-vous ce que cela signifie ? Cela signifie que nous sommes libres de vous ramener à Yuma quand nous le voulons. Réfléchissez...

— Espèces de salauds, murmura-t-elle en tapant du poing sur la banquette en velours.

Quinn Westin se tourna vers la fenêtre, mais Kazinski l'affronta de face.

— Préférez-vous patienter sept mois de plus avant de voir votre fille, ou achever les cinq années de peine qu'il vous reste à accomplir ?

Partagée entre le désarroi et la colère, Lily s'efforça de rester lucide. Se fâcher ne servirait à rien. Elle devait à tout prix garder la tête froide.

— Ça ne marchera pas, prononça-t-elle enfin.

— Pourquoi ? s'enquit Kazinski, comme si sa réponse l'intéressait vraiment.

— Je ressemble à votre femme, c'est vrai, dit-elle à Westin. Mais on est deux personnes différentes. Personne n'y croira.

— En effet, cela va vous demander un certain effort, mais je commence à penser que c'est possible.

Kazinski acquiesça.

— En vous coiffant autrement, en vous habillant de façon décente... quand vous aurez retrouvé votre teint de jeune fille... Vous êtes trop maigre, mais quand vous aurez pris quelques kilos, la ressemblance n'en sera que plus frappante. De surcroît, nous allons nous efforcer d'améliorer votre langage et vos manières. Pour le moment, tout le monde croit que Mme Westin lutte contre la tuberculose dans un sanatorium. Personne ne s'étonnera qu'elle ait un peu changé après sa maladie.

— Je sais lire et écrire, et je m'exprime assez bien parce que la tante qui m'a élevée était institutrice, mais je suis pas ce qu'on appelle une fille éduquée.

Elle leur lança un regard noir. Comment pouvaient-ils imaginer un seul instant qu'elle allait leur donner sept mois de sa vie dans le seul but de satisfaire les ambitions politiques d'un inconnu ?

— J'ai grandi dans une ferme. J'ai installé des barrières et bêché la terre. Je n'ai pas peur de l'effort. Mais je suis loin d'être une dame.

Elle enleva ses gants pour leur montrer ses mains calleuses, rougies et gercées.

— Vous voyez : elles ont travaillé dur, et ça se voit. Je bois du whisky, et quand il y en a, je fume le cigare. Avec ça, cinq ans en prison, ça ne m'a pas arrangée. On m'a battue. On m'a cassé le nez deux fois. On m'a affamée, isolée, fouettée. Pour survivre, il faut être solide.

Les deux hommes l'écoutaient sans ciller.

— Alors dites-moi, enchaîna la jeune femme, vous croyez vraiment qu'avec mon passé, je peux jouer le rôle de votre épouse ?

Elle croisa les bras et attendit leur réaction. Ce fut Westin qui prit la parole.

— Vous avez raison. Miriam vient d'un milieu à l'opposé du vôtre. Fille d'un juge éminent, elle a été élevée dans le confort, cajolée par les domestiques. Elle a fait ses études à la maison avec un précepteur, puis on l'a envoyée en Europe.

— Vous voyez bien !

Kazinski plissa les paupières.

— Revenons-en à vous, suggéra-t-il. Vous nous avez menti. Jack Gardener n'était pas légalement votre mari.

— C'était tout comme, répliqua-t-elle en haussant les épaules. C'est ce qui compte.

S'il espérait la mettre mal à l'aise, il avait tort. Le mariage, c'était un état d'esprit, pas un bout de papier.

— Vous prétendez que Small a été abattu accidentellement. Pourtant, cinq témoins ont affirmé que vous lui aviez tiré dessus.

— C'est pas ça qui s'est passé. Je vaux peut-être pas grand-chose mais je ne suis pas une meurtrière…

Kazinski l'interrompit d'un geste.

— Vous avez un talent inné pour le mensonge, Lily. C'est précisément pour cette raison que nous voulons vous employer. À en juger par votre témoignage lors de votre procès, vous êtes très douée pour créer l'illusion.

— Si c'est un compliment, il me passe au-dessus de la tête.

— Vous avez démontré votre capacité d'adaptation et votre volonté de survivre. Je suis sûr que vous apprenez très vite. Vous n'aurez sans doute aucun mal à maîtriser l'art de verser le thé ou de recevoir les invités de Quinn Westin. Par ailleurs, je me permets de vous rappeler que vous avez une motivation toute trouvée.

— C'est-à-dire que si je refuse, vous me renvoyez en prison, devina-t-elle.

Un goût amer lui vint à la bouche. Ils se fichaient d'elle et de Rose. Ils ne pensaient qu'à gagner leur élection.

— Arrêtons-nous sur ce que vous avez à gagner, suggéra Kazinski. Nous sommes prêts à vous payer deux cents dollars par mois à partir d'aujourd'hui, et ce jusqu'à l'élection. Cela fait donc mille quatre cents dollars… une fortune pour quelqu'un comme vous. Vous aurez le droit de garder les bijoux et les vêtements qu'on vous aura fournis pour incarner Miriam Westin. Ensuite, nous prendrons en charge votre transport jusqu'en Europe, où nous nous proposons de vous acheter une maison.

— C'est très généreux de votre part, avoua-t-elle enfin. S'il y avait pas Rose, j'y réfléchirais. Mais je veux pas de votre argent. Je veux ma fille. Alors, je vous réponds non, et je vous supplie de me laisser rentrer chez moi.

— Vous retrouverez votre fille par la suite. Nous ne vous demandons que quelques mois de présence.

Elle étouffa un cri de rage.

— Au fait, pourquoi est-ce Kazinski qui m'explique tout ça, et pas vous ? C'est bien votre femme qui manque à l'appel, non ?

— Cette idée vient de Paul. En toute franchise, avant de vous rencontrer, je n'y étais pas favorable. Si c'est lui qui a pris la parole, c'est parce qu'il est chargé de régler tous les détails.

— Ah, parce que je suis un détail ?

— Le plus important de tous, répliqua Westin. Sans vous, ma campagne électorale est en danger. Je n'ai pas parcouru tout ce chemin pour renoncer maintenant.

Lily songea tout d'un coup que si elle feignait d'être son épouse, elle serait amenée à vivre aux côtés de cet homme. Elle ferma les yeux et ravala ses larmes. Ils l'avaient coincée entre une menace et des promesses extravagantes. Que faire ?

— Alors, Lily ? Que décidez-vous ?

— Vous savez très bien que j'ai pas le choix.

— Bien sûr que si. Cela étant, c'est une occasion unique pour vous. Vous allez vivre pendant sept mois dans le luxe. Vous aurez de belles robes, des bijoux somptueux, vous irez dans les soirées... Quand tout sera fini, vous aurez de l'argent, une maison et un avenir assuré pour vous et votre fille. Ce n'est pas le cas actuellement, n'est-ce pas ?

Lily avait l'impression de se noyer. Elle soutint longuement le regard de Kazinski. Elle savait bien qu'elle ne pouvait plus hésiter. Encore sept mois de patience, et elle serait vraiment libre. Après tout, ce n'était pas si long...

— Vous saviez dès le départ que j'accepterais, murmura-t-elle.

— Parfait ! décréta Kazinski. Vous verrez, vous n'aurez pas à regretter votre décision.

Sa décision ? Elle faillit s'esclaffer. Levant les yeux vers Westin, elle attendit qu'il s'exprime. Il ne dit rien. Il avait les sourcils froncés.

Elle eut un frémissement. Qu'était devenue son épouse ? Où était Miriam Westin ? Pourquoi avait-elle disparu ?

2

— Tu l'as vue, tu as parlé avec elle. Qu'en penses-tu ?

— On s'enfonce dans du sable mouvant.

Avant d'allumer son cigare, Quinn remonta les manches et déboutonna le col de sa chemise. La chaleur était encore plus torride à l'intérieur de la maison, où Lily Dale s'était réfugiée. Elle avait dû se retirer dans sa chambre pour se débarrasser de ses vêtements de détenue trop épais. Il posa le regard sur les dunes qui s'étiraient autour de la demeure que Paul leur avait louée pour la nuit. Lily avait-elle les mêmes hanches, les mêmes seins que Miriam ?

Paul s'étira dans son fauteuil et posa les pieds sur la rambarde de la véranda.

— On peut tout arrêter quand on veut, tant qu'on n'a pas annoncé la guérison de Miriam.

Il fuma quelques instants en silence, puis :

— Rien n'a changé, Quinn. Les raisons de remplacer Miriam par un sosie demeurent. Primo, les électeurs préfèrent un homme qui ait le sens de la famille. Deusio, tout le monde sait que tu es marié. Tôt ou tard, il faudra soit présenter Miriam, soit expliquer son absence. Tenons-nous à ce que tout le monde sache ce qui lui est vraiment arrivé ?

Quinn émit un juron.

— Ce serait nettement plus simple d'annoncer que Miriam a succombé à sa maladie. On organise des funérailles, et on repart de là.

— Malheureusement, dans le cas présent, c'est impossible. Durant cette première année d'existence de l'État, les manifestations mondaines vont se succéder. Le candidat accompagné d'une épouse aura l'avantage. Miriam doit être là. Si tu l'enterres avant l'élection, tu enterres par la même occasion toutes tes chances politiques. Sans elle, le parti te lâchera comme une vieille chaussette.

Quinn tripota son verre de whisky, puis tenta en vain de se détendre les épaules.

— Elle se tient abominablement mal à table. Elle a pris le reste du pain et l'a fourré dans sa poche.

Lily Dale aurait pu être la jumelle de Miriam, mais les deux femmes étaient issues de mondes totalement opposés. Toutes ces différences le fascinaient et l'inquiétaient à la fois.

— Ça lui passera, déclara Paul en examinant la cendre de son cigare. Nous avons deux mois devant nous, Quinn. Pas plus. Après cela, si Miriam est toujours invisible, les gens vont commencer à poser des questions.

Quinn voyait difficilement comment Lily Dale pourrait être prête en si peu de temps.

— Elle peut faire illusion de loin, mais dès qu'elle ouvre la bouche...

Il secoua la tête et se frotta le menton.

— Ce n'est pas le plus gros problème.

— Son caractère n'a rien en commun avec celui de Miriam.

Sur la fin, Miriam s'était renfermée sur elle-même, mais elle avait toujours été fragile. Ni méfiante ni audacieuse, elle était trop bien élevée pour exprimer ouvertement sa colère ou son désaccord. Lily, en revanche, l'avait dévisagé pendant tout le repas, sans masquer sa rage.

— Lily n'est pas une dame. Elle ne le sera jamais, fit remarquer Paul en soufflant un nuage de fumée. Cependant, elle est suffisamment intelligente pour reconnaître que le jeu en vaut la chandelle. Elle est débrouillarde. Elle s'en sortira.

Il marqua une pause.

— Tu verras, ça marchera. Tout le monde peut changer. Si quelqu'un te fait un commentaire, tu acquiesces et tu dis que depuis sa maladie elle est métamorphosée. Plus forte sur certains points, plus vulnérable sur d'autres. Je suis convaincu que nous réussirons.

— Si elle est démasquée, tout sera fini pour nous.

— À nous de nous arranger pour que ça n'arrive pas.

Jusqu'ici, l'idée de Paul lui était apparue comme une abstraction intéressante. Cependant, la véritable Lily Dale s'était révélée lorsque Quinn l'avait vue saisir les petits pains et les mettre dans sa poche. Elle sortait tout juste de prison : cette expérience contaminait ses opinions et tous ses arguments. L'affaire pouvait très vite tourner au désastre.

Et puis, il y avait un détail d'importance, auquel Quinn n'avait pas pensé quand Paul lui avait soumis son plan. Lily Dale vivrait avec lui à la ville comme à la maison.

Il fronça les sourcils et changea de position. Dès que les ravages infligés par ces cinq années passées derrière les barreaux se seraient estompés, elle serait belle. Habiter sous le même toit serait compliqué et dangereux.

Car cette étrange doublure de Miriam l'attirait et l'intriguait.

— Lily se débarrassera très vite de sa mentalité de détenue. Elle comprendra qu'on ne va pas la punir en la privant de nourriture. Elle découvrira qu'on ne va ni la battre ni la malmener. Bientôt, sa méfiance s'atténuera. La clé du succès de cette entreprise, en fait, c'est toi. Si tu la traites exactement comme tu traitais Miriam, les doutes éventuels se dissiperont.

Était-il capable de se comporter en mari avec cette étrangère ? Il eut un rictus amer. Bien sûr que oui. Sur la fin, Miriam n'était plus qu'une étrangère.

— Comment comptes-tu accomplir le miracle de cette transformation ?

— Les vêtements, déjà. La señora Alvarez est en train de prendre ses mesures. Nous les enverrons par télégraphe à des couturières à Santa Fe et à Denver. Celle de Santa Fe préparera une garde-robe de voyage pour notre arrivée. Celle de Denver entreprendra de remettre les tenues de Miriam à la taille de Lily. Elle sait déjà que Miriam a perdu beaucoup de poids pendant sa maladie.

Quinn ne put s'empêcher de grimacer.

— Est-elle obligée de porter les habits de Miriam ?

— Évidemment.

— Ça ne suffira pas...

— En effet.

Pendant plus d'une demi-heure, Paul lui exposa la façon dont il comptait procéder pour créer une nouvelle Miriam.

— Pendant le voyage, je m'emploierai à lui enseigner les règles de l'étiquette et du maintien. Elle disposera d'environ quatre semaines pour acquérir ces notions.

— Décidément, tu as tous les talents.

— J'ai bien étudié la question, avoua Paul avec un petit rire.

Quinn se leva et s'étira.

— Je devrais peut-être rester avec vous, plutôt que de rentrer tout de suite à Denver.

Paul secoua la tête.

— Je veux toute son attention. Tu ne pourrais que la distraire. De toute façon, tu sais très bien qu'on a besoin de toi là-bas. Je te rappelle que tu as deux discours à prononcer, et que tu fais partie de la commission pour la rédaction de la nouvelle constitution. Par ailleurs, tu auras mille et une décisions à prendre concernant la construction de ta nouvelle maison, sans oublier ton cabinet d'avocats. Tu auras tout le temps de la découvrir plus tard.

— Je pense que j'irai directement au ranch. Je pourrai mener mes affaires de là-bas.

Paul haussa les épaules et consulta sa montre.

— À propos de discours, j'aurai les versions corrigées avant que nous ne nous séparions à Santa Fe.

Quinn resta sur la véranda après le départ de Paul. Les insectes se cognaient contre la vitre éclairée juste derrière lui. Au loin, les silhouettes des cactus se dressaient dans la pénombre.

Il fuma longuement en imaginant l'année à venir et tout ce qu'il espérait accomplir. En tant que premier gouverneur d'un nouvel État, il aurait à surmonter toutes sortes d'obstacles. Ce serait à lui de guider le Colorado jusqu'à sa maturité. S'il travaillait bien, il y gagnerait une petite place dans l'histoire.

Tout dépendait de l'élection. Pour la gagner, quoi qu'il en pense, il avait besoin de cette Lily Dale. Mais contrairement à ce qu'affirmait Paul, il pourrait se débarrasser d'elle bien avant l'inauguration. Une fois les votes comptés, Lily ne lui servirait plus à rien. Plus vite il serait libéré, mieux il se porterait.

Il se frotta le cou et fixa son verre vide. La chance allait-elle le rattraper ou Lily Dale serait-elle la plus grave de toutes ses erreurs ? Il se mit soudain debout et rentra dans la maison avec la ferme intention de se resservir un whisky.

Il ne prit pas la peine d'allumer. Les lampes de la bibliothèque éclairaient suffisamment le bar du salon. Il remplit son gobelet, rangea la bouteille puis se détourna. Ce fut alors qu'il l'aperçut.

L'espace d'un éclair, il crut que c'était Miriam. Il retint son souffle. Elle se tenait derrière un fauteuil, comme si elle l'avait entendu venir et qu'elle avait tenté de se cacher.

— J'écoutais pas aux portes, lança-t-elle. J'avais envie d'un petit remontant, comme vous.

Quinn avala une gorgée d'alcool, puis jeta un coup d'œil vers la porte.

— J'ai tout ce qu'il me faut. Bonne nuit, Lily.

— J'aimerais avoir la permission de vous parler.

— Vous n'avez pas besoin de ma permission. Il fait plus frais dehors. Vous venez ?

Lorsqu'elle émergea de l'ombre, il constata qu'elle ne s'était pas changée. En revanche, elle avait coiffé ses cheveux en un catogan qui lui tombait jusqu'à la taille.

Il se détourna et s'empara de la bouteille.

— Je vous verse un whisky.

— Merci.

Sa voix lui rappela celle de Miriam, quand elle était enrhumée, grave, un peu rauque. Mais Lily était moins timide. Il porta leurs boissons jusqu'à la véranda et les posa sur une table basse.

Lorsqu'elle voulut prendre son verre, il remarqua que ses ongles étaient comme déchiquetés.

— Qu'est-ce que c'est bon ! soupira-t-elle.

Elle renversa la tête et contempla les étoiles.

— En prison, on avait un jeu, pour passer le temps : on se décrivait les goûts et les odeurs. Je croyais me souvenir de ceux du whisky, mais c'était faux.

Elle hésita.

— Je suppose que je devrais vous demander si votre femme en buvait ?

— Non. Elle avait horreur de ça.

— Dommage pour elle. Elle ne fumait pas non plus, j'imagine ?

Quinn faillit s'esclaffer. Puis il s'aperçut que Lily l'observait de l'air de quelqu'un qui attend une réponse.

— Êtes-vous en train de me dire que vous voulez un cigare ?

— Si vous m'en offrez un, je le refuserai pas.

Il se secoua intérieurement. Lily n'était pas Miriam, sa requête ne devait donc pas le surprendre. Sortant une boîte en argent de la poche de sa veste, il coupa et alluma un cigare avant de le lui passer. Elle inhala la fumée avec bonheur.

— À qui appartient cette maison ?

— Peu importe le nom des propriétaires, répliqua-t-il. L'essentiel, c'est que nous soyons isolés. Pour le moment, on ne risque guère de vous confondre avec Miriam. D'ici notre arrivée à Santa Fe, tout aura changé. Après Santa Fe, Paul et vous séjournerez dans des hôtels. Si on vous y repère, ça n'aura plus aucune importance. Nous aurons annoncé par voie de presse que Paul est allé vous chercher pour vous ramener à Denver.

— Et vous, où serez-vous ?

— Je vous laisserai avec Paul à Santa Fe et je prendrai la diligence pour Denver. Vous m'y rejoindrez plus tard, en voiture particulière. Paul a besoin d'un peu de temps pour vous enseigner tout ce que vous devez savoir.

Elle opina, la mâchoire serrée.

— Qui est le patron ? C'est à vous que je dois obéir ou à Kazinski ?

Question intéressante. Qui en sous-entendait une autre...

— Paul ou moi avons le pouvoir de tout arrêter à n'importe quel moment. C'est ce que vous voulez savoir, non ?

— Je veux savoir lequel de vous deux peut me renvoyer en prison. Qui dois-je satisfaire ?

— Vous avez un rôle à apprendre, et vous devez le jouer avec assez de conviction pour qu'on vous prenne pour Miriam. Si vous y parvenez, nous serons tous deux contents.

À la voir tirer sur son cigare, il doutait sérieusement du succès éventuel de cette aventure.

Elle buvait et fumait en silence, mais paraissait visiblement enragée. Quinn se sentit mal à l'aise.

— Vous êtes déjà allée à Denver ?

Le plus sage aurait été de la laisser là, mais il allait devoir vivre avec elle. Autant entamer la conversation.

— Non.

— La ville grandit à toute allure. Lors du dernier recensement, on a compté dix-huit mille habitants.

Elle ne réagit pas. Quinn serra les dents, mais enchaîna :

— Denver a surgi au confluent de Cherry Creek et de la rivière de South Platte. Son principal attrait, ce sont les montagnes, situées à l'ouest.

L'écoutait-elle seulement ? Elle contemplait le désert sous les étoiles.

— Vous êtes toujours aussi réservée ?

Dans ce cas, elle avait au moins un point en commun avec Miriam.

— On nous punissait… Quand on parlait sans autorisation.

— Dans ma campagne, j'évoque une réforme du système pénitentiaire. Un de ces jours, j'aimerais que vous me racontiez votre expérience.

— Sûrement pas. Je ne veux plus jamais y penser.

— Comme vous voudrez, marmonna-t-il, le front

plissé, en cherchant un autre sujet. Vous aviez un avocat, pour vous défendre ?

— Qu'est-ce que ça peut vous faire ?

— Je suis avocat, expliqua-t-il. Ça m'intéresse.

Cette fois, elle se tourna vers lui. Par la vitre, la lumière éclaira ses pommettes et le bout de son menton, aiguisant les contours de son visage. Décidément, elle était trop maigre. L'espace d'un instant, il eut l'impression confuse de se retrouver devant Miriam après une longue maladie.

La ressemblance était tellement frappante qu'il en fut troublé.

— Vous avez plutôt l'air d'un cow-boy.

Il ne put s'empêcher de sourire.

— J'ai un ranch, dans la banlieue de Denver. En ce moment, je travaille un peu moins au cabinet. Si je gagne cette élection, je le fermerai.

— Jack et moi, on avait bien un avocat, mais ça n'a servi à rien. Il était de mèche avec le juge.

Quinn détestait les insinuations de cette sorte, et fut tenté de le lui dire. Mais il se ravisa. À quoi bon la provoquer ?

— Je suis désolé que votre mari ait été pendu.

Lily croisa les jambes, au niveau des genoux plutôt qu'à celui des chevilles. Paul avait du pain sur la planche.

— Jack, c'était un bon à rien. Il avait déserté l'armée. Il mentait sans arrêt. Il volait des trucs dont il avait même pas besoin. Ça le dérangeait pas de tirer dans le dos d'un type... Mais il m'a fait un cadeau merveilleux. Il m'a donné Rose.

— Justement, vous ne me croirez peut-être pas, mais je suis navré de devoir repousser vos retrouvailles.

— Pourquoi vous le faites, alors ?

Il se leva, s'approcha de la rambarde puis fourra les mains dans les poches de son pantalon.

— Si Miriam n'apparaît pas très bientôt, le parti choisira un autre candidat.

— Je me fiche pas mal que vous soyez élu ou pas, vous savez. Votre but, c'est de devenir gouverneur. Le mien, c'est de retrouver ma fille. C'est aussi important. Ne me dites pas que vous regrettez de passer le premier, et n'allez pas me faire croire que vous avez pas le choix. Vous l'avez, et vous avez décidé de me marcher dessus.

— Les circonstances obligent parfois les gens à agir contre leur gré.

— Les circonstances ? railla-t-elle. C'est peut-être des circonstances pour vous, mais pour moi, c'est toujours les hommes qui m'ont forcée à faire ce que je voulais pas. Vous avez une façon de détourner la vérité...

Elle se mit brusquement debout, laissa tomber le bout de son cigare et l'écrasa sous son talon.

— Dans cette histoire, je me laisse faire parce que j'ai pas le choix. Je ferai ce que vous me demandez, et je réussirai, car je refuse de retourner en prison. Mais n'oubliez jamais... Même si je fais semblant de vous regarder avec adoration, intérieurement, je vous hais, vous et Kazinski. Quand ce sera fini, je vous cracherai dessus !

Sur ce, elle pivota sur ses talons et disparut dans la maison. La porte moustiquaire claqua violemment derrière elle.

Quinn demeura dehors encore un instant, luttant contre l'envie de sourire.

Après un petit-déjeuner précipité, ils quittèrent la maison et se dirigèrent vers la berline.

— Stop ! cria Paul Kazinski. Une dame ne monte jamais en voiture sans assistance. Attendez que le cocher ou votre escorte vous aide.

Lily accepta son bras à contrecœur, mais elle n'était pas au bout de ses peines.

— Une dame s'assied toujours dans le sens de la marche. Si vous êtes en compagnie d'autres femmes, ces places vont aux plus âgées ou aux plus respectables.

Après s'être mise sur l'autre banquette, elle dépoussiéra sa jupe trop lourde et s'installa le plus confortablement possible. La journée serait longue. Le temps était encore chaud.

— Ne croisez jamais les jambes au niveau du genou. Toujours à la cheville, ordonna Paul, tandis que le Rockaway démarrait.

Lily pinça les lèvres, mais obéit. Les critiques n'avaient pas cessé depuis son apparition à table. Elle ne pouvait pas prendre place comme ça. Elle devait attendre qu'on lui offre une chaise. Elle tenait mal sa fourchette. Elle mangeait trop vite. Elle faisait du bruit en buvant son café.

Jamais elle n'avait eu aussi honte de sa vie. Le plus drôle, c'était qu'en prison ses amies la considéraient comme la plus « délicate » d'entre elles, celle qui avait des manières raffinées !

Sourcils froncés, elle contempla ses mains. Elle faisait tout à l'envers. Ses pas étaient trop grands. Elle n'avait pas ouvert l'ombrelle que lui avait donnée Paul. La distance à parcourir pour atteindre la berline n'était que de quelques mètres, mais elle aurait dû mettre son chapeau et ses gants.

Lily était intelligente, l'enjeu, énorme. Elle était prête à tous les sacrifices mais, pour le moment, toutes ces règles lui semblaient aussi ridicules que peu pratiques.

— Cela vous ennuie si l'on fume ? demanda poliment Quinn.

Il sentait le savon à barbe. Il ne l'observait pas avec intensité, comme la veille, mais Lily sentait qu'elle l'intriguait et lui répugnait en même temps. Visiblement, il ne savait pas quelle attitude adopter avec elle.

De son côté, Lily n'avait rien décidé non plus. Elle s'était promis de ne plus jamais se laisser opprimer par un homme, et voilà qu'ils étaient deux ! Quant à Quinn, lorsque son regard d'acier croisait le sien, une douce chaleur faisait frémir tout son corps.

Agacée par cette réaction malvenue, elle se tourna vers la fenêtre.

— Vous pouvez fumer. Moi aussi, je prendrais bien un cigare.

Paul réagit immédiatement.

— Jamais de la vie ! Les femmes ne fument pas. Elles ne boivent pas d'alcool non plus, ajouta-t-il d'un ton ferme.

Cinq années derrière les barreaux lui avaient enseigné à ne jamais se rebeller. Les punitions étaient terribles. Son instinct lui dicta de se soumettre sans mot dire. Mais elle était libre, désormais.

— Je veux bien faire attention en public, mais en privé, j'ai bien le droit à quelques petits plaisirs, insista-t-elle, sans grand espoir.

À vrai dire, elle avait déjà connu beaucoup de petits bonheurs. Elle s'était couchée le ventre plein pour la première fois depuis des mois. Les draps étaient propres et parfumés, le matelas et les oreillers, moelleux. Elle n'avait pas eu à partager l'eau de son bain avec quatre camarades. Elle avait dormi seule, et une bonne lui avait apporté son café au lit. Mieux encore, elle n'était plus entourée de hauts murs gris. Elle pouvait contempler l'horizon quand elle le voulait.

— Le whisky et les cigares sont interdits, décréta Paul.

— Dans ce cas, riposta-t-elle, oui, ça m'ennuie que vous fumiez.

Quinn, qui s'apprêtait à allumer son cigare, s'interrompit.

— Comme vous voudrez, répondit-il, impassible, en le rangeant dans la boîte en argent.

Elle fut aussi surprise par sa soumission que par la lueur d'amusement qu'elle crut déceler dans ses prunelles. Ce ne fut qu'à la fin de la journée qu'elle comprit pourquoi il avait cédé. Si Quinn et Paul tenaient à ce qu'elle se comporte comme une dame, ils devaient la traiter en tant que telle. Intéressant. Au fond, songea Lily, c'était une autre forme de pouvoir...

Comme la première maison que Paul leur avait louée, la seconde était située à l'écart de la ville. Les deux paraissaient luxueuses, aux yeux de Lily, qui n'avait encore jamais connu le confort d'un cabinet de toilette intérieur ou de domestiques à son service.

— Dans le cas présent, votre ignorance vous sert, fit remarquer Paul en s'asseyant dans la cour après le dîner. Vous avez adopté la bonne attitude avec le personnel. Vous êtes à la fois courtoise et distante.

Terrorisée, plutôt ! Ils avaient tout de suite repéré qu'elle n'avait rien d'une dame !

Comme pour réfuter le compliment de Paul, la gouvernante surgit pour demander à Lily si elle souhaitait qu'on serve le café dehors. Son expression était impavide, mais son regard trahissait bien le mépris.

Cette simple question paralysa Lily. Les hommes voulaient-ils du café ? Devait-elle prendre une décision à leur place ? Elle n'avait pas l'habitude d'être servie. Elle paniqua. Sentant son malaise, Quinn intervint :

— Apportez-nous une bouteille de whisky et trois verres, *por favor*.

Paul sursauta.

— Deux verres et un café.

— *Trois* verres, et pas de café, insista Quinn.

Paul attendit le départ de la servante.

— Tu sais mieux que quiconque que Miriam ne buvait jamais d'alcool.

— Lily n'est pas Miriam. Elle s'est beaucoup appliquée tout au long de la journée, mais ne perdons pas de vue notre objectif : nous voulons qu'elle incarne Miriam, pas qu'elle devienne Miriam.

— Pour l'instant, elle doit s'immerger totalement dans son rôle.

— Elle s'y efforce depuis plus de dix heures.

— Il suffit d'un faux pas au mauvais moment, et tout s'écroulera, prévint Paul. Tout.

Lily observa cet échange avec fascination. Tous deux étaient puissants et autoritaires. Elle avait appris aujourd'hui qu'ils se connaissaient depuis des années. Bien avant que Quinn ne se lance dans la politique. S'ils n'avaient pas été amis, Kazinski aurait sans doute pris la première place. Au lieu de cela, ils s'affrontaient, et leur complicité compliquait d'autant leurs relations.

Ayant pris son verre sur le plateau que leur présentait la gouvernante, elle adressa un murmure de remerciement à Quinn. Il soutint son regard un long moment, puis hocha la tête.

Le lendemain matin, lorsqu'ils montèrent dans la berline, Lily le dévisagea un moment. Son cœur se mit à battre très vite. Il réveillait des souvenirs qu'elle s'était promis d'oublier.

— Vous pouvez fumer, si vous voulez, marmonna-t-elle d'un air faussement nonchalant.

Quinn alluma un cigare en ébauchant un sourire.

Pourquoi Miriam avait-elle quitté un homme comme lui ? Il était beau, élégant, puissant, fortuné... Toutes les femmes devaient rêver de rencontrer un jour un spécimen tel que celui-là.

Évidemment, pour accepter de remplacer sa femme par un sosie, il fallait qu'il ait une sacrée ambition, à l'exclusion de tout le reste. Il était sans pitié. Comme mari, il était peut-être davantage un cauchemar qu'un rêve.

— Est-ce que vous avez essayé de retrouver Miriam ? demanda-t-elle subitement. Avez-vous engagé quelqu'un pour la chercher ?

Il toussa, balaya la fumée devant lui, et laissa échapper un juron.

3

— Il ne s'agit pas de savoir si tu aurais dû ou non lui mentir, insista Paul une semaine plus tard, en arrêtant son cheval auprès du mustang que montait Quinn. Le problème, c'est l'idéalisme par opposition à la réalité. Décidément, nous ne serons jamais d'accord, toi et moi.

— La réalité peut s'inspirer d'un rêve idéaliste, répliqua Quinn en se penchant pour caresser le cou de sa bête.

Cette promenade lui avait fait du bien. Il s'était senti mieux dès qu'il avait enfourché la selle.

Paul repoussa son chapeau et essuya son front avec sa manche.

— Faisons le point. Lily cherche à comprendre pourquoi nous ne sommes pas à la recherche de Miriam. Un simple mensonge aurait suffi à satisfaire sa curiosité.

Quinn contempla le paysage désertique.

— Un mensonge peut-il être simple ?

Mentir, c'était tomber dans un cercle vicieux qui finissait par peser lourd sur les épaules d'un homme intègre.

— Le monde est loin d'être idéal, déclara Paul d'un ton irrité. Il ne faut pas que Lily pose trop de questions sur la disparition de Miriam. Tu en conviens, non ?

Oui, bien sûr. Mais il avait la sensation que Lily avait toujours eu affaire à des menteurs. Or, il ne voulait pas être comme les autres.

Ils firent demi-tour pour regagner la maison.

— Autre chose. Je t'en ai voulu d'autoriser Lily à boire un whisky et à fumer un cigare en fin de journée. Cependant, j'ai bien réfléchi, et je crois saisir ton objectif.

— C'est-à-dire ?

Quinn se massa la nuque. Dès son retour à Denver, il irait au ranch. Quelques journées de détente lui feraient le plus grand bien après ces heures de voyage. La solitude et le travail l'aideraient peut-être à chasser les émotions que Lily Dale faisait naître en lui. Elle le troublait à plus d'un égard.

— Tu te rends sympathique, tu construis une relation. C'est excellent. Si Lily veut réussir son pari, il faut qu'elle soit à l'aise avec toi.

Quinn sursauta.

— Ce ne sera jamais le cas, et réciproquement.

C'était impossible. Il avait besoin d'elle pour gagner son élection, et cette dépendance le rendait furieux. De plus, elle lui en voulait de retarder ses retrouvailles avec sa fille.

— Elle nous déteste autant l'un que l'autre.

Paul grogna.

— Ne va pas t'imaginer qu'elle mérite la médaille de Meilleure Maman de l'Année. Ce n'est pas le cas. Inutile de t'apitoyer sur son sort. Ces sept mois ne représentent qu'un bref interlude dans son existence. Dans la tienne aussi, d'ailleurs.

Quinn relâcha légèrement les rênes du mustang et se décontracta les épaules. Il avait mis quatre ans à définir sa stratégie pour gagner ce poste de gouverneur. Pour arriver où il en était, il avait multiplié les compromis, commis des actes dont il préférait ne pas se souvenir. Forcer Lily à incarner Miriam n'était qu'un maillon supplémentaire à la longue chaîne de décisions qui le poursuivrait jusqu'à la fin de ses jours. Il ébaucha un sourire sans joie : les électeurs étaient convaincus que les politiciens manquaient de conscience. Ils n'avaient pas tort.

Cependant, il ne s'était pas attendu que Lily le perturbe à ce point. Il n'avait pas cru un seul instant qu'il lui arriverait d'oublier qu'elle n'était pas son épouse. De temps en temps, lorsqu'il la dévisageait, son cœur bouillonnait de rage et de ressentiment.

En deux semaines, l'apparence physique de Lily avait changé. Elle avait pris un peu de poids, son teint s'était éclairci, et sa ressemblance avec Miriam n'en était que plus prononcée. Deux jours plus tôt, elle avait emprunté le médaillon contenant le portrait de Miriam, et le matin même, elle s'était présentée, coiffée comme elle, au petit-déjeuner. Quinn avait répriméun haut-le-corps.

— Ses progrès sont étonnants, marmonna-t-il en enfonçant les talons dans les flancs de sa monture.

— Il y a encore un long chemin à parcourir.

— Tu as déjà opéré des miracles.

Ses manières à table s'étaient sensiblement améliorées. Elle s'exprimait mieux, ses gestes étaient plus mesurés. Elle n'affichait plus un air stupéfait lorsque Paul et lui se levaient à son apparition. Les domestiques l'intimidaient encore un peu, mais elle avait pris de l'assurance. Désormais, c'était Lily qui priait la gouvernante de leur servir leur digestif et, la veille, elle avait renvoyé un plat à la cuisine en exigeant qu'il soit réchauffé. Elle continuait cependant de croiser les jambes à hauteur des genoux, et de jurer lorsqu'elle était en colère.

— Elle a un sacré caractère, mais elle est intelligente. Elle apprend vite, concéda Paul.

Ils pénétrèrent dans le corral, et deux jeunes Mexicains s'avancèrent pour prendre leurs chevaux.

— Ce qui m'inquiète, enchaîna Paul tandis qu'ils se dirigeaient vers la maison, c'est qu'il y a la forme, mais aussi le fond. Le raffinement de Miriam était inné. Elle n'avait pas à surveiller son langage ni à s'interroger sur la fourchette à utiliser. Le temps que Lily ait tout intégré, et nous n'aurons plus besoin d'elle.

Si l'avenir de Quinn n'avait pas été en jeu, il aurait peut-être trouvé amusant de jouer les Pygmalion. L'évolution de Lily le fascinait. Elle progressait d'heure en heure. Elle était en train de devenir Miriam, et ce constat le troublait profondément.

— Puis-je me joindre à vous ? demanda-t-il d'un ton indifférent en gravissant les marches de la véranda.

Elle s'était installée là pour savourer son verre de whisky et son cigare, à la fois étrangère et familière.

— Je vous en prie, répondit-elle poliment.

Elle avait les pieds nus et le col ouvert. Pendant la journée, elle se consacrait entièrement à sa tâche, mais ensuite, elle mettait un point d'honneur à adopter un comportement qui leur rappelait qui elle était véritablement. Lily ne serait jamais une dame. Elle n'en avait aucune envie.

— Si vous voulez bien m'excuser, dit Paul en jetant un coup d'œil désapprobateur sur sa tenue. Je vais profiter de cette dernière soirée pour réviser les allocutions de Quinn.

C'était un autre point sur lequel ils s'affrontaient souvent. Quinn n'était pas habitué à ce qu'on modifie ses textes. Cela lui déplaisait.

— Nous devrions les revoir ensemble, argua-t-il.

— Je préfère y réfléchir tout seul. Nous en reparlerons demain pendant le voyage.

Paul disparut à l'intérieur. Lily se tourna vers Quinn.

— Qu'est-ce que vous racontez dans vos discours ?

— Cela vous intéresse-t-il vraiment ?

Il avait du mal à le croire. Il alla se verser un verre d'alcool, puis s'adossa contre la rambarde.

— J'en doute, mais dites-le-moi tout de même. Ensuite, je déciderai.

Il ne put s'empêcher de sourire.

— Je dois exposer au corps législatif territorial les défis qu'implique le passage au statut d'État, et ce que j'espère accomplir en tant que gouverneur.

— Les défis qu'implique le passage au statut d'État, répéta-t-elle en examinant le bout de son cigare. Ça n'a pas l'air passionnant.

— J'espère que mon auditoire sera de l'avis contraire, dit-il en ravalant un petit rire.

Elle l'observa à la dérobée.

— Vous avez toujours eu envie d'être dans la politique ?

— Pour prospérer, une société se doit d'établir des règles. Il y a très longtemps, j'ai décidé que si on devait me les imposer, autant que ce soit moi qui en décide. Les hommes politiques créent des lois. Oui, c'est un rêve que je poursuis depuis des années.

— Des lois, il en y a déjà beaucoup trop. Pourquoi voulez-vous en inventer d'autres ?

Apercevant les pieds nus de Lily, il essaya de se remémorer ceux de Miriam. Étaient-ils aussi fins et bien cambrés ? Le fait qu'il n'en ait aucun souvenir l'irrita.

— Je suis convaincu que je suis le meilleur candidat à ce poste.

— Vraiment ? Et pourquoi ça ?

— L'avenir du Colorado réside dans les mines et les élevages de chevaux. Ma famille a fait fortune dans les mines d'argent de l'Utah, et c'est moi qui m'occupe de nos ranchs. Si elles sont mal gérées, ces deux activités peuvent conduire à la destruction de l'environnement.

Il se serait volontiers étendu sur la question, mais ce sujet n'avait guère intéressé Miriam, et il craignait tout autant d'ennuyer Lily. Il sortit un cigare de la poche de son veston, l'alluma, puis fixa à nouveau les orteils dénudés de la jeune femme.

Comme il fronçait les sourcils, elle replia les jambes sous sa jupe et serra les genoux contre sa poitrine. Miriam n'aurait jamais adopté une telle position, même dans l'intimité de sa chambre. Il faillit le lui dire, puis se ravisa. Pour que leur plan réussisse, il fallait que Lily devienne Miriam. Mais s'il ne voulait pas sombrer dans la folie, il ne devait jamais oublier qu'elle était Lily Dale.

— Je n'ai jamais entendu parler d'un avocat cow-boy, murmura-t-elle en s'emparant de son gobelet de whisky.

— Au cours de ma vie, j'ai travaillé dans les mines, derrière un guichet de banque, et j'ai passé une année à Wall Street. Mon père voulait que ses fils soient au courant des affaires de la famille. En fait, je n'ai pas fréquenté les tribunaux plus de deux ans. Je n'étais pas doué pour les litiges.

Il se frotta le nez et se remémora une querelle sur les marches du palais de justice de Denver. Quand le shérif était enfin arrivé, Quinn, le nez cassé, pissait le sang, tandis que l'autre avocat souffrait de deux yeux au beurre noir et de trois côtes cassées.

— Je déteste perdre, ajouta-t-il. Mon cabinet traite uniquement des affaires de droit de l'entreprise. Je vais très rarement au tribunal.

— J'avais bien compris : vous aimez gagner, quitte à marcher sur les gens.

Un sentiment de colère le submergea. Soudain, il eut envie de la punir. Parce qu'elle avait le visage en forme de cœur, les cheveux blonds et les yeux bleu lavande de Miriam.

— Les lois sont une nécessité. Sinon, tout le monde aurait des enfants hors mariage, cambriolerait des casinos et tirerait sur les témoins qui essaient de protéger ce qui leur appartient.

Elle plissa les paupières.

— L'histoire du casino, c'était mal. Jack a payé cette erreur de sa vie, et moi, j'ai passé cinq ans en prison. Je comprends bien ces lois-là, et je suis désolée d'avoir essayé de voler de l'argent qui ne m'appartenait pas. Ce qui m'énerve, ce sont les règles inventées par les gens qui croient savoir mieux que moi comment je dois vivre. Quelle importance, si j'étais mariée ou non quand j'ai eu Rose ? Ça ne regarde personne, si je préfère être la compagne d'un homme plutôt que son épouse. Et qui a dit que les hommes ont le droit de jurer, de boire de l'alcool et de fumer, mais pas les femmes ? Qui a décidé qu'il y avait une bonne et une mauvaise façon de se tenir à table ou de monter dans une voiture ? La plupart des règles édictées par la société sont stupides.

Il haussa un sourcil, et lui tendit une nouvelle perche.

— Cela ne vous dérange pas que Rose soit une bâtarde ? Quand vous retournerez dans le Missouri, vous serez tenue à l'écart.

— Et alors, je me fiche pas mal de ce que pensent les gens.

Il souffla un nuage de fumée.

— Ce n'est pas l'avis de tout le monde.

Elle s'esclaffa, sincèrement amusée.

— Je peux vous assurer que je ne mènerai pas mon existence dans le seul but de satisfaire les autres. Sauf avec vous, bien sûr, ajouta-t-elle avec une petite moue de dépit. J'ai parfaitement compris que si je refusais de suivre vos règles, je retournerais en prison.

— Vous commencez à me fatiguer avec ça. Paul et moi ne sommes pas vos ennemis.

Elle se tourna vers lui, les yeux brillants.

— Tu parles !

Sa rage le fascina et le troubla à la fois. Les armes de Miriam étaient bien différentes : elle employait les larmes, le silence, la bouderie. Si elle avait pu exprimer sa fureur d'une manière plus directe, les choses auraient-elles aussi mal tourné entre eux ?

Il se força à revenir au présent.

— Soyez lucide, Lily. Un de ces jours, vous remercierez le ciel que Paul Kazinski vous ait découverte.

Elle émit un grognement.

— Jamais !

— Vraiment ? riposta-t-il, la mâchoire serrée. Je vais vous donner le choix entre deux solutions. La première : vous partez tout de suite rejoindre votre fille dans le Missouri. Comment comptez-vous élever Rose ? Où habiterez-vous ? Comment la nourrirez-vous ? Y avez-vous songé ?

— Je ne pense qu'à ça depuis cinq ans !

— Et alors ?

— Je suis certaine que Tante Edna nous laisserait vivre à la ferme, répondit-elle.

Quinn crut déceler un soupçon d'angoisse dans son regard. Il hocha la tête.

— Supposons que ce soit le cas. Votre tante vous recueille chez elle.

Voyant qu'elle voulait intervenir, il leva une main et enchaîna.

— ... Rose grandira comme vous. Elle nettoiera les étables, elle portera des seaux trop lourds, elle construira des barrières, elle coupera le bois, elle récurera le poulailler. Elle travaillera de l'aube au crépuscule. Ai-je raison ?

— Je participerai. Je ne serai pas un poids pour Tante Edna.

— Je suppose que son budget est serré. Rose n'aura ni jolies robes ni rubans à se mettre dans les cheveux. Vous ne pourrez pas lui donner une pièce pour faire un tour de manège lors de la fête du village. Elle suivra ses études à la maison. Elle se sentira différente des autres enfants.

Petit à petit, au fil de ce sermon, Lily s'était voûtée. Elle porta une main à son front.

— Comment savez-vous que ça se passera ainsi ?

— Vous affirmez ne pas vous soucier des circonstances de la naissance de Rose. Mais elle, elle en souffrira. Si quelqu'un la traite de bâtarde, elle aura honte. À force de trimer, un matin, elle s'enfuira avec le premier imbécile qui lui promettra un avenir meilleur. Peut-être tombera-t-elle, comme vous, sur des vauriens. Peut-être finira-t-elle derrière les barreaux.

— Taisez-vous !

Elle voulut se lever, mais il la saisit par les poignets.

— Ou alors, reprit-il en la forçant à se rasseoir… Rose peut vivre en Europe, dans un milieu cultivé, raffiné. Elle sera élevée par une mère ravissante qui aura de quoi l'entretenir et lui créer un univers agréable. Vous y parviendrez, Lily. D'ici sept mois, vous serez une autre femme. Ce que vous apprenez en ce moment au prix d'efforts énormes, Rose se l'appropriera aisément, en s'inspirant tout simplement de votre exemple. Vous aurez de quoi lui offrir des études. Elle deviendra une jeune fille délicate, bien habillée. Elle aura toutes les chances de faire un beau mariage.

Lily s'arracha à son étreinte.

— Vous vous faites l'avocat du diable !

Elle ne s'enfuit pas et demeura sur le bord de son siège, le visage soucieux.

— En ce moment, vous êtes en train de gagner une existence de rêve pour Rose. Soyez franche : que souhaitez-vous pour elle ? La vie que vous avez eue ou bien quelque chose de mieux ?

— J'avais tellement envie d'un bébé, chuchota-t-elle en se frottant les tempes, paupières closes. Je n'avais jamais rien eu à moi. Personne ne m'aimait. La première fois que je l'ai tenue dans mes bras, j'ai cru mourir de bonheur. Je n'imaginais pas qu'on puisse être heureux à ce point. Bien sûr que je veux pour elle ce qu'il y a de meilleur.

— Dans ce cas, cessez de lutter contre nous, et considérez les sept mois à venir comme une occasion unique d'assurer l'avenir de Rose.

Quinn vida son verre d'un trait. Avant le début de ce voyage, il avait parfois passé des semaines sans une pensée pour Miriam. Désormais, il la verrait chaque jour, et il entendrait les échos de discussions pénibles.

— Je la voulais tellement. J'étais sûre de trouver le moyen de l'élever.

Il se sentit soudain terriblement las.

— Vous pouvez nous combattre, nous détester tant que vous voudrez. Ou alors, vous pouvez saisir cette opportunité et l'exploiter au mieux. Pour vous et votre fille.

Elle s'enferma dans un silence si long qu'il sursauta lorsqu'il entendit sa voix :

— Pourquoi ne recherchez-vous pas votre femme ?

— Je vous ai déjà expliqué que ce serait une perte de temps et d'argent.

— Mais pourquoi ? insista-t-elle. Je ne comprends pas.

— On ne retrouvera jamais Miriam.

— Comment pouvez-vous en être aussi sûr ?

Il se mit debout et alla s'appuyer à la rambarde.

— Lily, je ne veux pas discuter de cela.

Avec Miriam, cette déclaration autoritaire aurait marqué la fin de la conversation.

— Mais si elle revient, insista Lily. Vous me répétez sans cesse que le fait de me prêter à cette mascarade va nous aider, Rose et moi. Que se passera-t-il si Miriam réapparaît ?

— Elle ne réapparaîtra pas.

— Vous craignez de provoquer un scandale en annonçant la disparition de votre épouse. Imaginez un peu ce que ce sera si, tout d'un coup, vous en avez deux ! Les mauvaises langues s'en donneront à cœur joie !

Il se passa une main dans les cheveux et jura entre ses dents. Les femmes soumises étaient nettement plus faciles à maîtriser.

— Ça n'arrivera pas. Miriam ne reviendra jamais.

— Nom de nom, qu'est-ce que vous en savez ?

Il prit le temps de se calmer avant de se tourner vers elle.

— Vous avez raison. Je ne peux pas en être certain. Si Miriam resurgit, Paul et moi trouverons une solution au problème.

Elle le dévisagea avec attention.

— Quand vous dites que Miriam a disparu, qu'est-ce que cela signifie ? A-t-elle été kidnappée ? S'est-elle volatilisée ? Enfuie ? Avait-elle peur de quelque chose ?

— Lily, ça suffit.

Elle agita les mains.

— Comment voulez-vous que j'incarne Miriam alors qu'il me manque les éléments essentiels ?

— Paul vous dira ce que vous avez besoin de savoir.

Il était à bout de forces.

— Contentez-vous de faire ce qu'on vous demande et laissez tomber tout le reste.

Lorsqu'elle se mit debout, il se rendit compte subitement qu'elle était plus petite que Miriam. Il l'examina attentivement, en quête d'autres différences. Elle aimait ergoter, discuter. Elle avait l'esprit vif. Elle était directe, forte, courageuse, elle se promenait pieds nus. Elle était plus mince, mais avait plus de seins. Il laissa traîner son regard sur ses courbes, et son cœur se serra.

— À mon avis, vous savez ce qui est arrivé à Miriam, déclara-t-elle enfin. Mais vous ne voulez pas me le dire.

Il se versa un autre whisky et le but d'un seul coup.

— Qu'est-ce qui vous fait dire ça ?

— Ou alors, vous vous fichez de savoir où elle est.

Soulevant le bas de sa jupe, elle s'éloigna. Avant d'entrer dans la maison, elle marqua une pause pour lancer par-dessus son épaule :

— Vous m'avez persuadée de jouer ce rôle pour assurer mon avenir et celui de Rose. Je suis prête à le faire, parce que je veux ce qu'il y a de mieux pour ma fille. Mais peut-être allez-vous regretter ma décision, car si jamais vous ne respectez pas votre parole, je vous détruirai. Je n'aurai qu'à raconter aux journalistes que vous m'avez obligée à incarner Miriam afin que vous puissiez gagner votre élection.

— Pas de menaces, Lily.

— Sinon... ? Je disparaîtrai, comme Miriam ? Sachez simplement que si Miriam revient, vous me devrez tout ce que vous m'avez promis.

Sur ces mots, elle s'engouffra dans le vestibule et claqua la porte derrière elle.

Quinn se rassit. Il n'était guère étonné qu'elle ait réfléchi aux moyens éventuels de l'anéantir. Elle était intelligente, habituée à se protéger elle-même. Malheureusement, il ne voyait pas comment se préserver, lui, si jamais elle décidait de révéler la vérité. Tant que durerait son mandat, Lily Dale serait une bombe à retardement. Elle pourrait continuer de le menacer longtemps après. Tant qu'elle vivrait, sa réputation et sa place dans l'histoire du Colorado ne seraient jamais à l'abri de fâcheuses révélations.

Il existait plusieurs moyens de contourner l'obstacle. Il pouvait tout abandonner et envoyer Lily promener. Mais elle emporterait avec elle ses espoirs et ses ambitions politiques. Dans ce cas, les compromis, les mensonges, les duperies n'auraient servi à rien.

Tout avait commencé à cause de Miriam. Une douleur fulgurante dans le pouce l'obligea à baisser le nez. Il découvrit avec stupeur qu'il avait écrasé son gobelet entre ses doigts. Il enleva le bout de verre qui s'enfonçait dans sa chair et sortit son mouchoir pour éponger le sang.

Il était trop tard pour revenir en arrière. Il allait présenter son épouse aux électeurs, et gagner leur confiance. Quant aux tentatives d'intimidation de Lily, le cas échéant, il aviserait.

Quittant la véranda, il s'aventura dans le désert pour écouter les créatures de la nuit.

Il ne pouvait qu'aller de l'avant.

Une heure plus tard, il s'attarda un instant devant la porte fermée de la chambre de Lily, puis, les poings crispés, repartit en direction de la sienne.

Une brume fine filtrait la lumière du soleil, et l'atmosphère s'était rafraîchie, mais à l'intérieur de la berline, Lily suffoquait. Sa chemise lui collait à la peau. Elle possédait deux jupes et deux vestes, mais une seule chemise, qu'elle lavait chaque soir en même temps que ses sous-vêtements et ses bas. Quand elle recevrait la nouvelle garde-robe promise par Paul, elle brûlerait tous ces souvenirs de la prison. Cette perspective lui remonta le moral.

Bien calée sur sa banquette, elle écoutait d'une oreille la discussion entre Quinn et son conseiller. Les yeux à demi clos, elle en profita pour admirer les jeux d'ombre et de lumière sur sa chevelure noire. Il avait quelques cheveux gris sur les tempes. Il était de ces hommes que l'âge rend encore plus beaux et distingués.

À force de ressasser leur conversation sur la véranda, elle avait mal dormi.

Si les ambitions de Quinn ne l'avaient pas empêchée de retrouver Rose, elle n'aurait pas hésité une seconde à jouer son rôle de sosie. Elle était honnête, elle savait bien qu'on n'avait rien sans rien. La vie n'était pas une partie de plaisir. Il fallait se battre pour obtenir ce qu'on voulait. Quinn se battait.

Elle savait aussi que sa ressemblance avec Miriam était exceptionnelle. Elles auraient pu être jumelles.

Quinn serait-il surpris de découvrir à quel point elle avait bien cerné la situation ? C'est en se posant cette question qu'elle s'assoupit. Elle ne se réveilla que lorsqu'il lui tapota le genou en lui annonçant que l'heure du déjeuner avait sonné.

Elle sursauta, fronça les sourcils en voyant la main qui se retirait de sa cuisse. Elle se recoiffa machinalement, gênée d'avoir pu être observée dans son sommeil.

— Vous avez arrangé vos discours ? demanda-t-elle, tandis que Paul sortait assiettes et couverts du panier à pique-nique.

Il lui répondit mais, en fait, il s'adressait à Quinn.

— Il vaut mieux se concentrer sur deux ou trois problèmes plutôt que de promettre de grands changements.

Lily décida de prendre la défense de Quinn. Elle regrettait la façon dont ils s'étaient quittés, la veille. Elle haussa un sourcil.

— Vous croyez que vos idées sont meilleures que celles du candidat ?

Elle avait chaud, elle en avait assez de passer ses journées dans cette berline brinquebalante. Elle n'était pas d'humeur à surveiller ses paroles.

— Ce n'est pas votre domaine, répliqua Paul en lui tendant une cuisse de poulet froid. Nous vous demanderons peut-être d'assister à certaines manifestations, mais il est hors de question que vous vous intéressiez de manière active à la politique.

— Ne vous inquiétez pas, ce ne sera pas le cas. Je veux simplement savoir pourquoi le candidat…

Elle hocha la tête en direction de Quinn, qui la fixait d'un air interrogateur.

— … n'a pas le droit de dire ce qu'il veut dans ses propres allocutions.

Elle commença à mettre sa serviette autour de son cou, puis, se ravisant, l'étala délicatement sur ses genoux. Paul eut un petit signe d'approbation.

— Pour qu'un candidat soit élu, il faut de l'argent. Les commanditaires de Quinn s'attendent qu'il soutienne leurs points de vue.

Elle considéra ce dernier.

— Vous êtes riche. Pourquoi ne financez-vous pas vous-même votre campagne ? Comme ça, vous pourrez raconter ce que vous voudrez.

Quinn esquissa un sourire qu'il voulait indulgent, mais son regard trahissait son irritation. Elle empiétait sur un territoire qui n'était pas le sien.

— Ce n'est pas ainsi que cela se passe. Ne vous en mêlez pas, Lily.

Il transpirait abondamment. Il avait ôté sa veste et ouvert le col de sa chemise. Avec la permission de Lily, bien sûr.

— J'essayais de me mettre de votre côté, expliqua-t-elle. Pour me faire pardonner ce que j'ai dit hier soir…

— L'incident est déjà oublié, assura-t-il avec un haussement d'épaules.

— De quoi s'agit-il ? voulut savoir Paul.

— Je me suis un tantinet énervée. Ça n'a pas l'air, comme ça, mais j'ai ma fierté.

— Je n'en ai pas l'air, corrigea machinalement Paul.

— Oh, vous m'ennuyez avec vos critiques !

— Dans ce cas, exprimez-vous correctement.

Elle aurait mieux fait de se taire. Après tout, quelle importance, si elle ne s'entendait pas avec Quinn Westin ? Elle n'était pas obligée de l'aimer pour jouer le rôle de son épouse. Et réciproquement. D'ici un an, il ne serait qu'un homme parmi tous les autres sur la longue liste de ceux qui l'avaient obligée à agir contre son gré.

Même si, pour finir, tout le bénéfice est pour Rose et moi.

S'il lui en voulait d'avoir proféré des menaces, elle n'appréciait pas non plus qu'on la remette à sa place. Donnant donnant. Après avoir mangé, elle croisa les bras et s'enferma dans un mutisme rageur.

Ils atteignirent Santa Fe dans le milieu de l'après-midi. La ville, bien qu'en pleine expansion, avait conservé une atmosphère typiquement hispanique. On jouait de la musique mexicaine sur les terrasses, et les sombreros étaient aussi nombreux que les chapeaux de cow-boys et les feutres. Charrettes et chevaux encombraient les ruelles étroites en terre battue. Un nuage de poussière coiffait la cohue.

Évitant l'artère principale, complètement embouteillée, le cocher les emmena directement à une maison proche de la grande place. Comme s'y attendait Lily, la demeure se cachait derrière une haute muraille blanche. À l'intérieur, les pièces étaient vastes et fraîches.

Lily soupira de soulagement. Le voyage l'avait fatiguée. Elle était heureuse de savoir qu'ils passeraient plusieurs jours ici avant de reprendre la route.

— Portez les bagages dans nos appartements, ordonna-t-elle timidement à Carlos, le domestique qui les avait accueillis. Ensuite, je vous prie de me faire apporter un bain.

Partout où ils étaient allés, elle avait suscité une certaine confusion au sein du personnel. Cette fois encore, Carlos, ayant avisé ses bottines et son tailleur usés, haussa un sourcil inquisiteur.

Les joues brûlantes, elle se détourna. Paul secoua son chapeau plein de poussière.

— Une couturière vous attend dans votre chambre. Elle va procéder aux retouches de votre garde-robe. Ce soir, nous dînerons en tenue de soirée, afin que vous vous habituiez à manipuler une traîne.

La perspective de se laver et de mettre des vêtements propres raviva ses esprits.

Lorsqu'elle vit la collection de toilettes étalées sur toutes les surfaces disponibles, Lily sentit ses jambes se dérober sous elle. Elle se laissa choir sur la première chaise venue. Jamais, dans ses rêves les plus fous, elle n'avait imaginé posséder autant de belles choses. Robes, jupes, jupons, bas, bottines, chaussons, chapeaux, gants, bijoux, ornements pour les cheveux, costumes de voyage, tenues de promenade... il ne manquait rien.

— Comme vous êtes mince ! s'exclama la couturière en se tordant les mains de dépit. Les corsets n'iront pas.

Elle leva les mains et se lança dans un torrent de lamentations en espagnol.

— Bon ! finit-elle par conclure. Prenez votre bain, puis nous nous mettrons au travail.

Les mains tremblantes, Lily caressa une chemise de nuit soigneusement pliée. L'étoffe était si douce qu'elle en eut les larmes aux yeux. Dans son univers, elle n'avait rencontré que des gens durs, des objets durs, des choix difficiles. Elle ne savait pas que la douceur existait.

Lorsqu'elle surgit dans le salon, Quinn se mit debout, le cœur battant. Chaque fois qu'il la voyait, il était frappé par sa ressemblance avec Miriam mais, ce soir, la vision était saisissante. Lily était métamorphosée. Il était impossible de croire que cette femme était la créature débraillée qu'ils avaient ramassée à sa sortie de prison.

Ses cheveux étaient savamment coiffés. Le chemisier à longues manches bouffantes moulait son buste comme une seconde peau. Un drapé de satin mauve épousait ses hanches.

— Jamais je n'aurais cru un jour pouvoir m'habiller comme ça, avoua-t-elle, les joues écarlates.

Paul tourna autour d'elle, l'œil critique.

— Vous devez porter les deux gants, pas seulement un. Le corsage est trop ajusté.

Il sortit un carnet et se mit à gribouiller des notes.

Contrairement à toutes celles qu'elle avait eues en prison, cette robe mettait son corps en valeur. Elle était petite, très mince, mais parfaitement proportionnée. Quinn avait été marié suffisamment longtemps pour savoir qu'une taille de guêpe pouvait être obtenue avec un corset bien serré. Il avait assez d'expérience pour se rendre compte que Lily n'en portait pas.

Elle semblait attendre un commentaire de sa part, mais il était à court de mots. Il lui tourna le dos, bouleversé, puis se dirigea vers la table roulante près de la cheminée, où se trouvaient les boissons pour l'apéritif.

— Miriam buvait toujours un doigt de porto avant le repas.

Lily prit le verre à pied qu'il lui tendait en faisant attention de ne pas effleurer ses doigts. Elle était mal à l'aise.

— Abordons le problème de la préséance, proposa Paul en rajustant sa veste. Quand il y a un homme en plus, l'hôtesse entre dans la salle à manger avec un homme à chaque bras.

Lily acquiesça, mais son regard s'attardait sur Quinn. Il se demanda ce qu'elle lui voulait. Devait-il lui dire qu'elle était belle ? Oui, elle l'était. Elle était même superbe. Devait-il lui dire qu'elle ressemblait tellement à Miriam qu'il avait du mal à se rappeler qui elle était vraiment ?

Il avait l'impression de revoir sa femme telle qu'elle était lorsqu'ils s'étaient connus. Mince, peu sûre d'elle, désireuse de plaire.

Les similitudes s'arrêtaient là. Le magicien qui avait façonné Lily à l'image de Miriam avait subtilement altéré l'original. Les lèvres de Lily étaient plus roses, plus voluptueuses, sa nuque était plus longue, sa poitrine plus généreuse. De petits détails, certes, mais du plus grand effet. Lily avait quelque chose de sensuel et de provocant, d'infiniment plus excitant que Miriam.

— Pour l'amour du ciel, cessez de passer vos mains sur vos cuisses ! s'emporta-t-il.

Paul grimaça et Lily devint toute rouge.

— C'est le satin. Il est si doux… Pourquoi êtes-vous de mauvais poil, ce soir ?

— De mauvaise humeur, intervint Paul.

— On dirait une catin dans un bordel, gronda Quinn.

L'expression de Paul s'assombrit.

— Je n'irais pas jusque-là. Il est vrai qu'une dame ne doit jamais toucher son corps, sauf sa taille, quand elle croise les mains. Marchez jusqu'à la porte et revenez.

L'espace d'un éclair, Quinn crut qu'elle allait refuser. Elle avança le menton, les yeux luisants de colère. Puis elle soupira avant de s'exécuter docilement, sa traîne la suivant par à-coups. En pivotant sur elle-même, elle faillit trébucher. Un juron lui échappa lorsqu'elle vit le tissu entortillé autour de ses chevilles.

— Non, non ! s'écria Paul en posant son verre de porto. Comme ceci ! Vous devez donner l'impression de glisser. De flotter. Et pour vous tourner, faites comme ceci. Si vous marquez une pause juste après le mouvement, la traîne se placera gracieusement. Si vous repartez, elle s'étirera derrière vous. Je recommence…

Une lueur d'amusement vacilla dans les prunelles de Lily. N'y tenant plus, elle s'écroula contre le mur en se tordant de rire.

— Vous êtes si… cette façon de vous déplacer, en vous tenant les mains comme…

Paul s'immobilisa, pris de court, et s'esclaffa à son tour.

— J'avoue que les cours de maintien, ce n'est pas mon fort.

Ils se remirent à rire de bon cœur. Lorsqu'ils reprirent enfin leur souffle, ils se sourirent.

Furieux sans savoir pourquoi, Quinn posa bruyamment son verre.

— Nous avons eu notre demi-heure de conversation polie et d'hystérie incontrôlée. Le dîner doit être servi.

Lily redevint grave. Comme il lui tendait le bras, elle l'accepta, puis attendit que Paul se place de l'autre côté.

Elle s'avança, mal à l'aise, gênée par l'étroitesse de sa jupe. Il lui faudrait un certain temps pour s'habituer à ce genre de tenue.

Tirant sur son col, qui l'étranglait, Quinn ravala un juron. Il regarda Lily et vit en elle le reflet de Miriam. Il essaya de se remémorer sa voix, mais ce fut le rire grave de Lily qu'il entendit. Il eut l'impression qu'il perdait la tête.

4

Lily se leva, impatiente de caresser le satin de sa robe. Il lui était arrivé de se sentir jolie mais, la veille, pour la première fois, elle avait eu l'impression qu'elle pouvait être vraiment belle. À la fois exaltante et intimidante, l'expérience l'avait profondément troublée.

Elle laissa courir une main sur l'étoffe étalée sur ses genoux, et grimaça en se rappelant le commentaire acerbe de Quinn.

Tout en sachant qu'elle ne serait jamais à la hauteur, elle avait espéré malgré tout une marque d'approbation.

Mais Quinn respectait les règles de la société. Or, Lily n'était pas une femme comme les autres. Elle avait mis au monde une enfant illégitime et participé à un cambriolage. De plus, il l'avait comparée à une catin échappée d'un bordel.

Imaginer qu'il pourrait l'admirer un jour, voire l'apprécier, était absurde. Sourcils froncés, elle se demanda soudain pourquoi elle tenait tant à se faire accepter. Peut-être était-ce parce qu'elle n'avait jamais rencontré un homme comme lui, fortuné, puissant, cultivé... et beau à vous couper le souffle.

Quand il plissait les yeux pour la dévisager, elle avait la gorge sèche, et un frémissement lui parcourait l'échine.

Décidant qu'il valait mieux penser à autre chose, Lily s'activa. Elle plia soigneusement sa ravissante chemise de nuit, puis roula ses bas avec précaution, pour ne pas risquer de tirer un fil, avant d'enfiler ses sous-vêtements bordés de dentelle.

Ce que Paul considérait comme une garde-robe de voyage improvisée représentait pour Lily un véritable trésor. Jamais elle n'avait possédé autant de toilettes, toutes plus belles les unes que les autres. Elle avait découvert avec surprise qu'une dame se devait de se changer plusieurs fois par jour. Une robe d'intérieur ne se portait pas pour recevoir à l'heure du thé et cette tenue ne convenait pas davantage pour le dîner.

Debout devant la psyché, elle mit un tailleur de promenade en cachemire noir, puis jeta un coup d'œil pardessus son épaule pour admirer le drapé du gros nœud de satin noir dans le creux de son dos. La veste et la jupe étaient brodées d'un motif noir et bordeaux, couleurs qui se retrouvaient dans les plumes ornant son chapeau et sur les boutons de son chemisier blanc amidonné.

Lily se contempla un moment en clignant des yeux de stupéfaction.

Cette tenue la transformait. Elle paraissait élégante, sûre d'elle-même comme si elle avait toujours eu une dizaine de domestiques à son service.

Quinn avait raison. Le fait de prendre la place de Miriam la changerait pour toujours. Déjà, elle avait appris la plupart des règles de comportement qui séparaient la classe bourgeoise des gens simples, comme elle. Bientôt, elle saurait tout. Comment s'habiller, comment s'exprimer, comment se faire passer pour une dame...

Lily prit conscience qu'il était grand temps de cesser d'en vouloir à celui qui l'avait mise dans cette situation. Au contraire, elle devait s'appliquer à en profiter le plus possible pour assurer son avenir.

Car c'était cette vie-là qu'elle voulait. Terriblement.

Du bout des doigts, elle caressa le cachemire. Un puissant désir la submergea. Maintenant qu'elle avait goûté le bonheur de sentir ces étoffes sur sa peau, elle ne voulait plus jamais entendre parler de tissus filés, de bottines trouées, de gants raccommodés ou de bas mal ajustés. Elle ne voulait que du beau. De la qualité.

Elle tendit les mains devant elle et les examina longuement. Elles avaient retrouvé toute leur douceur, ses ongles étaient nets. Jamais, plus jamais elles ne seraient rougies, gercées ou calleuses.

Oui, vraiment, se répéta-t-elle, paupières closes, ce qu'elle souhaitait, c'était mener l'existence de Miriam.

Perturbée par l'intensité de son émotion, elle secoua brusquement la tête, puis, s'emparant d'un petit sac orné de perles, elle sortit dans la fraîcheur matinale.

Aspirant une grande bouffée d'air, elle scruta les alentours pour s'assurer que personne ne l'épiait et se précipita jusqu'au portail. D'une démarche vive, elle longea le haut mur entourant la propriété et tourna au coin. Personne ne l'avait suivie.

Rassurée, elle marqua une pause, reprit sa respiration, puis feignit d'ajuster son ombrelle. En fait, elle savourait un moment dont elle avait rêvé pendant cinq longues années : la glorieuse sensation d'être libre.

Elle pouvait aller où elle le désirait. Personne n'avait le droit de l'en empêcher. Envolés, les gardiens armés. Ephram Callihan ne pouvait plus la priver de repas, la forcer à travailler encore plus ou la battre. Personne ne lui dirait d'aller ici ou là. Et, comble du bonheur, elle était seule.

La foule commençait à envahir les rues de Santa Fe. Pourtant, Lily se sentait merveilleusement isolée. Personne n'était là pour la juger, la critiquer et envahir son espace vital.

Une sensation de joie l'envahit, si extraordinaire qu'elle craignit un instant de s'évanouir et de salir son joli tailleur tout neuf. Libre ! Elle était libre. Lorsque le vertige s'estompa, elle émit un rire et se mit à tournoyer sur elle-même. Puis, le visage fendu d'un large sourire, elle déploya son ombrelle et entama avec enthousiasme l'exploration de ce nouveau monde.

Elle erra pendant plus de deux heures, fascinée par tout ce qu'elle voyait. Lorsqu'elle se retrouva devant l'une des plus anciennes églises des États-Unis, elle entra allumer un cierge pour Rose.

— Nous devons attendre encore un peu, mais je fais ça pour nous. Dès que je pourrai, je viendrai te chercher.

Pour Rose, le fait de devoir patienter n'était pas douloureux. Tante Edna n'était même pas au courant de sa libération. Tout le monde la croyait encore à Yuma. Quant à ses codétenues, elles s'imaginaient que Lily était de nouveau chez elle, dans le Missouri.

Une idée la frappa : s'il lui arrivait quoi que ce soit, personne ne serait au courant. Cette constatation l'affola un instant, puis elle décida que c'était le seul moyen de réussir son pari.

Après une brève hésitation, elle alluma un cierge pour Miriam Westin.

— Je vais apprendre tout ce que je pourrai sur vous, murmura-t-elle en regardant la flamme vaciller, comme si elle allait s'éteindre. Je promets de ne jamais oublier que cette chance, je la dois peut-être à votre malchance. Je tâcherai de ne pas vous faire honte.

Lily finit par regagner la grande place, où artisans mexicains et indiens vendaient un assortiment de poteries, de nourriture, de bijoux en argent et en turquoise et des quantités d'autres articles.

Consciente d'attirer les regards, Lily se promena tranquillement comme elle pensait que le ferait une vraie dame. Après avoir inspecté les divers étalages, elle décida de dépenser un peu de son argent pour acheter un cadeau pour Rose.

Elle se pencha sur une collection de chaînes en argent, disposées sur une couverture indienne. Les lèvres boudeuses, elle hésita : laquelle plairait à sa fille ?

Ce fut alors qu'elle revint brutalement sur terre. En prison, elle s'était forgé une certaine image de Rose, comme si elle la connaissait bien. Mais ce n'était pas le cas. Elle ne savait rien de sa fille. Au cours de son incarcération, sa tante ne lui avait écrit qu'à deux reprises, pour ne rien dire. Peut-être espérait-elle l'épargner en évitant d'aborder le sujet ? Dans ses lettres, Edna n'avait parlé que de la ferme, du temps et de son groupe de broderie, concluant brièvement : « Rose est en bonne santé et travaille bien. »

Lily chancela, cligna des paupières et ravala un sanglot. Elle ne savait pas de quelle couleur étaient les cheveux de sa fille. Rose avait-elle hérité de ses yeux bleu lavande ou du regard noir de Jack ? Edna lui avait-elle confectionné une poupée en tissu, comme elle l'avait fait pour Lily ? Rose était-elle réservée ou extravertie, vive ou lente ?

Recouvrant ses esprits, elle s'aperçut qu'elle fixait une jeune femme et sa petite fille, coiffées de bonnets. La fillette s'accrochait aux jupes de sa mère en observant Lily, les yeux écarquillés. Puis elle lui sourit, avant de presser son visage contre la hanche de sa maman.

— Seigneur ! souffla Lily.

En un seul coup d'œil, elle venait d'en apprendre davantage sur la fille d'une inconnue qu'elle n'en savait sur la sienne.

Un flot de larmes amères l'aveugla. Elle pivota sur ses talons et s'enfuit… pour foncer dans le torse solide d'un homme.

— Excusez-moi, bredouilla-t-elle.

— Lily ?

Elle s'essuya les yeux. Quinn la tenait par les épaules, l'air furieux.

— Où diable étiez-vous ? Nous vous cherchons partout depuis plus d'une heure !

Il remarqua sa détresse.

— Que s'est-il passé ? Vous allez bien ? Quelqu'un vous a-t-il offensée ?

Elle porta les mains à ses tempes et secoua la tête.

— Non, non, pas du tout, je… Pourrions-nous nous asseoir ?

Il la saisit par le bras et l'entraîna jusqu'à la terrasse d'un restaurant. Le serveur se précipita pour prendre leur commande. Quinn demanda deux cafés, puis se tourna pour dévisager la jeune femme.

— Ne recommencez plus jamais cela. Si vous sortez, prévenez. Dites où vous allez.

— Il me faut la permission pour aller me promener ?

Elle fouilla dans son sac, en quête d'un mouchoir.

— Et s'il vous avait pris l'envie de sauter dans la diligence pour le Missouri ? Vous auriez dû au moins nous laisser un mot. Où étiez-vous, pour l'amour du ciel ? Pourquoi n'êtes-vous pas sortie accompagnée ? Vous devriez savoir qu'une dame ne sort jamais sans escorte.

— Un garde du corps, vous voulez dire.

Elle jeta un regard sur la place, mais la mère et sa fille avaient disparu.

Quelques heures plus tôt, Lily s'était promis de faire sienne l'existence de Miriam. À présent, elle n'avait qu'une envie, rentrer chez elle.

— Il faut que vous compreniez une chose. En ce moment, j'aimerais tant revoir ma petite fille que la douleur me rend folle. Mais je ne bougerai pas, affirma-t-elle en serrant les dents. Même si j'en rêve, je ne partirai pas pour le Missouri. J'irai jusqu'au bout de cette histoire, pour nous assurer un bel avenir.

Quinn n'était pas le seul à ne reculer devant aucun sacrifice pour obtenir ce qu'il voulait.

— Vous savez, je n'aime pas beaucoup les règles, mais il y en a quelques-unes que je respecte. Quand je donne ma parole, c'est pour de bon. Je vous promets que je ne vous laisserai pas tomber. Je vais faire de mon mieux pour convaincre tout le monde que je suis bien votre épouse.

Le serveur leur apporta les cafés. Il s'attarda inutilement, jusqu'à ce que Quinn le renvoie d'un geste agacé.

— Pourquoi pleuriez-vous ? demanda-t-il après quelques instants de silence.

— Je ne vois pas en quoi les larmes d'une catin peuvent vous intéresser.

Il haussa un sourcil, irrité.

— Vous avez tort de croire que vous pouvez deviner mes pensées. C'est un exercice dangereux.

Elle avait espéré qu'il lui demanderait pardon. Comme rien ne venait, elle se détourna. À une table voisine, une prostituée mexicaine s'appuyait contre un cow-boy hilare. Le menton luisant de graisse, elle dévorait une tortilla en regardant les passants. Contrairement au compagnon de Lily, l'autre baignait dans la béatitude.

— Vous ne pensez qu'à vous et à vos ambitions, lui reprocha-t-elle. Vous l'avez clairement démontré.

Même dans l'espace confiné de la berline, il s'était débrouillé pour se maintenir à distance. Feignant de contempler le paysage, il avait laissé à Paul le soin de lui enseigner comment parler, s'asseoir, et tout le reste. Quinn n'avait en rien participé à son processus de transformation. Au contraire, il s'était renfermé dans un silence morose, indifférent à ce qui se passait autour de lui.

— Miriam aurait sans doute dit la même chose, murmura-t-il.

Il sortit un cigare de sa poche et le coupa. Le serveur se précipita pour le lui allumer.

Lily ne put s'empêcher d'admirer cette façon inconsciente qu'il avait de créer chez les autres des réflexes de servitude. Plus elle vivait avec Quinn et Paul, plus elle se sentait à l'aise avec eux. Plus elle oubliait qu'ils étaient tous deux des hommes riches et puissants, dotés d'une autorité naturelle. Elle eut un petit frisson. Ils pouvaient la renvoyer en prison du jour au lendemain.

— Vous demandez-vous parfois où se trouve Miriam ? fit-elle en se remémorant sa prière, un peu plus tôt.

Il ébaucha un sourire sans humour.

— Il me semble que nous avons déjà parlé de cela.

— C'est étrange, cette soudaine disparition, insista-t-elle. Vous ne pensez jamais à elle ?

— Oh, si ! Chaque fois que vous êtes devant moi.

Il se cala dans son siège, croisa les jambes et scruta la foule.

— Toute mon existence est centrée sur cette élection. Vous avez raison, pour moi, c'est essentiel. Je veux absolument la gagner. Cela ne signifie pas pour autant que je n'éprouve aucun sentiment pour ma femme.

Il la dévisagea avec attention.

— Nous sommes étrangers l'un à l'autre, Lily. Nous le serons toujours. Il n'y a aucune raison pour que nous nous fassions des confidences.

— Je vous déplais, n'est-ce pas ?

Une lueur dansa dans ses prunelles. Lily se rendit compte qu'il suscitait la curiosité de la plupart des femmes autour d'eux, et elle en éprouva un subit élan de jalousie. C'était ridicule : Quinn Westin n'était rien pour elle.

— Je ne vous connaîtrai jamais véritablement, puisque vous vous efforcez d'être quelqu'un d'autre. C'est ainsi. C'est Miriam que je dois voir quand je suis avec vous. Nos rapports doivent s'en tenir à ceux que pourrait avoir une comédienne avec son partenaire. Ce n'est qu'un intermède. Après, nous ne nous rencontrerons plus jamais.

Elle l'écouta d'un air grave, puis hocha la tête. Cependant, elle ne put se retenir :

— Vous me détestez pour ce que je suis ou parce que je vous rappelle Miriam ?

Il se figea. Étonnée, Lily vit son expression se glacer. Apparemment, elle venait de le piquer au vif.

— Que sous-entendez-vous par là ?

Elle agita les mains, intriguée par la violence de sa réaction.

— Peut-être ai-je mal formulé la question, murmura-t-elle. J'aurais mieux fait de vous demander si vous aimiez Miriam ?

— Finissez votre café, ordonna-t-il sèchement.

Il extirpa une montre de son gousset, consulta l'heure puis la rangea.

— Paul vous a prévu un emploi du temps très chargé. Quant à moi, je dois aller me renseigner sur les horaires des diligences pour Denver.

Lily était sûre d'une chose : tout n'avait pas été rose chez les Westin. Lorsqu'il était avec elle, Quinn voyait Miriam, et Lily le soupçonnait d'éprouver alors toute la colère et le ressentiment qui avaient existé entre son épouse et lui. Il lui en voulait surtout de lui rappeler certains souvenirs. S'il ne connaissait pas, et s'il ne connaîtrait jamais Lily, il avait bien connu Miriam.

Lily se mit debout, défroissa machinalement sa jupe, puis accepta à contrecœur le bras de Quinn. Le simple fait de l'effleurer provoquait en elle une sorte de décharge électrique. Elle retint son souffle. Tous deux se raidirent.

Dix ans auparavant, elle aurait eu du mal à saisir le sens de ces sautes d'humeur, les moments de plein accord aussitôt suivis de petites explosions de rage. À présent, tout en se le reprochant, elle dut se forcer pour ne pas succomber aux sensations qui la submergeaient.

Elle n'était pas sotte. De plus, elle ne manquait pas d'expérience. Elle aurait beau le nier, le fait était là : Quinn Westin était très attirant, et résister à la tentation exigerait de sa part des efforts énormes.

Le plus troublant, c'était la lueur de désir qu'elle avait décelée dans son regard lorsqu'il l'observait, alors qu'il conservait à son égard une attitude distante et froide. Lui aussi devait lutter contre ses émotions.

Lily eut l'impression de fondre. Ses doigts se resserrèrent machinalement sur le bras de Quinn. Elle avait la gorge sèche, tout d'un coup. Elle s'humecta les lèvres. Et soudain, une pensée la frappa : qu'avait-on prévu, la nuit venue, pour coucher leur couple factice ?

— Tu la crois ? s'enquit Paul en renvoyant le serveur mexicain de leur table.

— Je ne devrais pas, admit Quinn en finissant son steak. Et pourtant, oui, je la crois. Il faut lui faire confiance, ajouta-t-il avec un haussement d'épaules. Elle ne s'enfuira pas à la première occasion. Elle ne l'a pas fait aujourd'hui. Elle affirme qu'elle n'en a pas l'intention.

Ils dînaient au club réservé aux hommes de Santa Fe. Il ressemblait en tout point à celui de Denver auquel appartenait Quinn. Lambris en bois de cerisier, tableaux de chasse aux murs, atmosphère enfumée, murmure de voix masculines... S'il n'y avait pas eu cet iguane empaillé qui trônait sur le manteau de la cheminée, il se serait cru à Denver.

Quinn posa délicatement sa fourchette.

— Avant de parler de Lily, j'aimerais discuter des modifications que tu as apportées à mon discours.

— Je connais tes objections, nous avons vu tout cela hier. Mais proposer des mesures de régulation pour l'industrie minière, c'est trop risqué.

— Quand es-tu allé dans les mines pour la dernière fois ? Les terrils défigurent le paysage. La terre est excavée du plus profond des montagnes, Paul. Rien n'y poussera jamais. Ce que je souhaite, c'est que l'industrie minière prenne en charge le nettoyage et l'aménagement du territoire. On ne peut pas continuer comme ça.

— Les petits opérateurs te tourneront le dos, tu ne parviendras jamais à les convaincre de renforcer ce type de législation. Quant au fardeau financier, c'est sur les grosses entreprises qu'il retombera. En d'autres termes, tu vas imposer des coûts supplémentaires à ceux-là même qui financent ta campagne. Ça ne passera pas, Quinn.

— Le prix à payer n'est rien en comparaison des bénéfices qu'on obtiendra à long terme.

— Tu plaisantes ? Non, Quinn, le mot clé, dans cette affaire, c'est « profit ». Ne l'oublie pas. Si tu veux menacer les bénéfices de l'industrie minière, c'est à tes risques et périls.

Quinn passa une main dans ses cheveux. Il avait mal aux épaules.

— Il y a vraiment des jours où je me demande ce que je fais là. Chaque fois que je me donne un but, tu me sors au moins quatre bonnes raisons pour ne pas agir.

— C'est ça, la politique. Je suis dans le bain depuis plus longtemps que toi, mon ami, et je connais les lieux où il vaut mieux ne pas s'aventurer. Tu ne peux pas te permettre de mécontenter les hommes qui te donnent de l'argent pour que tu sois élu.

Le serveur vint débarrasser leur table. Quinn ajouta :

— Après tout, Lily avait peut-être raison. Je devrais me financer moi-même. Je serais plus indépendant.

Paul commanda des digestifs, puis, les mains croisées sur la nappe d'une blancheur immaculée, il se pencha en avant.

— Ce serait absurde, Quinn. Sur le fond, je suis entièrement d'accord avec toi sur de nombreux points. Dans un monde parfait, je me battrais pour que tu puisses réaliser tes projets. Cependant, je peux t'assurer que tu perdras cette élection si tu as le malheur de fâcher l'industrie minière en suggérant des réformes qui vont forcément en diminuer les bénéfices. Ou bien si tu offenses les communautés religieuses en défendant le divorce ou encore si tu exiges des éleveurs qu'ils maîtrisent leur utilisation de l'eau… Tes idées sont bonnes mais le moment est mal choisi.

Quinn se tourna vers les fenêtres qui s'ouvraient sur la résidence du gouverneur territorial. Il connaissait les règles du jeu, mais elles ne lui plaisaient pas. D'abord se faire élire, ensuite seulement soulever les sujets à controverse. Il aurait préféré gagner grâce à ce qu'il espérait accomplir, plutôt qu'en ménageant à tout prix les susceptibilités.

— Je sais que c'est frustrant, que tu es impatient de te lancer dans une aventure en laquelle tu crois avec ferveur, enchaîna Paul en réchauffant son verre de cognac entre ses mains... As-tu envisagé de prendre une maîtresse ? demanda-t-il brusquement, après un court silence.

Quinn, pris de court, s'esclaffa.

— C'est ce que tu me conseilles comme antidote ?

— En partie, oui. À vrai dire, tu es le seul homme politique que je connaisse qui n'ait pas de maîtresse.

Il redevint sérieux.

— Il y a une autre raison. Plus précise.

— Lily, devina Quinn.

Paul acquiesça.

— Elle devient de plus en plus belle. Elle s'épanouit. Elle est vive, intelligente, elle a de l'esprit... Et vous êtes très attirés l'un par l'autre.

— Pour l'amour du ciel, Paul, tu ne vas tout de même pas m'exhorter à prendre Lily pour maîtresse ?

— Pas du tout ! Au contraire. Une fois qu'elle connaîtra bien son rôle, il y aura des moments où tu finiras par oublier qu'elle n'est pas Miriam. Tu seras peut-être tenté de... Mais c'est impossible. Si tu t'attaches à elle, tu auras un mal fou à t'en débarrasser ensuite.

Ce que disait Paul était très logique. En effet, Lily était métamorphosée. Elle avait beaucoup embelli, et lorsqu'il l'avait reconnue sur la place, un peu plus tôt dans la journée, il s'était accordé le luxe de la désirer.

À l'opposé de Miriam, Lily exhalait une sensualité enivrante. Cela s'exprimait par sa façon de bouger, son besoin de toucher, sa manière de se passer la langue sur la lèvre supérieure. Plus elle prenait confiance en elle, plus elle se sentait à l'aise dans son rôle. Et plus elle devenait séduisante.

— Tu vas la voir chaque jour. Vous allez vous comporter comme un couple marié et amoureux. Tu dormiras dans la chambre voisine de la sienne. La tentation sera immense, Quinn. D'autant que Lily est visiblement fascinée par ta personne. À ses yeux, tu es une sorte de puzzle. Elle ne comprend ni tes ambitions ni ta logique. Il y a quelques semaines, tu ne l'aurais même pas remarquée, et aujourd'hui, ton avenir dépend d'elle. Vous êtes étrangers l'un à l'autre, tout en vous connaissant. Ce mélange pourrait devenir un aphrodisiaque puissant. Cela m'inquiète. Tu dois te concentrer sur ta campagne.

Paul avait-il vu juste ? Quinn avait du mal à rester objectif.

— Lily serait une maîtresse merveilleuse, reprit Paul, le front plissé. Avec elle, tu ne t'ennuierais sans doute pas une seule seconde. Elle te coûterait moins cher que certaines. Et elle ne te demanderait pas de l'épouser.

Quinn avait bien conscience de tout cela.

— Cependant, entamer une liaison serait imprudent. Le moment venu, il faudra que tu puisses te défaire d'elle aussi facilement que de Miriam.

Quinn le regarda fixement. Sa voix devint rauque.

— Tu ne t'imagines tout de même pas qu'il m'a été facile de disposer de Miriam ?

— Une charmante diversion te ferait le plus grand bien. Réfléchis-y, Quinn.

— D'accord, concéda-t-il après un long silence. Mais franchement, c'est déjà assez compliqué comme ça.

Ils emportèrent leurs boissons dans le fumoir, où se trouvaient déjà deux sénateurs du Nouveau-Mexique. Paul en profita pour asseoir les bases de son plan.

Il présenta Quinn comme le futur gouverneur du Colorado et s'arrangea pour signaler qu'ils étaient venus chercher son épouse, en convalescence à Santa Fe. On vanta le bon air du Nouveau-Mexique, idéal pour les malades atteints de consomption, mais on ne posa aucune question indiscrète.

Quinn s'aperçut qu'il s'était attendu qu'on lui demande des détails. Dans quel sanatorium son épouse avait-elle été soignée ? Pouvait-il prouver qu'elle y était vraiment restée plusieurs semaines ?

Adossé contre la cheminée, il se dit que plus il la répéterait, plus l'histoire lui paraîtrait plausible. De toute façon, menteur un jour, menteur toujours…

Ils quittèrent le club aux alentours de minuit. Paul s'engouffra dans un fiacre, mais Quinn décida de rentrer à pied.

Scrutant les ombres, espérant presque tomber nez à nez avec un agresseur, il marcha au milieu de la rue, l'air sombre. Il pensait à sa campagne, à ses frustrations, aux compromis, aux mensonges et… à Lily.

Ce matin, lorsqu'elle avait accepté son bras, il l'avait regardée dans les yeux, et il avait eu envie d'elle. Terriblement.

Miriam n'avait jamais éveillé en lui de telles émotions. Pourtant, il avait du mal à se décider : était-il sensible à Lily ou à cette nouvelle et fascinante Miriam ?

— Nom de nom ! lâcha-t-il tout d'un coup, en fourrant les mains dans les poches de son manteau.

Il donna un grand coup de pied dans le vide. Il serait volontiers retourné sur la grande place chercher querelle à un inconnu, histoire de se défouler un peu.

Le lendemain matin, il partit beaucoup plus tôt que prévu pour ne pas avoir à affronter Lily pendant le petit-déjeuner.

La diligence avait parcouru quelques dizaines de kilomètres quand subitement l'ironie de la conversation de la veille le frappa. Paul l'encourageait à prendre une maîtresse. Il lui suggérait de prendre n'importe quelle femme, sauf celle qui allait incarner le rôle de son épouse. Il n'avait pas le droit de toucher à son « épouse ».

C'était pourtant bien elle qui hantait ses pensées.

5

Pendant les dix jours passés à Santa Fe, Lily s'exerça du matin au soir. Le petit-déjeuner à peine terminé, Paul lançait un nouveau thème : thé, déjeuner, petit souper, grand dîner et autres cocktails. Elle apprit le langage des cartes, déchiffra les titres, feignit de rendre visite à des femmes de rangs sociaux variés, puis de les recevoir à son tour. Elle s'entraîna à faire les présentations, à rédiger correctement cartons d'invitation et lettres de remerciement. Elle mémorisa les tâches spécifiques à chacun des domestiques de la maison et s'initia à la direction du personnel. Elle devait se changer plusieurs fois par jour, de manière à s'habituer aux traînes et aux tournures de ses robes.

Lily absorbait toutes ces informations comme une éponge. Un coiffeur lui enseigna l'art de changer de style selon ses tenues, le pharmacien local lui apporta toute une collection de crèmes et de lotions, la couturière lui expliqua la mode et les accessoires.

Certaines activités lui paraissaient plus pénibles que d'autres, la manière de se comporter à table, notamment. La plupart des règles édictées par le savoir-vivre lui semblaient absurdes.

Ôtant ses coudes de la table, elle observa Paul par-dessus le centre de table.

— Qui a pu imaginer un truc aussi ridicule qu'un rince-doigts ? Mais surtout, qui aurait pu croire qu'un jour j'aurais à m'en servir ?

— Ce soir, vous avez été presque parfaite, déclara-t-il en souriant. Vraiment, Lily, vos progrès sont remarquables. À moins que vous n'ayez les genoux croisés ?

— Non.

Le corset qui lui pinçait la taille jusqu'en haut des

hanches était trop rigide pour lui permettre une telle position.

Sans effort apparent, elle signala à Carlos de venir tirer sa chaise. Paul lui offrit son bras pour l'escorter jusqu'au salon, où, par un accord mutuel, Lily avait le droit de redevenir elle-même. Elle commença par se débarrasser de ses escarpins en satin et poser les pieds sur un tabouret. Les doigts de pied en éventail, elle se vautra avec plaisir dans son fauteuil.

Paul bourra sa pipe et l'alluma, puis contempla la jeune femme à travers les ronds de fumée.

— J'ai fait monter quelques livres dans votre chambre. À partir d'aujourd'hui, je veux que vous lisiez chaque soir pendant au moins une heure. Vous devrez aussi prendre l'habitude de parcourir les journaux tous les matins.

Elle émit un grognement.

— J'espère que ce ne sont pas des ouvrages sur l'étiquette.

— Il y a aussi des œuvres de Mark Twain, de Thomas Hardy, de Jules Verne. On parle beaucoup de ces auteurs, et tout le monde s'attendra que vous les ayez lus. Dans les mois à venir, je vous fournirai vos lectures, certaines pour votre culture, d'autres pour votre amusement.

— Je n'ai pas ouvert un bouquin depuis quinze ans, avoua-t-elle en fronçant les sourcils. Est-ce que je vais y arriver ? Par moments, j'ai peur, je me dis que tout ça est grotesque. Quelle importance, si mon siège se trouve à quinze centimètres de la table au lieu des vingt requis ? Miriam prenait-elle tous ces détails au sérieux ?

Baissant le nez, elle l'observa à la dérobée. Il s'était déplacé vers la cheminée, où brûlait un joli feu.

— Je doute que Miriam ait jamais remis en cause son éducation. Entre le fait de s'imprégner machinalement de certaines notions, et celui de désapprendre pour adopter un comportement contraire, la différence est grande.

— Vous la connaissiez bien ? demanda Lily, intriguée.

Elle s'attendait qu'il élude la question. Ce qu'il fit.

— Nom de nom, Paul, quand allons-nous parler une bonne fois pour toutes de Miriam ?

— Vous aurez moins à maîtriser votre langage si vous éliminez d'emblée toute forme de juron, répliqua-t-il, ignorant sa plainte. Demain, nous quittons Santa Fe. Je vous appellerai désormais Miriam, et dans les hôtels où nous descendrons en chemin, vous serez la femme de Quinn Westin.

Malgré elle, Lily eut une hésitation.

— Miriam, répéta-t-elle.

Ce prénom allait devenir le sien. La perspective de devoir répondre au nom de quelqu'un d'autre lui procura une sensation étrange. Elle soupira.

— C'est la quatrième ou cinquième fois que vous soupirez. Vous êtes fatiguée ? Vous vous ennuyez ?

— Suis-je malpolie ?

Ainsi, elle n'avait pas non plus le droit de soupirer. Au fond, rester naturelle, c'était manquer de distinction.

— Avez-vous eu des nouvelles de Quinn ?

Elle regretta un instant que Paul se soit débarrassé de tous les cigares de la maison. Elle songea aussi que le seul fait d'évoquer Quinn suffisait à la faire rougir, et cela l'ennuya. À vrai dire, sa présence et les promesses latentes de friction entre eux lui manquaient.

— J'ai reçu un télégramme ce matin. Son discours devant le corps législatif s'est déroulé sans heurts. Il nous attend au ranch.

— Vous a-t-il parlé de moi ?

Lily s'en voulut aussitôt, mais il était trop tard pour reprendre ses mots. Pour tenter de rattraper ce lapsus, elle ajouta :

— En parlant de manquement à la politesse, il ne m'a même pas dit au revoir.

— Il n'a pas non plus salué Carlos, ni la cuisinière ni la femme de ménage, riposta Paul. Vous êtes une employée, Lily.

Paul avait la désagréable manie de lui faire croire qu'ils étaient devenus amis, puis de la remettre brutalement à sa place.

— Quinn doit faire semblant, lui aussi, non ? argua-t-elle en se redressant, soudain furieuse. À moins qu'il n'ait traité Miriam comme une servante ? Dans ce cas, ce n'est pas étonnant qu'elle se soit enfuie.

Paul allait-il infirmer ou confirmer cette déclaration ? Il demeura impassible.

— Quinn jouera son rôle le moment venu, assura-t-il en venant lui offrir un verre de liqueur, avant de prendre place en face d'elle.

Il l'étudia longuement en fumant sa pipe.

— Vous êtes sur le fil du rasoir, Lily. D'un côté, vous devez vous immerger dans l'existence de Miriam. De l'autre, vous ne pouvez pas vous mettre dans sa peau au point d'en oublier que sa vie n'est pas la vôtre. Ne perdez jamais cela de vue. Après les élections, vous vous en irez pour toujours.

— Je sais, murmura-t-elle. Mais feindre d'être l'épouse de Quinn serait plus facile s'il était un peu plus chaleureux.

— La situation est délicate, acquiesça Paul sans la quitter des yeux. Vous êtes le sosie de Miriam. Vous allez porter ses vêtements, habiter sa demeure, voir ses amis. Cependant, vous devez à tout prix vous rappeler que vous n'êtes pas elle, sans quoi l'affaire pourrait tourner au désastre.

Lily agita les mains.

— Une fois de plus, vous m'envoyez des messages contradictoires. Un instant, vous m'obligez à devenir

Miriam, l'instant d'après, vous me dites que je ne serai jamais elle. Comment voulez-vous que je m'en sorte ?

— Vous voulez savoir la vérité ?

Elle crut déceler dans ses prunelles une lueur de sympathie.

— Je n'en sais rien, enchaîna-t-il. Vous êtes une femme intelligente, Lily. J'espère que vous trouverez vous-même une solution.

Il se pencha en avant, sa pipe entre les deux mains.

— Je sais que vous avez du mal à le croire, mais je vous aime bien. Je ne souhaite pas vous voir souffrir, mais ce sera le cas si vous oubliez qui vous êtes en réalité.

— Est-ce une menace ? Si je ne suis pas vos instructions à la lettre, vous me renvoyez en prison ?

Paul et Quinn étaient aussi puissants qu'impitoyables. Pour atteindre leur but, ils ne reculeraient devant aucun sacrifice. Lily s'était promis de ne jamais perdre cela de vue. Mais il était parfois difficile de trouver dur un gentleman qui vous expliquait tranquillement la différence entre une robe d'hôtesse et une robe d'intérieur.

— C'est une mise en garde, pour votre bien.

Une mise en garde n'était qu'une menace voilée. Il le savait aussi bien qu'elle. Paul savait être direct, mais il usait le plus souvent d'une grande subtilité.

— Si vous n'avez pas l'intention de me remettre derrière les barreaux, comment voulez-vous que le fait d'incarner Miriam puisse me nuire ?

— Quand tout sera fini, vous vous en irez, insista-t-il d'un ton neutre. Il n'est pas question que cette mascarade dure au-delà des délais dont nous avons parlé. Ne vous attachez pas à votre rôle au point de ne plus pouvoir vous en défaire.

— Ne vous inquiétez pas, rétorqua-t-elle, irritée. Je

compte les jours qui me séparent de mes retrouvailles avec ma fille.

— Vraiment ? Je m'interroge, murmura-t-il en haussant un sourcil. Vous ne seriez pas la première à échanger un enfant illégitime contre une existence luxueuse, de beaux vêtements, des bijoux et une demeure remplie de domestiques.

— Vous vous trompez, lança-t-elle, sur la défensive.

Elle chassa un vague sentiment de culpabilité. Paul n'était pas dupe : il avait bien compris son désir d'aller plus loin. À vrai dire, elle voulait tout : sa fille *et* l'existence de conte de fées de Miriam Westin.

— Bref, reprit Paul, tout ce que je cherche à vous dire, c'est que vous devez vous accorder du temps pour vous, pour rester vous-même. En privé, bien entendu. Pensez à Rose.

Lily tira sur l'étoffe de sa robe.

— Vous savez, j'ai failli lui écrire. Je suis sûre qu'elle serait enchantée de recevoir du courrier. J'ai changé d'avis, ajouta-t-elle avec un petit soupir, parce qu'il me semble que le temps lui paraîtrait encore plus long qu'à moi. Je vais attendre les élections pour lui annoncer mon prochain retour.

Levant les yeux, elle vit l'expression de Paul se durcir imperceptiblement.

— Excellente décision, approuva-t-il sans sourciller. Moins on saura où vous êtes, moins vous risquez d'être démasquée. Vous n'avez pas l'intention d'entreprendre une correspondance avec vos camarades de cellule, j'espère ?

Il était calme, pourtant Lily sentit que la question était d'importance.

— Non. Poursuivre des relations entamées en prison n'est pas recommandé. Si Alice, ou Ida, ou Jane-la-folle passaient la porte maintenant, on ferait semblant de ne pas se reconnaître.

Elle pensait souvent à elles. Ses amies lui manquaient. Quelqu'un à qui se confier, à qui montrer toutes ses belles toilettes. Elle ne reverrait jamais ni Alice, ni Ida, ni Jane-la-folle. Ces amitiés-là s'étaient arrêtées le jour où elle avait quitté la prison. Cela valait mieux pour tout le monde.

— Parfait, décréta-t-il en tapotant sa pipe dans le cendrier. Demain, le trajet sera long. Vous êtes prête ?

En se remémorant cette conversation un peu plus tard, Lily eut l'étrange sentiment qu'elle avait eu tort d'avouer qu'elle n'avait écrit ni à sa tante ni à Rose, et qu'elle ne prendrait contact avec personne.

Perturbée, elle y réfléchit un moment, puis se persuada que c'était absurde de s'inquiéter.

D'ailleurs, elle avait d'autres angoisses bien plus pressantes. Le lendemain, pour la première fois, elle allait se faire passer pour Miriam Westin. C'était sur ce parcours, de Santa Fe à Denver, que devait resurgir la femme de Quinn. Au début, on ne lui demanderait pas grand-chose. Elle n'aurait qu'à répondre à son nouveau nom en présence de quelques employés d'hôtels.

Cependant, Lily avait la nette impression de franchir une étape irrévocable. Elle en avait la chair de poule. Où était la vraie Miriam ?

Les premiers jours, lorsque Paul l'appela Miriam, Lily se sentit une âme d'usurpatrice. Vers la fin de la semaine, elle commença à s'y habituer. Le plus difficile, ce serait lorsque Quinn la désignerait sous le nom de sa femme disparue.

Elle essayait en vain de ne pas penser à lui. Malheureusement, il hantait ses pensées à chaque instant. Elle attendait leurs retrouvailles avec une impatience mêlée de crainte, tout en sachant qu'elle serait déçue.

— Vous soupirez de nouveau, murmura Paul en levant les yeux des notes qu'il était en train de consulter. À vrai dire, Miriam soupirait souvent, elle aussi. En ce qui me concerne, je trouve cela disgracieux.

Sans prendre la peine de répondre, Lily tira le rideau de la berline et inspecta le paysage. Au loin se dressaient des montagnes couvertes de neige. Plus ils avançaient vers le nord, plus le temps se rafraîchissait. Laines et cachemires devenaient indispensables. Aujourd'hui, elle avait ajouté une cape à sa panoplie de voyage.

— Vous dites que nous atteindrons Denver bientôt ?

— Sans doute après-demain, confirma Paul. Nous nous rendrons directement au ranch, où vous pourrez vous reposer pendant une semaine. J'annoncerai que vous êtes revenue de Santa Fe et que vous poursuivez votre convalescence dans la demeure familiale. La semaine d'après, vous vous installerez avec votre mari dans le manoir.

Ce genre de déclaration continuait de la surprendre. Souvent, elle confondait encore fiction et réalité. Anxieux de sauver les apparences, Paul faisait preuve d'une grande sollicitude envers elle, comme si elle récupérait véritablement d'une longue maladie. La veille, dans le hall de leur hôtel, elle avait feint une quinte de toux, juste pour l'éprouver. Il s'était précipité vers elle, l'air sincèrement affolé.

— Le manoir, répéta-t-elle en essayant de s'imaginer l'imposante maison.

Pourvu qu'elle se souvienne des noms de tous les domestiques. Pourvu qu'ils ne devinent pas le subterfuge.

— Vous m'avez dit que Quinn l'avait fait reconstruire. Est-ce en prévision des bals et des réceptions qu'il pourra donner lorsqu'il sera gouverneur ?

— Entre autres raisons, oui.

Luttant contre les secousses de la voiture, il se pencha de nouveau sur son carnet

— Vous ne vous arrêtez donc jamais ? lança-t-elle.

Chaque jour, ils révisaient les fiches qu'il avait établies concernant toutes les relations de Miriam. Lily avait espéré y glaner quelques informations sur cette dernière. En vain.

— Elle avait beaucoup d'amis, marmonna-t-elle.

Paul plissa le front.

— Vous connaissez énormément de monde, rectifia-t-il. Mais vous êtes trop timide pour tisser des liens.

Le moindre renseignement avait son importance. Si Miriam était timide, alors, cela signifiait qu'elle restait discrète en société, qu'elle évitait les regards des inconnus. L'obligation de recevoir devait être un poids, faire des visites également. Lily se dit aussi qu'elle devait rarement exprimer ses opinions.

— Moi, je ne suis pas timide, répliqua-t-elle.

Paul s'esclaffa.

— Pour ça, non !

— Cependant, je crois savoir comment m'y prendre pour en donner l'impression.

Elle eut une petite moue, avant de poursuivre :

— Je n'aurais qu'à faire semblant de me trouver devant un gardien de prison, je n'aurai aucun mal à regarder par terre et à me taire. Je suppose que Miriam était plutôt silencieuse ?

— En effet. Tenez, lisez ces nouvelles fiches, puis nous les reverrons ensemble.

Lily savait à quel point il était essentiel pour elle de connaître par cœur tous les détails de ces listes. La moindre erreur pouvait conduire à une véritable catastrophe. Pour Quinn, les conséquences seraient désastreuses.

— Nous ne pouvons pas tout savoir, protesta-t-elle. Je vais faire des bêtises. C'est inévitable.

— Lily, vous auriez dû être pendue. Vous avez réussi à sauver votre peau. À mon avis, vous n'aurez aucune difficulté à vous débrouiller parmi tous ces gens.

— J'espère que je serai à la hauteur.

Soudain, tout le projet lui parut condamné d'avance. Voire, dangereux. Si elle commettait une bévue, la puniraient-ils en la renvoyant à Yuma, entre les mains de l'abominable Ephram Callihan ?

Situé au nord de Denver, le ranch Westin s'étalait sur plusieurs centaines d'hectares de pâturages fertiles. L'eau abondait.

C'était ici que Quinn aimait vivre. Il savoura son bonheur en arrêtant son cheval. Mains croisées sur le pommeau de sa selle, il admira le paysage avec plaisir. Ici, tout était simple. La nature favorisait les prédateurs, et cette notion le rassurait. On pouvait être prédateur ou victime, mais il n'existait pas d'état intermédiaire.

Il observa un renard qui dévorait un lapin, puis posa son regard sur les pics enneigés qui jaillissaient à l'ouest. Le grand désert américain s'étalait à l'est. Denver était derrière lui, mais la ville ne cessait de s'agrandir. D'ici quelques années, la région serait envahie par les fermes et les résidences.

Mais ce problème n'en était pas encore un. Il y en avait d'autres, plus immédiats, à considérer. En quelques semaines, il avait récupéré ses forces et ses esprits, bien que Lily Dale continuât de l'obséder.

En cette fin d'après-midi de novembre, l'idée d'avoir engagé quelqu'un pour incarner le rôle de Miriam lui paraissait absurde. La ressemblance n'était qu'un pur produit de son imagination.

Sourcils froncés, il changea de position pour observer un troupeau de bovins texans se dirigeant paisiblement vers le ruisseau qui traversait cette partie du domaine. Ces taureaux à longues cornes étaient des bêtes sournoises, d'un tempérament emporté et, depuis un certain temps, Quinn songeait à expérimenter de nouveaux croisements. Il croyait possible de créer une nouvelle espèce, dotée à la fois d'endurance et d'un caractère plus docile.

Cette pensée le ramena à Lily Dale. Pouvait-elle être transformée au point de tromper ceux qui connaissaient son épouse ? Aujourd'hui, il avait des doutes.

Toujours soucieux, il leva une main pour se protéger les yeux du soleil.

Depuis cinq ans, le ranch Westin transportait son bétail jusqu'aux abattoirs du Kansas, puis, de là, jusqu'à Chicago. Les patrons de son parti lui avaient promis qu'une fois élu gouverneur, il aurait un marché garanti sur Denver, en guise de gratification.

Baissant la tête, il se frotta le nez. Il souhaitait changer bien des choses au sein du gouvernement et de son fonctionnement. Malheureusement, s'il ne gagnait pas l'élection, il n'aurait aucune chance de mettre ses projets à exécution.

Ce qui le ramenait une fois de plus à Lily Dale.

Son avenir, ainsi que celui de tout un État, dépendait désormais d'une mère célibataire tout juste sortie de prison. Il grimaça. Elle pouvait le détruire en un clin d'œil.

Reprenant les rênes de son cheval, il fit demi-tour et regagna la maison au grand galop.

D'ici une heure, les dés seraient jetés.

Les employés du ranch connaissaient très peu Miriam, qui venait rarement. Cependant, Smokey Bill, le régisseur, l'avait rencontrée l'année précédente. Si Quinn avait remplacé les domestiques, il n'avait pas pu se séparer de Smokey Bill. C'est avec lui que Lily passerait un premier test. Ensuite, Quinn déciderait si, oui ou non, ils continuaient sur leur lancée.

Il serait bientôt fixé sur son sort, songea-t-il quand la berline remonta l'allée principale. Quinn reprit son souffle, se dressa de toute sa taille et s'avança.

Cependant, il se figea lorsque le cocher ouvrit la portière. Paul émergea d'abord, puis tendit la main à Lily. Non, pas Lily. Miriam.

En la voyant, son cœur cessa un instant de battre. Vêtue d'un tailleur gris, un petit chapeau en équilibre sur une pile de boucles blondes, elle s'était épanouie.

Quinn écarquilla les yeux. Ce n'était pas… ce ne pouvait pas être la jeune femme qu'il avait rencontrée devant la prison de Yuma. Ce ne pouvait pas non plus être Miriam, bien qu'il dût lutter pour s'en convaincre.

L'air morose, il se força à poursuivre son chemin. Il essaya de se rappeler comment il aurait accueilli Miriam après une absence prolongée. Curieusement, il n'en avait aucun souvenir.

Lorsqu'elle le reconnut, Lily eut un sourire ravi. Quinn éprouva un pincement douloureux. Il y avait des années que Miriam ne lui avait pas souri ainsi.

— Quinn ! s'exclama-t-elle.

Elle plaça une main gantée sur la manche de sa veste et lui offrit son visage lumineux. Il la regarda dans les yeux, ne voyant ni Lily ni Miriam, mais une créature hybride, une magnifique chimère.

— Miriam.

Il l'aurait embrassée. Il s'exécuta, au cas où des ouvriers traîneraient dans les parages.

Elle se pressa contre lui et, pour la première fois de sa vie, Quinn se sentit mal à l'aise, troublé par son parfum. Celui de Miriam. Il resserra les mains autour de sa taille.

Il avait l'intention de la maintenir à distance, mais il se surprit à l'attirer contre ses hanches. Ils étaient presque lèvres contre lèvres. Aucun homme n'aurait su résister à semblable invitation. Quinn hésita imperceptiblement, puis déposa un baiser sur sa bouche. Elle eut un frémissement.

Une telle étreinte, en public, se devait d'être légère, impersonnelle. Pourtant, en l'enlaçant, Quinn oublia tout et se laissa embraser par un désir aussi soudain qu'intense.

Il dut se forcer pour la relâcher, le souffle court, l'esprit affolé. Elle le contemplait d'un regard étonné, sa poitrine se soulevant par à-coups sous sa cape.

Quinn éprouva un vertige. Quelle mouche l'avait piqué ? Il venait de réagir comme un adolescent !

Paul avait froncé les sourcils. Il lui tendit la main. Derrière eux, Smokey Bill intervint :

— Bienvenue au ranch, dit-il à l'adresse de Lily.

L'hésitation de Lily fut si brève que Smokey Bill ne se rendit compte de rien. Sidéré, Quinn constata qu'elle ne se tournait pas vers Paul pour l'appeler au secours. Elle avait « reconnu » le régisseur du premier coup.

— Quelque chose a changé, depuis l'année dernière, murmura-t-elle, songeuse. Ce devait être... euh... au mois de septembre.

Smokey Bill sourit.

— Oui. On a installé un nouveau puits pendant l'été : ce moulin à vent est tout neuf. De plus, on a agrandi le dortoir et la cuisine d'été.

Lily s'écarta de Quinn et de Paul pour suivre Bill jusqu'à la véranda, d'où il lui indiqua le nouveau dortoir.

— Je n'en crois pas mes yeux, chuchota Quinn.

Ses gestes étaient moins maniérés que ceux de Miriam, sa voix, beaucoup plus rauque. Mais elle n'était plus Lily. Évitant d'affronter directement le regard admiratif de Smokey Bill, elle l'observait à la dérobée. Sa démarche était gracieuse.

Paul avait du mal à dissimuler sa fierté. *Après tout*, se dit Quinn, *c'est bien son droit. Lily est sa création. D'une pierre brute, il a fabriqué un diamant.*

Elle revint vers eux en souriant.

— Veuillez prier Curly de porter mes bagages à l'intérieur. J'aimerais me reposer avant que Jamison ne nous serve un de ses délicieux ragoûts de bœuf.

Elle y allait un peu fort, trop heureuse de constater sa surprise.

— Curly est parti. Jamison aussi, annonça Quinn.

Smokey Bill se précipita pour prêter assistance au cocher avec les valises.

— Ah ? murmura-t-elle à Paul d'un ton de reproche. Personne ne m'avait prévenue.

Quinn était impressionné malgré lui. Mais cette ravissante créature n'était pas Miriam. Lorsqu'elle était venue l'année précédente, Miriam avait suscité la curiosité des employés parce qu'elle était la femme du patron. Jamais elle n'avait éveillé l'adoration qu'il lisait déjà dans les yeux du régisseur.

Miriam ne manquait pas de charme, mais elle était d'une timidité presque maladive. Lily, elle, se révélait immédiatement. La curiosité et la vivacité d'esprit brillaient dans ses yeux, elle se déplaçait avec élégance et sensualité. En voulant jouer les timorées, elle apparaissait davantage coquette qu'embarrassée.

Un sentiment de rage le submergea soudain, tandis qu'elle soulevait ses jupes et gravissait dans un froufrou d'étoffe les marches de la véranda. Elle avait vécu avec un autre homme. Elle lui avait donné un enfant. Elle portait le nom de Quinn, mais elle ne lui appartenait pas.

— Quinn ? Tu veux discuter ici ou à l'intérieur ?

Lily se retira dans ses appartements. Quinn crispa les poings en l'imaginant dans la chambre de Miriam, étalant ses produits de beauté sur la coiffeuse de Miriam, dormant dans le lit de Miriam.

D'un geste de la main, il invita Paul à prendre place dans son bureau. Puis il traversa la pièce pour se verser une bonne dose de whisky. Il en avala une lampée, savoura la sensation de brûlure dans sa gorge, puis remplit un verre pour Paul.

— Tu as accompli un véritable miracle, déclara-t-il en s'installant derrière sa table et en levant son gobelet. Je ne pensais pas que c'était possible.

Paul posa son chapeau sur ses genoux et se frotta la nuque.

— N'oublie pas que cette transformation n'est qu'un vernis superficiel. Elle peut commettre des erreurs, se mettre à jurer comme une poissonnière. Je ne sais pas si elle y a songé un jour, mais elle aurait pu être une remarquable actrice.

— Une heure avant votre arrivée, j'avais décidé de tout arrêter.

— Elle peut passer pour une dame, dit Paul en bourrant sa pipe. Mais elle n'est pas encore Miriam. C'est maintenant à toi de jouer. De loin, personne ne mettra en doute son identité. De près, c'est un autre problème. Ses gestes sont faux, elle est trop extravertie, trop rebelle.

Il souffla un nuage de fumée.

— Cependant, ses progrès sont étonnants. Je ne pense pas qu'elle ait été repérée entre Yuma et Santa Fe. Entre Santa Fe et Denver, personne n'a pu l'ignorer.

Quinn s'offrit un cigare.

— Peux-tu imaginer à quel point c'est troublant pour moi ?

Il n'était pas habitué à autant d'incertitude. Lorsqu'il voyait Lily, une multitude d'émotions contradictoires l'envahissait. Son visage était familier, ses expressions, étrangères. Elle se servait de son corps d'une tout autre manière que Miriam. Ses gestes étaient moins gracieux, plus provocants. Il avait un peu l'impression de retrouver Miriam sans l'avoir jamais connue.

Soudain, il se rappela sa femme telle qu'il l'avait vue la dernière fois. Un pincement douloureux lui étreignit la poitrine.

— Combien de temps restes-tu ?

— Je rentre à Denver tôt demain matin. Il me faut au moins une semaine pour m'occuper de la paperasserie qui a dû s'accumuler en mon absence. Et puis, j'ai une amie à voir.

Quinn hocha la tête et se tourna vers le portrait de son père. Il enviait Paul Kazinski, qui n'avait plus rien à prouver. Vif, intelligent, il s'était bâti une solide réputation d'homme de l'ombre et avait amassé une fortune considérable. Les compromis et les concessions ne l'effrayaient pas. Il faisait ce qu'il avait à faire, sans jamais rien regretter. Son passé ne le hanterait jamais. Mieux encore, il avait décidé de ne jamais se marier, préférant s'amuser avec une succession de maîtresses dont il se débarrassait sans pitié dès qu'elles l'ennuyaient.

La porte du bureau s'ouvrit, puis se referma. Lorsque Quinn se résolut enfin à se retourner, Lily avait hissé ses jupons pour se percher sur le bord de la table. Elle se pencha vers la boîte de cigares et en sélectionna un.

— Je n'ai pas fumé depuis que vous nous avez laissés à Santa Fe, lança-t-elle, en jetant un coup d'œil de reproche à Paul.

Elle croisa les jambes, révélant plusieurs centimètres de chevilles fines. Quinn la dévisagea, fasciné. Elle était comme un caméléon. La dame élégante qui avait surgi de la berline était redevenue un vrai garçon manqué. La prouesse était admirable.

Elle inhala la fumée avec bonheur, examina Quinn, souffla puis plissa les paupières en direction de Paul.

— Bien, les gars. Assez tergiversé.

— Messieurs. Pas « les gars », corrigea machinalement Paul.

— Le moment est venu de parler de Miriam. Je veux savoir qui elle est, et ce qui lui est arrivé. J'ai assez attendu comme ça. Si vous refusez, je pars pour le Missouri demain matin.

Elle exhala des ronds de fumée en direction du plafond.

— Allez-y, cow-boy, je suis tout ouïe.

6

— Veuillez baisser le ton, ordonna sèchement Paul en jetant un coup d'œil vers la porte. Menacer de vous enfuir est inutile et agaçant. Nous avons toujours dit que nous ferions d'abord de vous une dame, et qu'ensuite…

— Venons-en à Miriam, interrompit Lily.

Quinn, le front plissé, avait pincé les lèvres. Son regard gris lançait des étincelles. Il avait une façon de la dévisager, comme s'il voyait en elle. Visiblement furieux, il ôta sa veste puis remonta les manches de sa chemise.

Leur relation apparaissait de plus en plus complexe. Quand il l'avait embrassée, elle avait senti combien il la désirait. C'était un accident, mais ce baiser les avait bouleversés l'un comme l'autre. Toutes les bonnes résolutions de Lily s'étaient volatilisées, remplacées par une vague de sensations qui lui avait coupé le souffle.

Pendant un instant, elle s'était laissée aller à ce délicieux vertige, puis elle s'était demandé qui il étreignait. Miriam ? Lily ? Avec surprise, elle comprit combien elle aurait été peinée d'apprendre qu'il pensait à Miriam.

À présent, une chose était certaine : Quinn examinait Lily Dale, et il lui en voulait d'avoir des exigences, de ressembler à son épouse et, sans doute, de l'avoir excité.

Elle ne cilla pas. Le cœur serré, elle attendit qu'il s'exprime.

— Bien, concéda-t-il enfin. Que voulez-vous savoir ?

— Tout.

Soudain, elle se sentit ridicule, perchée sur ce bureau comme une fille de mauvaise vie dans un bar. Elle se laissa glisser à terre et prit place à côté de Paul.

— Pourquoi ai-je l'impression de vous demander l'impossible ? murmura-t-elle.

Elle se pencha pour faire tomber la cendre dans le cendrier. Elle regrettait d'avoir allumé ce cigare. Il n'avait pas bon goût. Et puis, fumer lui semblait tout d'un coup d'une grande vulgarité.

Elle s'était dit qu'en paradant ainsi devant lui, elle forcerait Quinn à reconnaître le contraste entre Lily Dale, la vraie, et le rôle de composition qu'elle avait joué devant Smokey Bill. Elle voyait maintenant qu'elle n'avait réussi qu'à l'exaspérer.

— Je ne peux pas réussir ce pari si vous me cachez tout sur Miriam. Comment bouge-t-elle ? Comment se comporte-t-elle ? Quelles étaient ses habitudes ? Qu'est-ce qui la rendait triste ? Heureuse ? Qu'aimait-elle ? Que détestait-elle ?... Quelle sorte de vie de couple avait-elle ? conclut-elle en soutenant le regard de Quinn.

— Je comprends la nécessité d'une telle conversation, mais il m'est désagréable d'exposer l'existence de ma femme à une inconnue.

Elle faillit s'étrangler de colère.

— Écoutez. Je vais être la meilleure amie que Miriam Westin ait jamais eue. Je vais faire de mon mieux pour être à la hauteur, pour ne pas la mettre dans l'embarras.

Quand elle reviendra, elle n'aura rien à se reprocher. Mais pour ça, il faut que j'en sache plus sur elle.

— Elle a raison, admit Paul, l'air grave. Il est temps.

Quinn s'adossa dans son fauteuil, son verre de whisky posé sur l'estomac.

— Je vous ai donné l'impression que Miriam avait vécu dans le confort et la sécurité. C'est exact. Cependant, elle n'a pas eu une enfance heureuse. Elle a perdu sa mère quand elle avait dix ans. Cinq années plus tard, sa sœur Susan est morte, à l'âge de douze ans. Son frère a été tué à la guerre, et son fiancé n'est jamais revenu. Son père est décédé il y a cinq ans. Miriam a passé le plus clair de son temps dans le deuil.

— Doux Jésus ! s'exclama Lily en clignant des paupières. Tous ceux qu'elle aimait sont morts.

Pour la première fois depuis longtemps, elle songea à sa propre famille. Ses parents avaient été abattus par deux Indiens en état d'ivresse, et elle avait une sœur qui avait succombé très jeune à la diphtérie. Comme Miriam, elle avait grandi dans le chagrin.

— Continuez...

— Quand j'ai rencontré Miriam, elle avait vingt-deux ans. Elle vivait avec son père.

Il se réfugia dans un silence morose puis se passa une main dans les cheveux.

— Le juge Alton était un homme d'influence, reprit-il enfin. Un personnage politique puissant.

Lily se redressa brusquement.

— Espèce de salaud, murmura-t-elle entre ses dents. Vous avez épousé Miriam dans le seul but de faire avancer votre carrière, n'est-ce pas ?

— En partie oui, avoua-t-il. Miriam était une belle femme, et j'étais suffisamment idéaliste pour m'imaginer que je saurais la rendre heureuse.

— Avez-vous réussi ?

Il se tourna vers le portrait de son père.

— J'en doute.

— Ça ne m'étonne pas. Comment vouliez-vous qu'elle s'épanouisse en sachant que vous vous étiez marié uniquement dans l'espoir d'obtenir le soutien de son père ? Elle était au courant, au moins ?

Bien sûr, songea-t-elle aussitôt. Elle avait dû sentir, comme Lily, qu'on se servait d'elle.

Il haussa les épaules et prit tout son temps pour allumer un cigare.

— Les gens se marient pour de multiples raisons. Miriam était naïve, mais elle n'était pas stupide.

— Dans ce cas, pourquoi a-t-elle accepté ? répliqua Lily d'un ton à peine poli.

— Son père souhaitait cette union, répondit-il durement. Miriam avait attendu des mois un homme qui n'était pas revenu de la guerre. Elle ne rajeunissait pas, et les prétendants étaient de moins en moins nombreux. Quand j'ai surgi dans son existence, le juge était déjà malade. Il était pressé de voir sa fille mariée et installée.

Et Miriam, qu'avait-elle voulu ? Était-elle satisfaite de vivre dans la demeure familiale et de prendre soin de son père ? Avait-elle rêvé d'une maison à elle ? Avait-elle eu envie d'épouser Quinn ou avait-elle accepté dans le seul but de rassurer le juge ?

— Quel âge a-t-elle aujourd'hui ?

— Trente ans. Deux ans de plus que vous.

Petit à petit, l'image de Miriam prenait forme. Lily imaginait une femme jolie, un peu mélancolique, réservée, timide, une enfant docile cherchant à satisfaire le seul membre restant de sa famille.

Elle s'efforça de considérer Quinn de la manière la plus objective possible. Il était beau, attirant, même lorsqu'il avait du mal à contenir sa colère. Miriam avait-elle été de cet avis ? Avait-elle trouvé facile ou difficile de l'aimer ? Les battements de son cœur s'accéléraient-ils en présence de son mari ? Avait-elle espéré ses caresses avec impatience ou redouté leurs étreintes ?

Paul se leva brusquement et alla poser son verre vide sur le bar.

— Si vous voulez bien m'excuser, j'ai des documents à lire avant le dîner.

Son tact étonna Lily. Évidemment, il connaissait cette histoire par cœur.

Quinn attendit que son ami et associé ait refermé la porte derrière lui.

— Miriam voulait des enfants. C'est tout à fait compréhensible. Malheureusement, elle a toujours eu une santé fragile, et elle avait du mal à tomber enceinte. Elle a subi quatre fausses couches avant de mener une grossesse à terme.

Lily arrondit la bouche, sidérée.

— Vous avez un enfant ? s'écria-t-elle.

Comment avait-il pu le lui cacher ? C'était choquant.

— Miriam a mis au monde une petite fille il y a huit mois. Elle l'a appelée Susan, en souvenir de sa sœur.

— Vous avez une fille ? répéta Lily. Vous ne m'en avez jamais parlé !

Elle était outrée. Pour rien au monde elle ne tromperait un enfant. Elle posa les mains sur les bras de son fauteuil, prête à bondir. Elle ne se prêterait pas à une telle mascarade.

Après lui avoir servi un scotch, Quinn éteignit le cigare qu'elle avait oublié dans le cendrier, puis se rassit.

— Au mois de mai dernier, notre maison en ville a pris feu. Susan a péri dans l'incendie.

— Mon Dieu ! souffla Lily en se laissant choir sur son siège. Et Miriam, ajouta-t-elle, Miriam est-elle morte, elle aussi ?

— Miriam a souffert de brûlures, dont une assez grave à la jambe.

Incapable de rester en place, Quinn se remit debout et alla se poster devant la fenêtre, sourcils froncés, le regard lointain.

— Mon Dieu, répéta Lily.

C'était abominable. Miriam avait survécu. Et pas son bébé. Elle avait dû atrocement souffrir, s'accuser de ne pas avoir pu sauver Susan.

La gorge nouée, les larmes aux yeux, Lily songea qu'elle savait trop ce qu'était la torture de se répéter sans cesse : si seulement je n'avais pas écouté Jack, si seulement j'avais refusé de l'accompagner jusqu'au casino, si seulement j'avais agi autrement, en ce moment même, je serais avec Rose.

Elle n'avait pas vécu une seule journée en prison sans ressasser ses conversations avec Jack, en essayant d'en modifier la fin. Mille fois, elle s'était imaginée lui répondant non ou s'enfuyant devant l'entrée du casino.

Miriam avait dû subir le même calvaire mais, pour elle, c'était encore pis, puisque son bébé était mort. Elle ne pourrait jamais espérer revoir sa fille.

— Mon Dieu, soupira-t-elle de nouveau, en pressant les doigts sur ses paupières. Elle s'est sentie responsable de cette tragédie.

— C'est normal, trancha-t-il.

— Mais vous aussi, vous lui en avez voulu, devina-t-elle, sensible à sa froideur.

— L'incendie a été très rapide et très violent. Personne n'aurait pu secourir Susan. Sa nurse a péri aussi cette nuit-là, ainsi qu'une des bonnes. C'est un miracle que Miriam ait pu s'échapper.

Lily s'essuya les yeux. Elle avait du mal à comprendre : s'il ne l'accusait pas, quel sentiment éprouvait-il ?

— Et vous, où étiez-vous ? Avez-vous tenté de sauver votre fille ?

— J'étais sorti. Le temps que j'arrive, la maison était un véritable brasier.

Avait-il des remords de ne pas avoir été là ? Était-ce cela qu'elle décelait dans sa voix ?

— Combien de temps après l'incendie Miriam a-t-elle disparu ?

— Presque immédiatement.

Il se frotta le front. Lily avala son verre d'un trait, dans l'espoir de recouvrer ses esprits.

— Quinn, vous devez la retrouver. Où qu'elle soit, elle souffre. Elle a besoin de vous.

Il eut un rire amer, presque cruel.

— Croyez-moi, Miriam est plus heureuse là où elle se trouve qu'elle ne l'a jamais été avec moi.

Lily crispa les poings.

— Comment pouvez-vous être aussi dur ? Votre fille est décédée il y a cinq mois, votre femme s'est enfuie. Parce que c'est bien cela, n'est-ce pas ? Elle s'est enfuie.

— Oh, oui, murmura-t-il. Loin. Très, très loin.

Soudain, il jeta son verre contre le mur. Le cristal explosa en mille morceaux. Lily sursauta, affolée.

— Ne me dites pas que Miriam a besoin de moi, parce que c'est faux. Ne me dites pas qu'elle veut qu'on la retrouve, parce que ça n'arrivera jamais. Si vous avez d'autres questions, posez-les maintenant, car c'est la dernière fois que nous aborderons ce sujet.

La violence de ses paroles suffoqua littéralement la jeune femme. Ou bien il masquait son chagrin derrière sa rage, ou alors il lui cachait quelque chose.

— Avec Paul, vous parlez toujours de Miriam au passé. Croyez-vous qu'elle soit morte ? Qu'elle se soit suicidée par désespoir ?

Il mit longtemps avant de déclarer :

— Miriam est vivante.

Les révélations se succédaient trop rapidement. Lily était à court de mots. Elle leva une main puis la laissa retomber mollement sur ses genoux.

— Où Susan est-elle enterrée ?

— Au cimetière de Prospect Hill.

Lily s'efforça de penser à autre chose. Mille questions se bousculaient dans sa tête.

— Miriam souffrait-elle vraiment de consomption ?

— Elle avait une santé délicate, mais je doute qu'elle ait eu la tuberculose.

On frappa à la porte. Paul apparut.

— Le repas est servi. Vous préférez qu'on vous l'apporte ici ?

Quinn sortit sa montre, l'ouvrit, consulta l'heure, la rangea.

— Vous avez d'autres questions ?

Lily le dévisagea, soudain très lasse. Lui aussi paraissait épuisé, vidé.

— J'en ai des dizaines, mais elles ne me viennent pas à l'esprit, je...

— C'est le moment ou jamais.

Elle repoussa une mèche de cheveux sur son front, et tenta de se concentrer.

— Où étiez-vous, ce soir-là ?

— J'étais avec Paul.

— Comment le feu a-t-il pris ?

— La cause n'a jamais été trouvée.

Les réponses de Quinn étaient sèches, courtes, agressives. Lily était convaincue qu'il en savait plus qu'il ne voulait bien le révéler, mais comment le lui demander ? Frustrée, irritée, elle s'en prit à Kazinski.

— Pourquoi ne m'avez-vous jamais parlé de Susan ?

— Le fait de savoir que Miriam avait perdu un enfant aurait-il changé quoi que ce soit ?

— Elle en a perdu cinq. Susan, plus quatre fausses couches.

Comment Miriam avait-elle supporté tant de chagrin ? Elle avait dû souffrir terriblement.

Cette discussion avait au moins eu l'avantage de résoudre un petit mystère. Lily comprenait désormais pourquoi toutes les toilettes de Miriam étaient de couleur sombre.

— Vous me rendez malade, tous les deux, marmonna-t-elle en se levant avec une moue de dégoût. Ce n'est pas du sang que vous avez dans les veines, mais de la glace. Vous ne pensez qu'à vous.

Soulevant ses jupes, elle se dirigea vers la porte.

— Écartez-vous de mon chemin. Je ne veux pas me mettre à table avec vous. Je dînerai dans ma chambre.

— Attendez !

Paul la saisit par le bras.

— Quinn ? Tôt ou tard, il faudra qu'on lui donne les bagues. Autant que ce soit maintenant.

Quinn jura, s'essuya le front, puis ouvrit un tiroir de son bureau. Il en sortit une petite boîte, la tint dans la main un instant, puis la jeta à Paul comme si elle lui brûlait les doigts.

— Qu'est-ce que c'est que ça ? demanda Lily.

Mais elle le savait déjà.

— Les anneaux de mariage de Miriam, grommela Quinn en se laissant choir sur son siège.

— Ce sont des copies ?

Paul répondit par l'affirmative, Quinn, par la négative. Elle les gratifia chacun d'un regard noir, puis sortit en claquant violemment la porte derrière elle.

Dans ses appartements, on avait allumé les lampes, et un feu flambait dans la cheminée. Lily se réchauffa d'abord les mains, puis se percha au bord de son lit et ouvrit la boîte. Très délicatement, elle en extirpa les bagues de Miriam. Elle examina de près le diamant niché entre deux roses en or, puis lut l'inscription à l'intérieur. Q.W. et M.A., le 10 juin 1867.

Un soupir lui échappa. Elle ferma les yeux. Quinn avait raison. Une femme qui partait en laissant derrière elle ses bagues de mariage ne méritait pas qu'on la recherche. Miriam n'avait jamais eu l'intention de revenir.

Un domestique souriant lui apporta un plateau. Il se présenta, mais elle ne reconnut pas son nom.

— Posez ça là, ordonna-t-elle distraitement, en indiquant une table près de la coiffeuse.

Elle avait eu tort de demander qu'on lui monte à manger. Elle n'avait plus faim.

Elle erra dans la pièce, ouvrant les tiroirs, inspectant les armoires. Elle n'y repéra aucune trace de Miriam.

Le ranch était décoré pour satisfaire les goûts d'un homme. Il n'y avait là aucune touche de féminité. Des trophées de chasse aux fauteuils en cuir, en passant par les coffres rustiques et les draperies unies, tout, dans cette demeure, était masculin.

Miriam n'y avait pas laissé son empreinte. Lily en déduisit qu'elle et son mari ne partageaient pas les mêmes goûts. Miriam n'avait pas eu sa passion pour le ranch, elle y venait rarement. À moins qu'il ne l'y ait pas invitée, ce qui revenait au même…

Lily s'approcha du plateau. Steak et pommes de terre frites, haricots verts, une part de tarte aux pommes. Elle s'installa et se mit à grignoter.

Comment Miriam s'était-elle débrouillée pour fuir ?

Paul lui avait clairement expliqué qu'une dame ne discutait jamais affaires ou argent. Si elle faisait des courses, Lily devait prier les vendeurs d'adresser la facture à son mari. Elle aurait toujours une voiture et un cocher à sa disposition, et n'aurait donc pas besoin de petite monnaie pour héler un fiacre.

Comment Miriam avait-elle financé sa fuite ? Il lui fallait de l'argent pour acheter un billet de diligence, remplacer sa garde-robe, se nourrir, se loger.

Intriguée, Lily décida qu'elle demanderait à Quinn si Miriam avait une fortune personnelle. Un héritage de son père, peut-être ?

Elle se recoiffa et longea le corridor jusqu'à la salle à manger. Elle entendit fuser un rire. Quinn s'esclaffait.

Après tout ce qu'il venait de lui révéler sur Miriam, ce rire lui parut indécent. Elle serra les dents.

D'un autre côté, songea-t-elle dans un effort de justice, si elle-même venait d'apprendre le drame, lui avait eu plus de cinq mois pour s'adapter à sa nouvelle situation.

Sans le moindre scrupule, elle écouta Quinn rapporter à Paul tous les événements qui s'étaient produits en son absence. Elle s'apprêtait à se détourner lorsqu'elle comprit qu'ils se levaient, mais se ravisa :

— T'a-t-on demandé des nouvelles de Miriam ?

— Ça ne m'a posé aucun problème, déclara Quinn, mais je reste persuadé que nous aurions dû annoncer le décès de Miriam au risque de perdre quelques électeurs.

Lily resta clouée sur place.

— Tu sais ce que j'en pense. Cependant, si tu es vraiment sûr de ne pas pouvoir accepter la présence de Lily, alors, je me débarrasserai d'elle.

Elle eut un frémissement d'horreur.

— Ce serait pourtant une erreur, enchaîna Paul. Elle va réussir son pari. Tu as vu comment elle s'en est sortie, avec Smokey Bill.

— J'ai l'impression de me retrouver devant un fantôme.

— Plus elle adoptera les façons de faire de Miriam, plus tu auras cette sensation. Je ne sais pas quoi te dire, Quinn, sinon que tu dois faire face. Tu as besoin d'elle pour gagner ces élections.

— Hélène Van Heusen sera-t-elle dupe ?

Un long silence suivit, durant lequel l'esprit de Lily s'emballa. Hélène Van Heusen. L'amie la plus proche de Miriam. Une amie que Quinn et Paul désapprouvaient, parce que son mari était haut placé dans le parti d'opposition. Lily s'étonna que, malgré tout, Miriam ait poursuivi cette relation.

— Je pense qu'elle remarquera tout de suite les différences de caractère, concéda Paul, mais la ressemblance est tellement frappante qu'elle ne songera pas une seconde que Lily puisse être un sosie de Miriam. Elle tâchera d'expliquer les choses à sa façon. La meilleure des solutions, c'est de limiter les contacts.

Lily espérait en entendre davantage, mais les deux hommes en vinrent à parler du mari d'Hélène et de ses stratégies politiques. Au bout d'un moment, la jeune femme repartit sur la pointe des pieds en direction de sa chambre.

Elle se contempla attentivement dans la glace en brossant ses cheveux. Miriam était-elle vraiment morte ? Quinn avait affirmé qu'elle était vivante, mais Lily n'avait aucune confiance en lui. Pas plus qu'en Paul, d'ailleurs. Du moins en ce qui concernait Miriam. Elle n'avait aucun moyen de savoir vraiment ce qui était arrivé à cette dernière. Au fond, cela ne la regardait pas. Elle avait été engagée pour jouer un rôle. Elle devait s'en tenir à cela.

Mais rien n'était simple. Plus le temps passait, plus Lily s'identifiait à Miriam.

C'était son visage qu'elle voyait dans le miroir. Ses yeux. Demain elle mettrait ses bagues.

Et puis, il y avait le mari de Miriam. Leur baiser la faisait encore trembler.

Lily tourna les talons précipitamment.

7

Lorsqu'il arriva pour seller son cheval le lendemain matin, Quinn eut la surprise de découvrir Lily dans le corral. Il n'avait pas imaginé un seul instant qu'elle fût une cavalière émérite.

— C'est un peu exagéré, lui fit-elle remarquer avec un sourire, en offrant son visage au soleil matinal.

Elle était coiffée d'un minuscule chapeau et avait oublié son ombrelle.

— J'ai grandi dans une ferme, j'aime les chevaux. Mais c'est bien la première fois que je monte en amazone.

Elle était habile et gracieuse, très détendue, la main légère sur les rênes. Quinn baissa le bord de son chapeau et se dirigea vers un boqueteau de peupliers de Virginie aux branches dénudées. En regardant Lily, il voyait Miriam. Ou plus exactement, il avait l'impression d'observer une ombre qui ne correspondait pas à sa propriétaire. Quinn ne souscrivait pas à la vogue du spiritualisme, pourtant, il y avait quelque chose d'effarant dans cette similitude entre les deux femmes.

— Miriam ne montait pas, déclara-t-il.

Elle leva un sourcil inquisiteur, et il haussa les épaules.

— Cette selle, je l'ai achetée il y a des années, avant de comprendre qu'elle ne s'en servirait jamais.

— Elle n'aimait pas le ranch, n'est-ce pas ?

Paul avait souligné la vivacité d'esprit de Lily. Elle avait déjà assimilé les révélations de la veille : elle se tenait légèrement voûtée, comme pour donner une impression de tristesse. Quinn n'avait pas remarqué que Miriam ne redressait jamais les épaules. Il s'en rendait compte aujourd'hui, parce que Lily avait adopté une nouvelle attitude.

— Cet endroit était trop rustique au goût de Miriam, dit-il en l'observant à la dérobée.

— Tous ces trophées devaient la choquer, murmura Lily.

— Et vous, cela vous gêne ?

Lily rajusta son pied dans l'étrier et laissa courir une main gantée sur sa jupe.

— Il faut bien que les gens se nourrissent. Si chaque trophée s'accompagne d'un peu de viande...

Elle avait le sens pratique. Ce n'était guère étonnant, au fond, vu la vie qu'elle avait menée.

— Comme beaucoup de femmes, Miriam ne tenait pas à savoir d'où provenait sa nourriture.

— Si elle avait tordu le cou de plusieurs centaines de poulets, fumé des jambons, découpé un bœuf ou fabriqué des saucisses, elle aurait appris comme moi à se maîtriser.

Lily jeta un coup d'œil vers la maison, avant d'ajouter :

— En tout cas, moi, cette propriété me plaît.

— Moi aussi, avoua-t-il avec une nuance de fierté.

L'architecture était inspirée d'une ferme dont il était tombé amoureux à la lisière de Milan. Il avait importé d'Italie les pierres de taille et les tuiles pour le toit.

— Vous pourriez peut-être songer à vous installer là-bas, suggéra-t-il après lui avoir raconté les péripéties de la construction. Le climat est agréable et les Italiens chaleureux et accueillants.

— Je n'ai pas encore eu le temps d'y réfléchir.

Ils continuèrent d'avancer tranquillement. De temps en temps, le bout de la botte de Quinn effleurait l'ourlet de la robe de Lily. Il se serait volontiers éloigné, mais cela aurait nui à leur conversation. À sa grande surprise, il s'aperçut qu'il avait plaisir à parler avec elle.

Soudain, elle se pencha en avant et tapota le cou de son cheval.

— J'ai envie de tester mes capacités, annonça-t-elle.

Un coup de talon dans les flancs et sa monture accéléra. Quinn ne put s'empêcher de sourire. Décidément, cette femme avait du cran.

— Vous prenez des risques, lança-t-il.

— Ce ne serait pas ma première chute, riposta-t-elle. On fait la course jusqu'aux écuries ?

Quinn la regarda, abasourdi.

— Je plaisante, le rassura-t-elle en riant.

Ils traversaient maintenant un champ moissonné. Les feuilles sèches s'accumulaient au pied des barrières. L'air était frais. C'était une magnifique journée d'automne. Quinn songea qu'il était heureux de se trouver là, en compagnie d'une jeune femme aussi intéressante.

Sa tenue noire de cavalière lui seyait à merveille. Aujourd'hui, elle avait noué ses cheveux sur la nuque en une coiffure à la fois très simple et élégante.

— Pour l'amour du ciel, Quinn, ne prenez pas cet air furieux. Je ne parlais pas sérieusement. Je sais bien que Miriam ne vous aurait jamais proposé pareille folie ! Elle n'aurait pas non plus oublié son ombrelle. Comment vous êtes-vous cassé le nez ?

La lumière du soleil brillait comme un halo autour de son visage lumineux. Ce passage du coq à l'âne était tellement abrupt qu'il mit plusieurs secondes avant de réaliser qu'elle venait de lui poser une question.

— Nous devrions rentrer, marmonna-t-elle, tandis qu'il restait silencieux. Je ne peux pas rester ainsi au soleil. D'ailleurs, Cookie a dû nous préparer le petit-déjeuner.

Elle inclina la tête et le dévisagea, l'œil brillant.

— Alors ? Qu'est-il arrivé à votre nez ?

Il lui raconta l'histoire sur le chemin du retour. À son tour, Lily expliqua comment elle s'était cassé le bras lorsqu'elle était enfant. Apercevant les cow-boys qui buvaient leur café devant la grange, il serra les dents. Il était grand temps de reprendre ses distances. Il ne voulait pas savoir que, fillette, elle avait grimpé aux arbres, tordu le cou des poulets ou monté à cru.

En fait, il devait se contenter de la considérer comme une employée. Mais il commençait à se rendre compte que Lily avait trop de caractère pour rester dans l'ombre. Plus elle prenait confiance en elle, plus elle faisait preuve d'obstination, de rébellion et d'intelligence. Miriam était discrète et réservée comme un vin longtemps resté en cave. Lily était comme du champagne. Brillante et plus pétillante.

Ils ne s'adressèrent plus la parole et se parlèrent peu pendant le petit-déjeuner. Pourtant, Quinn était à l'affût de ses moindres gestes. Il surveilla la façon dont elle manipulait sa serviette et ses couverts, la délicatesse avec laquelle elle tenait sa tasse de café...

Une lueur d'amusement dansa dans ses prunelles.

— Ne me regardez pas comme ça, je ne vais pas voler les petits pains. Ce temps-là est déjà loin.

— Excusez-moi. Vous avez énormément changé, depuis la dernière fois.

À l'observer ainsi devant lui, il avait du mal à l'imaginer telle qu'elle s'était présentée, la veille, perchée sur le bord de la table, les chevilles bien en vue sous ses jupons. Ces volte-face le fascinaient.

De tous les repas, le petit-déjeuner était le plus intime. Un homme ne partageait pas ce moment avec une femme qu'il ne connaissait pas. S'il était en compagnie, c'était en principe quelqu'un avec qui il avait dormi. Il fronça les sourcils, morose, en songeant que cette scène allait se répéter tous les matins jusqu'au terme de leur contrat.

Elle avait ôté son chapeau, ses gants et sa veste. Il posa le regard sur le chemisier à col haut qui lui moulait la poitrine. Il soupira intérieurement. Paul avait sans doute raison. Il devrait prendre une maîtresse.

Se forçant à revenir à la réalité, il inspecta la main gauche de Lily. Elle avait mis ses bagues.

Il serra la mâchoire en se remémorant le jour où il les avait choisies pour Miriam. Il était horriblement pressé. Déjà en retard, il consultait sa montre toutes les trente secondes. Il avait accepté d'emblée la proposition du joaillier, jetant à peine un coup d'œil sur le dessin. Un peu plus tard, Miriam l'avait félicité pour son bon goût. Dès le départ, il l'avait trahie.

Il posa sa tasse, tandis que Paul apparaissait, en tenue de voyage.

— Vous pouvez vous habiller comme vous voulez à la campagne, déclara-t-il sans préambule. En ville, vous devrez porter une jaquette.

Il salua Quinn d'un signe de tête, puis se précipita vers le buffet pour remplir son assiette.

— Vous allez m'assommer de recommandations, je le sens, ronchonna Lily.

Cependant, elle lui adressa un sourire lorsqu'il prit place à leurs côtés. Paul lui répondit en souriant à son tour, et Quinn eut un brusque élan de jalousie.

— Vous allez travailler toute la semaine avec Quinn sur les bonnes manières. Vous devrez aussi étudier les plans de la maison afin de vous sentir immédiatement chez vous. N'oubliez pas de réviser les fiches, et insistez bien sur tout ce qui pose encore problème. Passez-moi le beurre, je vous prie. Vous lisez chaque soir, j'espère ?

— J'apprécie beaucoup Mark Twain, répondit-elle en lui tendant le beurrier. J'ai plus de mal avec Thomas Hardy.

— Dites-vous bien, l'un comme l'autre, que les domestiques laissent traîner leurs oreilles. Ils adorent les ragots. Dès que vous aurez quitté le ranch, partez du principe qu'il y aura toujours quelqu'un pour vous épier. Soyez attentive à tout instant à votre comportement.

— Et ici, personne n'écoute aux portes ? demanda Lily.

Quinn intervint :

— La gouvernante est espagnole. Elle ne parle pas un mot d'anglais. Cookie passe le plus clair de son temps dans la cuisine d'été, et il en sera ainsi jusqu'à la fin du mois. Nous aurons la maison pour nous. C'est pourquoi

Paul et moi avons décidé qu'il valait mieux rester ici cette semaine, plutôt que d'aller tout de suite nous installer en ville.

— À partir de maintenant, décréta Paul, tu dois l'appeler Miriam. Profitez de ces quelques jours pour apprendre à communiquer comme si vous étiez mariés depuis plusieurs années. Lily, votre passé n'existe pas, vous ne devez en aucun cas y faire référence. Concentrez-vous entièrement sur celui de Miriam.

Elle cligna des paupières.

— Je ne pourrai pas ouvrir la bouche !

Paul s'esclaffa.

— Mais si, mais si. À condition de rester raisonnable, vous pouvez inventer ce que vous voulez au sujet du sanatorium dans lequel vous avez soi-disant séjourné. Rebondissez sur les paroles des autres. Vous êtes fine, vous trouverez des réponses suffisamment vagues pour éviter les problèmes.

Elle pianota sur la nappe immaculée.

— Et si quelqu'un évoque l'incendie ou même la mort de Susan ?

Quinn posa sa tasse, le cœur lourd.

— Personne n'en parlera, affirma-t-il.

Elle plissa le front.

— Qu'est-ce que vous pouvez m'irriter, avec vos déclarations grandiloquentes ! Vous ne pouvez pas savoir ce que les amies de Miriam… euh, ce que mes amies… me diront dans l'intimité. N'importe qui pourrait m'interroger sur le décès de… de ma fille.

Elle pâlit. Quinn comprit qu'elle pensait à Rose. La dernière fois qu'elle l'avait vu, son bébé n'avait que trois mois, l'âge de Susan au moment de sa mort. La blessure de Lily était plus ancienne, mais assez semblable à celle de Miriam pour qu'elle se montre convaincante, si quelqu'un avait la maladresse de réveiller le terrible souvenir du drame.

— Paul et moi avons prévenu tout le monde que vous ne supportez pas la moindre allusion à Susan. La seule qui osera peut-être aborder ce sujet est Hélène Van Heusen. Prenez un air de détresse et répondez-lui que vous ne voulez pas en parler.

— Excellent ! approuva Paul, enchanté. C'est exactement ainsi que vous devez vous adresser l'un à l'autre. Comme si Lily était vraiment Miriam ! N'abandonnez jamais votre rôle, même dans le privé.

— Le côté privé de ma relation avec mon épouse ne te concerne en aucune manière, Paul. Quant à vous, vous n'avez pas besoin de connaître mes sentiments envers Susan pour jouer la comédie.

— Ce que nous vous demandons, Lily, c'est de sauver les apparences. Vous savez ce qui est arrivé à Miriam. Elle a disparu. Elle s'est enfuie. Pour le reste, vous devez refréner votre curiosité. Je demande pardon à mon ami Quinn, mais je puis vous assurer que Miriam n'était pas une femme particulièrement intéressante. Elle n'avait rien de mystérieux, rien à cacher. Elle était plutôt banale, et menait une existence sans histoires.

Lily sourit malgré elle.

— Vous savez, Paul, au fond, je vous aime bien. Mais je ne vous croirais pas même si vous me disiez que le soleil se couche à l'ouest...

— Sur ce point, vous pouvez me croire. Il y a une ligne à ne pas franchir.

Elle plia sa serviette et la posa délicatement à côté de son assiette, puis attendit que Quinn vienne lui tirer sa chaise. Sur le seuil de la pièce, elle se retourna.

— Tous les politiciens sont-ils des menteurs ou bien êtes-vous les seuls de votre espèce ?

En d'autres circonstances, Quinn aurait éclaté de rire, enchanté par sa vivacité. Il admirait sa force de caractère tout en la craignant.

— Au revoir, Miriam, murmura gentiment Paul. Je vous reverrai la semaine prochaine, à votre retour au manoir.

Ses yeux lancèrent des flammes, puis elle sourit en lui tendant les mains.

— Paul Kazinski, vous êtes rusé comme un renard.

— C'est pour cela qu'on me paie.

— J'aurais pu vous traiter de salaud.

— En effet. Vous faites des progrès. Bravo.

— Tu l'aimes bien, n'est-ce pas ? lui demanda Quinn, dès que Lily fut au bout du corridor.

— Oui.

Quinn se versa une autre tasse de café, puis s'assit et alluma un cigare. Il contempla son ami à travers un nuage de fumée bleutée.

— Et Miriam, tu l'aimais bien ?

— Franchement, je ne me suis jamais posé la question.

C'était une réponse un peu vague. Moins embarrassante qu'un non brutal ou une expression d'indifférence. Quinn aurait probablement réagi de la même façon, si Paul lui avait demandé ce qu'il pensait de sa maîtresse, Effie Mallory. Il la trouvait belle mais, à son avis, parfaitement inintéressante.

— Quand je regarde Lily, cela n'évoque pas des souvenirs, comme pour toi. Je reste toujours objectif, comme je l'ai été envers Miriam. Surtout à la fin. À cette époque, je ne la considérais plus que comme un handicap politique dont il fallait se débarrasser au plus vite.

C'était un aveu bien triste, et il le regrettait. Mais Quinn était d'accord avec lui. Il se rappelait avoir confié à Paul, avant son mariage, qu'il se souciait peu de qui il épousait, puisque, au fond, toutes les femmes se ressemblaient. Elles brodaient, elles lisaient les livres à la mode, elles chantaient un peu, jouaient quelques notes de piano, consacraient des heures et des heures à se pomponner et organisaient toute leur existence autour d'événements mondains. Leurs conversations étaient toujours les mêmes. Hormis leur apparence physique, elles étaient parfaitement interchangeables.

Avec le recul, Quinn se demandait si Miriam avait été unique en son genre ou si elle n'était qu'une autre version du schéma classique, comme il l'avait supposé. S'ils avaient discuté davantage, passé plus de temps ensemble... s'il l'avait encouragée à exprimer ses opinions librement, s'il avait partagé ses soucis et ses joies ... aurait-il découvert chez elle ces qualités qui rendaient Lily si fascinante ?

Il était trop tard pour revenir en arrière. Ruminer ne servait à rien. Miriam n'était plus là. Elle ne lui manquait guère.

La semaine s'écoula à une vitesse vertigineuse. Lily s'exerça chaque jour avec acharnement, suivant à la lettre toutes les instructions de Paul.

Pour finir, elle se pencha sur les plans du manoir, mémorisant la disposition des pièces, essayant de visualiser les décors.

N'ayant jamais vécu entourée de domestiques, tout ce qui concernait le personnel l'inquiétait.

Installée dans le bureau de Quinn, elle examina les escaliers étroits qui menaient aux étages des deux ailes de la demeure. Comme Quinn, elle emprunterait toujours celui du milieu, nettement plus imposant. Ainsi, elle ne risquerait jamais de croiser une bonne, les bras chargés de linge sale. Maîtres et serviteurs se devaient de rester dans leurs sphères respectives.

— C'est ridicule, protesta-t-elle.

— Comme vous pouvez le constater, le deuxième escalier est réservé au personnel, intervint Quinn. Pour l'heure, il y a plus de chambres que de domestiques, mais cela va changer dès que j'aurai gagné l'élection.

Les rubis de ses boutons de manchette étincelèrent au soleil.

— Vous m'avez signalé qu'il était mal vu pour la maîtresse de maison de visiter les cuisines. En est-il de même pour les appartements du personnel ?

— C'est votre maison, vous pouvez accéder partout mais, en fait, il est préférable de respecter l'intimité des serviteurs. On ne leur rend visite dans leur chambre qu'exceptionnellement, en cas de maladie, par exemple. Nous leur avons donné leur samedi soir. Vous serez donc libre d'explorer toutes les pièces à votre guise.

— Je n'entrerai pas, je resterai sur le seuil, promit-elle... Tiens ! Par ici, c'est plus grand...

— En effet, c'est là que vivent les Blalock. Lui est à mon service depuis des années. Quand sa vue a commencé à baisser, il a quitté ses fonctions de majordome. Il est maintenant responsable de la maintenance du parc.

— Et son épouse ?

— Mary Blalock est arrivée avec Miriam, expliqua Quinn. Elle s'est mariée avec James environ un an plus tard.

Lily s'écarta pour aller se poster devant la fenêtre et contempler les montagnes, au loin. Si Quinn n'avait pas allumé un feu dans le poêle, la pièce aurait été glaciale. La chaleur écrasante du désert de l'Arizona n'était plus qu'un vague souvenir. L'hiver n'allait pas tarder. Combien d'années s'étaient-elles écoulées depuis que Lily avait vu la neige ?

— Mary Blalock m'inquiète, avoua-t-elle. Si elle a été au service du juge Alton, elle doit me connaître... très bien.

Derrière elle, elle sentit Quinn se raidir, et sut sans se retourner qu'il avait grimacé. Ils commençaient l'un et l'autre à s'habituer à l'idée que Lily se considère désormais comme Miriam, mais ce n'était pas facile. Jusqu'ici, il n'avait encore jamais appelé son « épouse » par son prénom.

— Les pics sont déjà enneigés, murmura-t-il, juste derrière elle.

Elle sursauta. Elle ne l'avait pas entendu s'approcher. Un frémissement la parcourut. Si elle s'appuyait contre lui, sa tête se calerait parfaitement sous son menton. Un puissant élan de désir la submergea, et elle dut se ressaisir pour ne pas s'abandonner...

Bouche pincée, elle se précipita vers le bureau. Elle s'éclaircit la gorge.

— Est-ce que je verrai souvent Mary Blalock ?

Quinn s'adossa contre un mur.

— Elle a mal aux jambes. Elle quitte rarement son appartement. De fait, elle se déplace difficilement dans les escaliers.

— Elle n'a donc aucune responsabilité dans la maison ?

— Aucune. J'ai des affaires à régler avec Smokey Bill. Si vous avez terminé... ?

Lily s'empressa d'enrouler les plans du manoir.

— Je vais réviser mes fiches et préparer mes bagages. À quelle heure partons-nous demain ?

— Nous dînerons tôt, et nous nous en irons immédiatement après.

— Bien. Je...

Elle se tourna vers la porte et agita vaguement une main. Leur situation était tellement artificielle que Lily se sentait affreusement maladroite dès qu'ils devaient se séparer.

— Quinn, je... je sais que votre succès dépend en grande partie de moi.

Elle s'humecta les lèvres.

— Je ferai de mon mieux pour être convaincante.

— Merci.

Elle crut qu'il allait ajouter quelque chose, mais il demeura silencieux.

— Franchement, pensez-vous que je puisse réussir ?

Lorsqu'elle leva les yeux, il la fixait avec attention. Lily s'empourpra.

Il ne répondit pas à sa question. Soulevant ses jupes, elle s'enfuit.

Pendant cette semaine au ranch, ils avaient établi un emploi du temps fixe. Le matin, ils montaient à cheval, puis, après le petit-déjeuner, ils se mettaient au travail. Quinn dînait dans son bureau, Lily emportait un plateau dans sa chambre. Une fois restaurée, elle se préparait pour le coucher. Elle se brossait les cheveux, les tressait, puis se mettait dans son lit pour lire.

Ce soir-là, elle ne trouva pas le sommeil. Elle se tourna encore et encore, en proie à un trac incontrôlable. Pour finir, repoussant les couvertures, elle s'enveloppa dans un châle et alla à la fenêtre.

Un carré de lumière illuminait l'herbe devant la fenêtre du bureau de Quinn. Lily l'imagina, derrière sa table, un verre de whisky à portée de main, plongé dans la lecture des documents qui lui parvenaient chaque jour de Denver.

Lorsque sa silhouette apparut au milieu du quadrilatère lumineux, elle retint son souffle et recula.

À quoi songeait-il en contemplant la nuit ? Était-il aussi angoissé qu'elle ? Avait-il des remords ?

En prison, ses amies et elle s'étaient amusées à inventer des listes de tout ce qu'elles feraient aussitôt après leur libération. Quelques-unes avaient avoué leur envie de se jeter dans les bras d'un homme, d'être caressées. Aimées.

Pas Lily. Le jour où le shérif lui avait mis les menottes, elle s'était promis de leur tourner le dos pour toujours.

Pourtant, là, dans la pénombre, ses jambes tremblaient.

8

Les grands boulevards venaient d'être dotés de becs de gaz. Pour être sûr de passer inaperçu, Quinn avait ordonné au cocher d'éviter ces artères. Cependant, apercevant de loin les lampadaires, Lily s'émerveilla : l'homme avait vaincu la nuit. La plupart des fenêtres des maisons étaient éclairées. Dans la Quatorzième Rue, les demeures étaient plus espacées, et nettement plus vastes.

Cité en pleine expansion, Denver s'étalait sur de basses collines. Le mobilier urbain flambant neuf et les avenues plantées d'arbres donnaient une impression de prospérité. La « Reine des Plaines » portait bien son nom.

— Le manoir est situé entre l'Hôtel de Ville et le site où sera bâti le nouveau capitole, expliqua Quinn, de son siège à l'avant. Cherry Creek n'est pas loin.

Dans ce quartier, les propriétés étaient entourées de murailles percées de portails en fer forgé. Lily regardait, ébahie.

La berline bifurqua dans une allée de gravier et s'arrêta devant une imposante résidence à deux étages. Lily s'humecta les lèvres et porta une main à son front.

— J'ai jamais été aussi nerveuse, avoua-t-elle dans un chuchotement.

Se rendant compte qu'elle avait écorché la forme négative, elle se réprimanda intérieurement, avant d'ajouter :

— Mes mains tremblent.

— Ce n'est qu'une maison, et nous y serons seuls ce soir. Il n'y aura personne sauf Paul.

Quinn jeta son cigare dehors, puis rassembla son chapeau et ses gants.

C'était la première fois que Lily le voyait en tenue de ville, costume sombre et chemise blanche. Il correspondait mieux à l'image qu'elle s'était toujours faite d'un politicien : impeccablement vêtu, austère et autoritaire.

— J'aurais préféré rester au ranch, murmura-t-elle.

En fait, elle aurait surtout aimé être chez elle, dans le Missouri. Elle n'était pas à sa place, dans ce décor luxueux, elle ne saurait pas bien se comporter. Elle se trahirait en se perdant dans ce labyrinthe, elle casserait un bibelot précieux, elle renverserait son café ou son whisky sur un tapis d'une valeur inestimable... Non, pas son whisky. Elle n'en boirait plus. Désormais, elle aurait droit à un doigt de porto (un apéritif dont elle avait horreur) ou à une tasse de thé (une boisson bien insipide pour quelqu'un qui appréciait l'alcool).

La porte d'entrée s'ouvrit. Quinn saisit Lily par le bras et l'aida à descendre du véhicule. Paul surgit sur le perron.

— Bienvenue à vous !

— Merci, Paul, répondit-elle d'une voix un peu rauque.

Pendant que Quinn et son ami se serraient la main, elle jeta un coup d'œil dans le vestibule. Un magnifique lustre en cristal se reflétait dans le sol en marbre poli. Le papier peint était élégant. Un somptueux bouquet de chrysanthèmes jaunes jaillissait d'un grand vase. La pièce aurait aisément contenu trois cellules de la prison.

Paul annonça qu'il s'occupait des bagages. Quinn escorta la jeune femme à l'intérieur. Elle vit alors l'escalier central, qui montait en une courbe gracieuse jusqu'à la galerie du premier. Elle était tellement impressionnée qu'elle ne se rendit pas compte tout de suite de la force avec laquelle elle s'accrochait à Quinn.

— Quand vous reviendrez de promenade, Cranston vous prendra votre ombrelle, déclara-t-il en la regardant dans les yeux. Vous pourrez enlever votre chapeau et vos gants ici ou dans votre chambre, comme vous voudrez.

— Cranston est le majordome, se rappela-t-elle.

Elle s'humecta les lèvres en passant devant l'énorme glace qui trônait au-dessus d'une console. Elle essaya de s'imaginer jetant négligemment ses gants sur la table, puis se penchant vers le miroir pour retirer les épingles de son chapeau avant d'examiner les cartes de visite sur le plateau en argent.

— Je n'y arriverai pas, marmonna-t-elle. Je ne me sens pas à l'aise.

Elle avait eu beau étudier avec attention les plans de la demeure, pas un instant elle n'avait imaginé autant d'opulence et de grandeur.

Quinn plaça une main sur sa taille. Un frémissement parcourut Lily, qui retint son souffle.

— Nous allons commencer par nous réchauffer avec un petit cognac. Ensuite, vous serez libre d'explorer les lieux à votre guise.

Cet alcool ne figurait pas sur la liste des boissons préférées de Miriam. Pour ce soir, il voulait bien faire une exception.

Tout doucement, il la poussa vers l'une des portes. Lily fouilla anxieusement dans sa mémoire, mais elle ne se souvenait plus de rien. Elle s'était attendue à l'espace et au confort, mais tout lui paraissait tout d'un coup immense. Elle s'agrippa à Quinn.

Il se raidit.

— Vous tremblez.

— Je n'ai jamais eu un truc pareil.

Dès le lendemain, ce serait à elle de prendre en main le personnel.

— Ce n'est qu'une maison, protesta Quinn.

Il la guida jusqu'au petit salon. Dans la cheminée décorée de marbre, brûlait un joli feu. Le tapis, à motifs floraux, reprenait les couleurs marine et bordeaux des fauteuils et des rideaux.

C'était une pièce très agréable, au décor intime et chaleureux. Lily songea que la soirée tout entière ne lui suffirait pas pour admirer chaque tableau, chaque objet sur les étagères. Son cœur se serra. Se familiariser avec tout cela ne serait pas facile.

Pendant que Quinn remplissait leurs verres, elle resta clouée sur place, les yeux grands ouverts, n'osant ni bouger ni toucher quoi que ce soit.

Elle avala une bonne gorgée de cognac.

— Tout est neuf ? s'enquit-elle. Avez-vous pu sauver quelque chose de l'incendie ?

— Nous étions en plein emménagement, à l'époque, et la plupart de nos affaires étaient au garde-meuble. Nous avons perdu des vêtements, des bibelots, quelques objets anciens.

Il haussa les épaules.

— Le reste a été acheté par la suite. Les pièces ont été refaites comme avant.

Il s'approcha de la cheminée et contempla les flammes.

— Miriam tenait à ce que tout soit restauré à l'identique.

Au loin, le carillon d'une pendule fendit le silence. Lily remarqua une collection de photographies, disposées sur un guéridon. Elle en choisit une au hasard et tenta de se concentrer sur les visages qui lui souriaient.

— Qui sont ces gens ? murmura-t-elle.

Quinn se pencha par-dessus son épaule. Lily huma son parfum et ravala le désir absurde de se lover contre lui en pleurant toutes les larmes de son corps.

— Voici Miriam, bien sûr. Et son frère Richard. Ainsi que le juge Alton.

— De pareilles erreurs pourraient vous coûter cher, lança Paul.

Il se dirigea immédiatement vers le bar.

— Vous auriez dû vous reconnaître sur cette photo, de même que votre père et votre frère. Quant à toi, Quinn, tu ne dois pas dire « voici Miriam », mais plutôt « c'est vous ».

Quinn s'écarta, et Lily lança à Paul un regard suppliant.

— Je meurs de peur.

Il sourit et lui tapota le bras.

— Il n'y a pas de quoi.

— Vous feriez mieux de me renvoyer tout de suite à Yuma. Je ne réussirai jamais à convaincre qui que ce soit que je suis à ma place ici.

Elle posa délicatement son verre, paniquée à l'idée de le renverser.

— Vous m'avez dit que je ne devais jamais oublier qui je suis. En ce moment, je suis bel et bien Lily Dale, et j'ai la sensation d'être une intruse. Regardez-moi tout ça ! Il y a plus d'objets dans cette pièce que dans la maison de Tante Edna tout entière !

Quinn et Paul échangèrent un coup d'œil, puis Quinn prit Lily par les épaules et la força à se tourner vers la glace au-dessus du manteau de la cheminée.

— À vous voir ainsi, personne n'aurait l'audace de vous confondre avec une domestique.

Sa toilette à la mode pouvait, en effet, faire illusion. Mais dans son âme, Lily Dale était une ancienne détenue, une bonne à rien. Elle n'appartenait pas à ce milieu huppé.

— C'est vous qui avez décoré cette demeure, Miriam, reprit Paul d'une voix qu'il voulait rassurante. Vous êtes ici chez vous.

Elle fit volte-face.

— Ce n'est pas vrai ! Ce tapis sur lequel je me tiens coûte plus d'argent que je n'en ai jamais vu de ma vie. J'ai l'impression d'être dans un palais et d'attendre l'arrivée de la reine. Vous savez tout comme moi qui ce serait, n'est-ce pas ?

Elle se couvrit les yeux, frémissante, puis leur jeta un regard noir. Ils ne comprenaient rien à rien. Elle non plus, d'ailleurs. Elle ne savait qu'une seule chose : ce manoir était trop imposant pour elle. Elle se trouvait chez Miriam, là où Susan avait perdu la vie. C'était à la fois perturbant et intimidant.

— Je… je… oh, et puis, laissez-moi tranquille !

Elle s'enfuit dans le corridor, puis s'arrêta au bout de quelques mètres, le cœur battant la chamade. Où était-elle ? En vain, elle s'efforça de se remémorer les plans.

La première porte à droite était un placard. Elle aurait dû s'en douter : lorsqu'elle l'ouvrit, un parapluie lui tomba dessus. Pour les autres, elle devait réfléchir.

Cherchant son souffle, elle se persuada qu'elle était capable de mener sa mission jusqu'au bout, qu'elle était complètement folle d'avoir suggéré à Paul de la renvoyer à Yuma. Elle vivait un véritable conte de fées, et qui allait durer plusieurs mois. Quel mal y avait-il à cela ? Pourquoi ne pas en profiter pleinement ? N'était-ce pas une chance extraordinaire qu'on lui offrait ?

Si seulement elle ne s'était pas attendue, à chaque instant, à voir surgir Miriam, l'accusant d'usurper sa place, d'empiéter sur son territoire…

Elle se mit à errer sans but, passant de la salle à manger, immense et froide, à la salle plus intime réservée aux petits-déjeuners, puis à l'office. Elle ne toucha à rien, empêcha ses jupes de frôler quoi que ce soit. Un peu plus loin, elle découvrit la cuisine, où elle passa une quinzaine de minutes à admirer éviers et ustensiles rutilants. Par la suite, elle n'y reviendrait plus jamais. Dans la salle des banquets, les chandeliers étaient allumés. Elle s'émerveilla devant le parquet ciré et l'estrade pour l'orchestre, tout en se disant que Miriam, tant qu'elle serait en deuil, n'en profiterait guère.

Elle pénétra enfin dans le grand salon, où elle serait amenée à recevoir les visiteurs. Le décor, destiné à impressionner, ne comportait que des soieries et des meubles signés. Du moins le supposa-t-elle. Lily Dale n'aurait jamais su différencier une antiquité d'une vulgaire imitation.

Son regard tomba presque aussitôt sur le portrait. Ses jambes se dérobèrent sous elle, et elle se laissa choir sur une ottomane.

C'était elle. Pas Miriam, mais elle. Pour s'en assurer, elle ouvrit le médaillon qu'elle portait autour du cou et compara la miniature au tableau. Elle n'avait jamais porté cette somptueuse robe blanche, elle n'avait jamais posé pour le peintre, pourtant, cette femme aux yeux lavande, un peu tristes, c'était bien elle. Elle en eut le souffle coupé.

— Oui, c'est vous, murmura Quinn, depuis le seuil.

Depuis combien de temps l'observait-il ?

— Le tableau a été transformé.

Elle eut un vertige.

— Quelqu'un a sauvé cette toile des flammes ?

— Elle n'était pas là, le soir de l'incendie. On l'avait envoyée chez l'encadreur. En rentrant à Denver, j'ai demandé que l'œuvre soit retouchée en fonction des changements opérés durant votre maladie. L'artiste a affiné le nez, regonflé les lèvres, altéré très légèrement la couleur des cheveux, rehaussé la poitrine…

Partagée entre la fascination et la répugnance, Lily contempla son image. Elle secoua brutalement la tête.

— Je… Il me vient à l'idée que… Dans la miniature, Miriam est un peu forte, mais…

Quinn s'adossa contre le mur et fourra les mains dans ses poches.

— Ce portrait a été exécuté il y a deux ans. Celui du médaillon est plus récent. Il a été commandé pour commémorer la naissance de Susan.

Paupières closes, Lily soupira.

— Ah !

Elle en déduisit que Miriam n'avait pas encore perdu tout le poids de sa grossesse.

— J'oubliais que vous aviez gardé la miniature, murmura-t-il soudain.

— C'était un cadeau, n'est-ce pas ?

— Qu'est-ce qui vous fait croire cela ?

— L'inscription. « Pour M., avec amour ». Je crois comprendre pourquoi vous avez demandé qu'on modifie ce portrait. C'est ici que je recevrai mes visites. Les gens qui viendront l'ont déjà vu. S'ils ont le moindre doute à mon sujet, il leur suffira de lever les yeux vers ce tableau pour être convaincus.

Quinn acquiesça.

Lily se mit debout.

— Décidément, vous ne manquez pas d'audace. Comment pouvez-vous être certain que Miriam ne reviendra jamais ?

— Ce qui compte, c'est votre succès, intervint Paul en se rapprochant. Quinn Westin sera le prochain gouverneur du Colorado. C'est le candidat le plus apte à ce poste. Je l'ai vivement encouragé à se présenter, et je ferai tout ce qui est en mon pouvoir pour qu'il atteigne son but. Que voulez-vous que je vous dise de plus ?

— Vous êtes monstrueux ! s'écria Lily. Imaginez un seul instant ce que pourrait ressentir Miriam si elle surgissait maintenant ? Quelle souffrance, pour elle !

Quinn arrondit la bouche, et elle agita une main vers lui.

— Ne me dites pas qu'elle ne reviendra jamais. Je l'ai su le jour où vous m'avez confié ses bagues. Elle a eu raison de s'enfuir. Vous qui avez osé altérer son image sans le moindre scrupule, vous n'avez pas dû être un très bon mari !

Ils se dévisagèrent longuement, elle, terriblement pâle, lui, rouge de colère.

— Vous avez terminé ? trancha-t-il.

Paul vint la prendre par le bras.

— Allons inspecter les pièces à l'étage, proposa-t-il d'un ton sec. Ensuite, j'ai cru comprendre que vous vouliez voir les quartiers réservés aux domestiques. Quinn ? J'ai laissé ma mallette dans le petit salon. Tu y trouveras les papiers que tu devais signer.

En haut de l'escalier en courbe, Lily marqua une pause.

— Je me suis mal comportée, n'est-ce pas? murmura-t-elle. Mais tout se brouille autour de moi. C'est un peu comme s'il s'était attaqué directement à moi. J'éprouve des sentiments contradictoires, je ne sais plus qui je suis.

— Lily...

— Comment peut-on être à ce point glacial et ambitieux ? Il lui offre un médaillon en souvenir de la naissance de leur fille, pourtant, il paraît indifférent à la mort de Susan. Il ne porte pas le deuil, lui ! ajouta-t-elle en montrant sa jupe de couleur sombre.

— Vous savez que pour les hommes, le délai est plus court que pour les...

— Il prétend vouloir protéger l'intimité de Miriam, mais il n'hésite pas à modifier son portrait. Est-ce une manière de préserver son souvenir ?

— Lily, taisez-vous ! s'exclama Paul en la secouant violemment.

— Lily ? Vous ne m'appelez plus Miriam ?

Elle était au bord de l'hystérie.

— Je ne suis plus Lily non plus, hoqueta-t-elle.

— Ressaisissez-vous. Vous dites n'importe quoi.

— Je sais, avoua-t-elle. Mais je suis folle de rage. Je n'arrive pas à m'expliquer pourquoi.

À moins que... Quinn avait éveillé en elle certains désirs qu'elle croyait éteints à jamais. Pour justifier ses sentiments, elle voulait à la fois l'admirer et le respecter. Or, elle ne cessait de se heurter à la muraille de ses ambitions.

— J'ai pitié d'elle.

Paul avait froncé les sourcils, inquiet.

— Nous avons déjà parlé de tout cela, Lily. Vous devez trouver le juste équilibre entre vous-même et celle que vous prétendez être.

— Ce soir, j'ai du mal.

Autrefois, elle avait remercié le ciel d'avoir une robe et un mouchoir propres. Elle avait dormi sur un matelas en paille. Jamais elle ne s'était imaginée vivant dans un palais, en grande toilette, parée de perles et de diamants. De son statut de détenue affamée d'une prison d'Arizona, elle était brutalement passée à celui de maîtresse d'une demeure somptueuse. Désormais, elle s'exprimait dans un langage raffiné, bougeait avec grâce et délicatesse. Ces changements étaient trop rapides, trop absolus pour être vécus sans heurts.

— Je m'y efforce.

Elle se redressa puis se mordit la lèvre inférieure.

— Je ne veux pas voir la chambre de Quinn. Je visiterai mes appartements plus tard. Montrez-moi le reste.

Elle explora une douzaine d'appartements réservés aux invités, la salle de bains du premier, la bibliothèque de Miriam.

Elle regretta d'être montée au deuxième. Sur le seuil des chambres des domestiques, elle se remémora les inspections de la matrone de la prison et s'en voulut d'empiéter sur leur domaine privé.

— Savaient-ils que je viendrais là ?

Toutes les pièces étaient parfaitement en ordre, très impersonnelles, comme si leurs propriétaires avaient rangé tout objet intime.

— La maison a été reconstruite, la maîtresse des lieux y revient pour la première fois après une longue absence. On leur avait donné leur congé pour ce soir. Ils ont dû se douter que vous jetteriez un coup d'œil... Voici l'appartement de James et Mary Blalock, ajouta Paul en s'arrêtant devant une porte.

— Laissons tomber, murmura-t-elle, soudain terriblement lasse.

— Nous sommes là, l'occasion ne se représentera peut-être plus.

Le logement des Blalock était aussi bien rangé que les autres, mais il y régnait une atmosphère plus chaleureuse.

— C'est plus grand que chez Tante Edna, s'exclama-t-elle, ébahie.

Le fait qu'il ait offert au couple un lieu de séjour aussi vaste et confortable en disait long sur le respect que Quinn avait pour eux. Ainsi l'entreprenant politicien avait conservé un soupçon d'humanité. C'était tout à son honneur.

— Et vous, vous habitez ici ? Ou est-ce une question stupide ? demanda-t-elle subitement.

Paul, qui riait rarement, s'esclaffa.

— Quinn et moi pouvons peut-être vous donner l'impression d'être inséparables, et cela continuera après l'élection. Mais non, j'ai une maison, à quelques centaines de mètres d'ici.

— Est-elle aussi imposante que celle-ci ?

— Je vis seul. Je suis un homme de l'ombre. J'aime le confort, mais mes besoins sont modestes.

— Je serais sans doute plus à l'aise chez vous qu'ici.

— Vous êtes une femme étonnante, dit Paul en l'observant de près. La plupart d'entre vous rêvent d'être à la tête d'une demeure comme celle-ci.

— C'est trop, souffla Lily.

Elle se rappela soudain que Miriam avait souhaité remplir cet espace d'enfants. Baissant la tête, elle éprouva un pincement au cœur. Quinn n'avait pas restauré la nursery. Rien ne laissait deviner qu'un bébé avait vécu là. Ou qu'il y en aurait dans l'avenir.

9

Miriam avait choisi des tentures en velours vieux rose et un papier peint à rayures dont le dessin était reproduit sur le dessus-de-lit en satin. Un brin de cheveu blond était pris dans la brosse en argent sur la coiffeuse. Elle avait porté les vêtements suspendus dans l'armoire, et le bouchon du flacon de parfum avait effleuré sa gorge et ses oreilles. Lily inhala la douceur sucrée du myosotis, puis posa la bouteille en forme de cœur devant la glace. Elle se sentait l'âme d'une usurpatrice.

Il y avait trop de franges, de froufrous et de fleurs. Lily suffoquait. Elle entrouvrit la fenêtre et aspira une grande bouffée d'air frais.

Elle tenta d'imaginer Quinn dans ce décor si féminin. Le contraste devait être impressionnant.

En cherchant où ranger son chapeau, Lily eut la surprise et le plaisir de découvrir le dressing. Elle y pénétra et entreprit d'inspecter les dizaines de toilettes. Chapeaux, bottines, boîtes à gants, coffrets à bijoux et à accessoires pour les cheveux… Était-ce la nouvelle garde-robe commandée par Quinn ? Ou celle de Miriam ?

Lily décida de remettre son exploration au lendemain. Pour l'heure, elle était à bout de forces. Elle plaça son chapeau parmi les autres sur une étagère, suspendit son tailleur de voyage, puis alla chercher une chemise de nuit dans la valise que Paul, ou le cocher, lui avait montée.

Elle revint devant la coiffeuse et démêla ses cheveux avec la brosse de Miriam. Elle ne serait jamais chez elle, ici. Aucun de ces objets ne lui appartiendrait vraiment.

Elle se pencha vers la glace, à la recherche de Lily Dale. Elle n'avait jamais été aussi belle. Pourtant, elle était le sosie de quelqu'un d'autre. Elle n'était pas unique, comme elle l'avait toujours cru. Ravalant ses larmes, elle se mordit la lèvre et fixa l'image étrangère que lui renvoyait le miroir.

Elle ne serait plus jamais comme avant. C'était impossible. Celle qu'elle était en train de devenir ne se contenterait plus de matelas en paille, de lin tissé maison ou de tasses en faïence. Elle ne sortirait plus au soleil sans ouvrir son ombrelle pour se protéger le visage. Elle ne ferait plus de bruit en buvant son café matinal, elle ne tiendrait plus sa fourchette avec la main gauche. Elle surveillerait son langage. Elle ne pourrait plus se passer de tous ces raffinements qui devenaient des habitudes.

Elle se massa les tempes. Elle avait la migraine. Elle était trois personnes en même temps, Miriam, Lily, et celle qu'elle était en train de devenir. C'était troublant. Plus rien n'avait de sens.

Après le départ de Paul, Quinn parcourut toute la maison pour éteindre les lampes et étouffer les feux de cheminée. Il essaya de regarder la demeure avec les yeux de Lily. Les pièces lui paraissaient tout d'un coup prétentieuses, décorées avec un luxe extravagant. Il avait eu cette impression dès le départ, lorsque Miriam s'était mise à la tâche. Il n'avait pas changé d'avis. Le ranch était peut-être un peu spartiate, mais cette demeure était trop grandiose. Au fond, ni lui ni Miriam n'avaient su trouver le moyen de se sentir à l'aise dans leurs univers respectifs.

En passant dans le salon, il se versa encore un whisky, qu'il but en contemplant le portrait retouché de sa femme. Après l'élection, il le ferait détruire.

Mâchoires serrées, il fourra les mains dans ses poches. Il avait complètement oublié le médaillon. Il n'aurait jamais dû le garder. Il n'aurait pas dû le montrer à Lily. Il ne savait pas pourquoi il l'avait conservé, sinon que ce bijou nourrissait sa colère. C'était une émotion plus facile à gérer que toutes celles qu'avait pu susciter Miriam.

Enfin, il se décida à monter. Il entra dans sa chambre, remarqua immédiatement la lumière sous la porte de Miriam. De Lily.

Paul lui avait laissé des documents à lire, mais il découvrit très vite qu'il était incapable de se concentrer. Son regard se portait sans cesse sur le petit filet lumineux. Quand celui-ci disparut, Quinn hésita, marmonna un juron, puis céda à la tentation.

Dès qu'il eut entrouvert, l'éclairage de sa propre chambre inonda celle de Lily. Elle se redressa brutalement, sa chemise de nuit blanche moulant sa poitrine.

— Qu'est-ce que… ?

— J'ai quelque chose à vous dire. Vous voulez que je recherche Miriam, que je la ramène. Vous êtes choquée parce que je ne m'arrache pas les cheveux quand je vous parle d'elle, et parce que j'ai fait retoucher le tableau.

Il fixa son verre, sourcils froncés.

— Pourquoi irais-je courir après une femme qui m'a quitté ? En quel honneur devrais-je vénérer son portrait ?

Il avait trop bu. Demain matin, il regretterait cette intrusion.

— N'oubliez pas que Miriam a fait un choix. Et ce n'est pas moi qu'elle a préféré. Vous l'avez placée sur un piédestal, et vous me reprochez de ne pas en faire autant. Pourquoi, Lily ? Pourquoi adorerais-je le souvenir d'une femme qui m'a trahi ?

— Vous êtes ivre.

— Un peu.

Lily s'assit complètement en remontant la couverture jusqu'à son menton.

— Il faut que je sache : l'aimiez-vous ?

La question était inattendue. Il s'efforça d'y réfléchir en toute honnêteté.

— Je n'en sais rien, avoua-t-il enfin. Je tenais à elle, et c'est encore le cas. Vous m'avez traité de mauvais mari. Vous aviez probablement raison. Les sentiments que j'ai éprouvés pour Miriam n'étaient pas assez forts.

Il s'essuya le front. Le plus sage serait de faire demi-tour, de retourner dans sa chambre, de mettre un terme à cette conversation. Au lieu de cela, il s'adossa contre le chambranle de la porte.

— Son père était un homme politique. Il avait pratiqué le droit. Je pensais qu'elle comprenait les exigences de ce métier, qu'elle savait combien il était prenant. Je n'ai pas cherché délibérément à l'ignorer ou à la négliger. Il ne m'est jamais venu à l'esprit qu'elle puisse être vulnérable ou trop seule. Avec le recul, je me rends compte qu'elle devait beaucoup souffrir.

Lily l'écoutait attentivement, les yeux écarquillés. Malgré lui, il imagina ses iris s'embrumant de désir. Il devait à tout prix s'en aller, avant de commettre l'irréparable.

— Ça m'irrite que vous me considériez comme une brute sans âme, murmura-t-il. Il n'y a aucune raison pour que je me soucie de ce que vous pensez de moi, mais...

Elle reprit sa respiration. Quinn eut comme une sensation de vertige.

— Il est évident que Miriam et moi formions un couple mal assorti. Nous n'avions absolument rien en commun. Je voulais qu'elle soit différente, et inversement. Sur la fin, nous vivions chacun de notre côté. Deux étrangers sous le même toit.

— Même après la naissance de Susan ?

— Surtout après la naissance de Susan.

Était-il complètement fou ? Il avait décidé avec Paul que certains secrets ne seraient jamais révélés.

— Allez vous coucher, Quinn, murmura-t-elle après un silence. Nous reparlerons de tout cela demain matin.

Il en doutait. Parler exigeait des moments comme celui-ci, dans la pénombre, sous l'emprise de l'alcool.

— Il y a autre chose, ajouta-t-il en vacillant. Je vous ai menti. Cela m'arrivera peut-être encore à l'avenir. Cependant, j'essaie de m'en tenir au minimum. Vous n'avez pas besoin de tout savoir.

— En d'autres termes, je devrais vous être reconnaissante de ne me mentir qu'en cas de nécessité ? railla-t-elle. Il faut que je puisse vous faire confiance, Quinn. Je veux être sûre que vous ne me renverrez pas en prison sur un simple caprice. Que vous tiendrez vos promesses jusqu'au bout. Comment voulez-vous que je vous croie, alors que vous admettez m'avoir menti ?

Incapable de lui répondre de manière convaincante, il éluda la question.

— Vous n'avez jamais menti, vous ?

Elle devint écarlate. Le regard luisant, les lèvres entrouvertes, elle ne se rendait pas compte à quel point elle était attirante. Rien, dans son attitude n'était dicté par le besoin de séduire, pourtant, Quinn était submergé par le désir.

— Si, concéda-t-elle, mais jamais à vous. Enfin, euh… peut-être un peu, mais rien de grave.

Ils étaient seuls dans la demeure, l'occasion ne se représenterait sans doute jamais. Lily était une femme qui faisait fi des règles, qui ignorait les conventions. Une femme vibrante, pleine de vie. Quant à Quinn, il souffrait. Ni l'un ni l'autre n'avait fait l'amour depuis bien longtemps. Était-ce un péché mortel que de chercher un peu de réconfort dans les bras l'un de l'autre ?

Il s'avança d'un pas, mais la voix de Lily l'arrêta.

— Est-ce moi, Quinn ? Ou est-ce Miriam que vous voyez en ce moment ?

Il faillit éclater de rire. Miriam ne l'avait jamais dévisagé ainsi, les joues brûlantes de ferveur. Miriam n'avait jamais provoqué chez lui le moindre tressaillement.

Cependant, les paroles de Lily eurent l'effet d'une douche froide. Il se redressa et tenta de se rappeler combien il avait bu de whiskies.

— Il est tard, grommela-t-il. Bonne nuit.

Ce ne fut qu'une fois couché, les mains croisées derrière la nuque, qu'il prit conscience de l'ampleur de son imprudence. Il avait failli compliquer sérieusement la situation. Le pire, c'était que Lily l'avait parfaitement compris.

Elle ne l'avait pas renvoyé. Elle lui avait simplement demandé s'il se croyait devant elle ou devant Miriam. Décidément, la vie n'était pas simple. Il avait l'impression de devenir fou.

Le lendemain matin, Lily fit connaissance avec sa nouvelle bonne, Élizabeth, qui tira les rideaux, posa un déshabillé au bout du lit, puis demanda à sa maîtresse ce qu'elle souhaitait mettre. Lily s'assit tout en inspectant discrètement la silhouette impeccable en robe noire, tablier et bonnet blancs.

Humant le parfum de myosotis de Miriam, Lily enfila sa robe de chambre avant que Cranston n'apparaisse avec son petit-déjeuner. Quinn passa la porte reliant leurs chambres juste à temps pour accueillir le majordome. Hirsute, luttant visiblement contre une gueule de bois, il se comporta néanmoins d'une façon exemplaire. L'épisode de la veille n'avait jamais eu lieu.

— Voici Cranston, notre nouveau majordome, annonça-t-il aimablement, avant de venir embrasser Lily sur le front.

Cette fois, la mascarade était bel et bien lancée.

— Je suis heureux de vous connaître.

Elle ne se sentait pas au mieux de sa forme, à peine réveillée et encore bouleversée par le baiser de Quinn. Elle passa une main dans ses cheveux, mal à l'aise. Le fait qu'on lui présente Cranston dans l'intimité de sa chambre révélait l'importance de son rôle auprès des maîtres de maison.

Il devait avoir environ cinquante ans. Très digne, les cheveux blancs, il portait un pantalon gris, une chemise blanche et un gilet noir.

— Avec votre permission, j'aimerais vous proposer de faire monter tout le personnel dans votre bureau après le petit-déjeuner. Les présentations ne prendront pas longtemps.

Il la dévisagea attentivement, en quête de signes de sa récente maladie, sans doute.

— Ensuite, enchaîna-t-il, si vous pouvez m'accorder une petite heure, nous reverrons ensemble le fonctionnement de la maisonnée.

Lily jeta un coup d'œil incertain vers Quinn, qui s'était posté devant la fenêtre. Elle s'humecta les lèvres et opina.

— Disons... à dix heures ?

— Comme vous voudrez.

Après le départ de Cranston, elle dégusta un croissant chaud avec son chocolat.

— Rappelez-vous, murmura Quinn... De tous ceux que vous rencontrerez aujourd'hui, seuls les Blalock vous connaissaient auparavant.

Elle porta une main à son front, comme si elle allait y sentir l'empreinte de son baiser. Elle aurait voulu lui parler de ce qui s'était passé la veille. Elle avait mille questions à lui poser. Mais elle se retint.

— Comment vous sentez-vous ce matin ? s'enquit-il poliment.

— Très bien, merci.

Cette intimité artificielle les rendait aussi maladroits l'un que l'autre. Lily posa son croissant. Elle n'avait plus du tout faim.

— Ce sera toujours ainsi le matin ?

— Oui, à peu de chose près.

Elle comprit alors : sa présence dans sa chambre à l'arrivée de Cranston était destinée à donner l'impression qu'ils vivaient une vie de couple normale. Certains matins, il entrerait même avant Élizabeth, comme s'ils avaient dormi dans le même lit. Lily s'empourpra. Paupières closes, elle cacha ses mains tremblantes sous la couverture.

— Vous serez avec moi, pour la présentation des domestiques ?

— Si vous le souhaitez. Cependant, cela pourrait paraître étrange. Après tout, vous avez eu affaire au personnel toute votre vie.

Il marqua une pause, mâchoires serrées.

— La seule différence, pour vous, c'est que ce sont tous des nouveaux.

Soupçonnait-il quelqu'un d'écouter aux portes ? Les dés étaient jetés, il fallait jouer le jeu jusqu'au bout, même entre eux.

Lily repoussa son plateau et hocha lentement la tête.

— Je me débrouillerai donc seule.

Que dire à un faux mari ?

— Qu'allez-vous faire aujourd'hui ?

— Je serai au cabinet.

— Je croyais que vous aviez abandonné vos activités d'avocat.

Aussitôt, elle étouffa un cri. Si quelqu'un les épiait, elle venait de révéler qu'elle ne connaissait rien à l'existence quotidienne de son époux.

— Je ne vais plus du tout au tribunal, mais je continue à exercer le droit d'entreprise. De plus, je suis impliqué dans la création d'un nouvel État… Comme je vous l'ai déjà dit, après l'élection, j'arrêterai.

— Excusez-moi, chuchota-t-elle, furieuse contre elle-même.

Puis, plus fort, elle ajouta :

— Je pense que je vais rester ici me reposer. Je n'ai pas encore complètement récupéré.

Quinn contourna le lit pour se diriger vers son appartement.

— Dans l'édition d'aujourd'hui du journal *News* paraîtra l'annonce de votre retour de Santa Fe. Vous sentez-vous suffisamment forte pour recevoir quelques visites cette semaine ?

— Je vais reprendre mes portes ouvertes du vendredi. J'espère que vous honorerez ces dames de votre présence pour cette première fois.

— Avec plaisir.

Il se retourna brièvement sur le seuil. Un frisson parcourut l'échine de la jeune femme. Lorsqu'il eut disparu, elle se laissa retomber sur les oreillers en soupirant. Comment expliquer les sensations qu'éveillait en elle cet… cet inconnu ?

La séance de présentation se déroula sans problème. James et Mary Blalock arrivèrent tout à la fin, et Lily surmonta l'épreuve sans difficulté.

Mary l'avait dévisagée, puis s'était accrochée au bras de son mari, au bord de l'évanouissement. L'espace d'un éclair, Lily avait eu l'horrible certitude que Mary allait la dénoncer, mais cette dernière s'était ressaisie en bredouillant :

— Comme vous êtes maigre ! Et votre voix... Vous vous êtes enrhumée.

Lily s'était souvenue des fiches de Paul.

— Peut-être pourriez-vous me faire monter un de vos fameux bouillons de poule ?

Mary avait eu du mal à contenir ses larmes, et son époux s'était empressé de l'emmener avec lui. Dès que la porte s'était refermée derrière eux, Lily avait soufflé. Ouf ! Elle avait passé le premier test.

Le second ne tarda pas à se présenter, en la personne de Cranston, qui souhaitait revoir avec elle le fonctionnement de la maison. Paul aurait été fier d'elle. Quand Cranston annonça qu'il comptait sur elle pour établir les menus de chaque jour, elle prit un air las et suggéra au majordome de confier cette tâche à la cuisinière. Lorsqu'il lui demanda ce qu'elle voulait servir lors de son premier thé, le vendredi suivant, elle ordonna qu'on lui soumette deux propositions. Elle ferait alors son choix.

Cranston avait beaucoup d'autorité, et Lily profita de son désir d'avoir la mainmise sur tout pour masquer sa propre ignorance. À la fin de l'entretien, ils se sourirent, heureux de constater qu'ils étaient totalement d'accord. Cranston voulait régner sur tout, et Lily était ravie de le laisser faire.

Après sa visite, elle ouvrit tous les tiroirs du bureau de Miriam, sans y découvrir grand-chose d'intéressant. Elle trouva un encrier en cristal, un stylo, du papier à lettres gravé, une boîte de cartes de visite. Tous les objets personnels de type courrier ou journal intime avaient dû être retirés ou perdus dans l'incendie.

À la fois fière d'avoir su se débrouiller avec les domestiques, et frustrée que Miriam demeure aussi mystérieuse, Lily s'installa dans un fauteuil face à la fenêtre pour admirer le paysage. Le ciel était plombé. Il allait probablement neiger avant la fin de la journée.

Lily replia les genoux sous son menton et contempla les nuages.

Que de questions sans réponses !...

Contrairement à ce qu'affirmait Quinn, elle ne pensait pas avoir placé Miriam sur un piédestal. Mais il était vrai que plus le temps passait, plus elle s'identifiait à cette femme.

Toutes deux avaient perdu une sœur tendrement aimée. Toutes deux avaient enterré leurs parents. Toutes deux avaient désiré un enfant, mis au monde une fille, pour se la voir enlenver peu de temps après et éprouver le même genre de sentiment de culpabilité. Et puis, il y avait Quinn... Avaient-elles aimé le même homme ?

Lily se secoua intérieurement. Était-elle tombée sur la tête ? Elle pouvait désirer Quinn, peut-être, mais de là à ce que sa fascination se transforme en amour... quelle erreur !

Pourquoi Miriam avait-elle choisi ce moment pour disparaître ? Elle savait bien que sa présence auprès de Quinn était indispensable s'il voulait gagner l'élection. Apparemment, elle avait voulu se venger.

Mais de quoi ? Lily fronça les sourcils. Dans son univers, un mari négligent n'était pas une raison suffisante pour s'enfuir. En prison, elle avait rencontré des femmes battues par leurs compagnons, quelquefois à mort. Pas un instant elles n'avaient songé à partir. Existait-il une autre explication ? Une chose était certaine : ni Quinn ni Paul ne lui avoueraient jamais ce secret.

Le seul moyen d'obtenir des réponses à ses questions, c'était de retrouver Miriam, décida-t-elle tout d'un coup.

Par où commencer ?

10

La journée de Quinn fut chargée : rendez-vous, réunions, allées et venues de coursiers et autres interruptions, qu'il accepta de bonne grâce car il avait un mal fou à se concentrer. Ses pensées le ramenaient sans cesse au manoir de la Quatorzième Rue. Lily s'était-elle bien débrouillée avec les domestiques ? Avec Cranston ? Pendant que lui traversait la ville pour une conférence au siège du parti, Lily en avait-elle profité pour prendre la diligence en direction du Missouri ?

Posant les coudes sur son bureau, il baissa la tête et se frotta le nez.

Il ne pouvait que lui faire confiance : elle lui avait donné sa parole. Il devait croire Paul, lorsque celui-ci affirmait que Lily était prête et capable de tromper leur entourage.

Jamais encore Quinn ne s'était trouvé dans une situation aussi inconfortable. Les facteurs d'incertitude étaient nombreux. Sa fortune personnelle lui avait toujours permis d'être libre et indépendant. Il n'était pas habitué à dépendre totalement de quelqu'un d'autre. L'obligation de remettre son avenir entre les mains d'une femme l'irritait.

— Voici les documents que vous réclamiez.

Il leva les yeux tandis que Walter Robin, son secrétaire, entrait. Maigre comme un clou et habillé avec soin, Walter était un homme d'une efficacité redoutable et aux dents longues. Une fois l'élection gagnée, Quinn serait forcé de compter avec lui. Ce serait Walter qui filtrerait les appels et les visites. Il ne le savait pas, mais lui aussi dépendait de la réussite de Lily.

Si Lily s'enfuyait, si la comédie était démasquée, si on retrouvait Miriam, bien des gens en subiraient indirectement les conséquences. Le scandale ternirait la réputation des dirigeants du parti qui n'étaient au courant de rien. Ce serait la fin de la carrière de Paul. Walter et d'autres comme lui verraient leurs espoirs et leurs projets réduits à néant. Les hommes qui avaient discrètement sollicité Quinn pour un poste au sein du futur gouvernement regretteraient leur démarche.

Et que deviendrait Quinn, dans tout cela ?

Jusqu'ici, il ne s'était jamais autorisé à envisager un échec. Il préférait ne pas y songer.

Se redressant, il fronça les sourcils : quelques flocons de neige commençaient à tomber.

Non, il ne céderait pas à la tentation. Il n'irait pas à la maison voir si Lily y était encore. Il devait garder la foi. C'était essentiel.

Lily, qui n'avait jamais eu une existence oisive, se dit qu'elle aurait pu entreprendre une activité plus productive que celle d'essayer des robes tout l'après-midi.

Elle avait découvert dans le fond de l'armoire, protégée par des housses, toute une collection de toilettes aux couleurs vives. Les tenues de deuil étaient soigneusement alignées, un peu à l'écart de celles de demi-deuil, moins foncées.

Lily avait revêtu deux de ces tailleurs : ils avaient été retouchés et lui allaient à la perfection. L'ennui et la curiosité l'avaient poussée à mettre l'un des ensembles bleu clair.

Elle s'était ainsi rendu compte qu'elle avait un peu plus de poitrine que Miriam, mais qu'elle avait la taille plus fine. À en juger par l'ourlet, Miriam mesurait environ trois centimètres de plus qu'elle.

Elle était en train de se déshabiller quand, d'un geste distrait, elle plongea la main dans une des poches de la veste. Elle y découvrit un mouchoir portant un monogramme et un bout de papier. Elle parcourut le message, fronça les sourcils puis le replia. Elle s'en occuperait plus tard. Pour l'instant, elle avait froid.

Elle était parfaitement capable de préparer un feu, et aurait préféré s'attaquer à cette tâche plutôt que de faire appel à une domestique. Mais ce n'était pas ainsi que l'on agissait dans le monde de Miriam. Lèvres pincées, elle sonna la bonne. Dehors, il neigeait. Elle décida de s'installer dans un fauteuil confortable et de lire l'un des livres que lui avait recommandés Paul.

Daisy surgit rapidement, fit une petite révérence avant de se confondre en excuses parce que son tablier était sali. Lily lui répondit en un murmure, feignant d'être absorbée par sa lecture.

Après avoir allumé le feu, Daisy exécuta une nouvelle révérence, puis disparut. De nouveau seule, Lily mit de côté son livre et fixa la porte qui séparait sa chambre de celle de Quinn. La curiosité l'emporta soudain sur la raison. Elle savait qu'elle s'apprêtait à commettre une erreur. Tant pis.

Elle s'avança sur la pointe des pieds. Les appartements de Quinn étaient son domaine privé. Elle n'avait pas le droit d'y pénétrer comme ça.

C'était plus fort qu'elle. Le cœur battant, elle tourna la poignée. Elle se dit qu'elle n'entrerait pas, tout en sachant que c'était faux.

Elle s'attendait que la pièce soit aussi spartiate que le

ranch. Il n'en était rien. Le décor de la chambre était somptueux. Papier peint, couvre-lit et rideaux se déclinaient en un camaïeu de brun, de marine et de beige. Le bureau, les tables basses, la commode étaient certainement d'origine européenne.

Lily resta un long moment immobile, humant un savant mélange de parfums : lotion capillaire, savon à barbe, fumée de cigare…

Craignant d'être surprise en flagrant délit d'indiscrétion, elle entreprit néanmoins une exploration plus poussée. Elle laissa courir les doigts sur le rasoir et la brosse auprès de la bassine et du broc en faïence. Resserrant son châle autour de son cou, elle se mira dans la glace dont il se servait chaque matin pour se raser. Elle caressa la serviette avec laquelle il essuyait son visage. Un frisson la parcourut.

Elle se détourna lentement pour aller examiner les tableaux représentant des villages perchés sur les falaises, sous un soleil éclatant.

Elle s'attaqua ensuite au bureau, le seul endroit en désordre. Livres, dossiers, papier à lettres encombraient la surface. Elle se pencha pour apercevoir quelques lignes de son écriture vigoureuse, et devina qu'il travaillait sur une prochaine allocution. Elle effleura son porte-plume et son encrier en cristal.

Elle savait que c'était mal, pourtant, après une légère hésitation, elle céda à la tentation. Elle ouvrit l'un des tiroirs. Les yeux écarquillés, elle tomba sur un pistolet. La plupart des hommes possédaient une arme, voire plusieurs, cependant, elle était étonnée que Quinn en conserve une dans sa chambre.

Poursuivant son inspection, elle jeta un coup d'œil dans le dressing. Les tenues de soirée étaient séparées des costumes de travail. Sur les étagères, les chapeaux melon et les hauts-de-forme côtoyaient des boîtes remplies de chaussettes ou de gants.

Pour finir, Lily s'approcha du lit. Elle tendit la main vers l'oreiller, se figea, soudain bouleversée, puis tourna les talons et s'enfuit en claquant la porte derrière elle.

Lorsqu'elle retrouva une respiration normale, elle alla ouvrir sa fenêtre.

Que lui arrivait-il ?

Elle s'obligea à se calmer et secoua violemment la tête comme pour se débarrasser de toute idée farfelue. Sa main tomba sur le bout de papier qu'elle avait fourré dans sa poche. Elle fut soulagée d'avoir de quoi se changer les idées.

Même heure. Même endroit. M.

Miriam, la vraie. Palpable. Lily leva la feuille vers la lumière pour examiner de près son écriture. Simple, sans fioritures, presque masculine. Étrange, pour une femme qui aimait les franges et les froufrous.

Même heure. Même endroit. Lily tenta un moment de comprendre. Était-ce un pense-bête ? Pourquoi l'avoir signé « M », alors ? Si elle devait se rappeler un rendez-vous important, Lily aurait tout simplement inscrit : Quinn. Mardi.

Donc, ce n'était pas un pense-bête. Mais alors, à qui était destiné ce message ?

Il ne pouvait s'agir de Quinn, que Miriam voyait plusieurs fois par jour. Ni d'un domestique. Elle n'avait pas choisi un papier à en-tête, elle n'avait donc pas l'intention de poster ce message. Si elle voulait le remettre en main propre, pourquoi ne pas se contenter de le transmettre verbalement ?

Lily était intriguée.

Regardant la neige qui tourbillonnait dehors, Lily réfléchissait. Peut-être était-ce un ordre destiné au cocher, lui disant où et quand la retrouver. Même heure. Même endroit.

Non. Une telle missive serait signée de son nom

d'épouse. Lily comprit que cette note ne livrerait sans doute aucun secret.

Son instinct lui dicta cependant de ne pas en parler ni à Quinn ni à Paul, avant d'en avoir déchiffré le sens. Était-ce possible ?

Bien qu'elle fût tentée de conserver cet échantillon de l'écriture de Miriam, Lily jeta le message au feu et le regarda brûler en bâillant. La chaleur qui régnait dans la pièce et le chuchotement des flocons sur les vitres la rendaient somnolente.

Elle avait l'après-midi devant elle. Et rien à faire. Un luxe dont elle avait rêvé en prison. Elle décida de faire la sieste, plaisir qu'elle ne s'était pas offert depuis l'enfance.

Juste avant de s'endormir, elle esquissa un sourire. Bien sûr, être une dame exigeait un certain comportement, et elle était convaincue qu'elle n'atteindrait jamais une telle perfection. Mais cette existence lui convenait parfaitement. C'était celle qu'elle voulait. Pour elle et pour Rose.

Elle rêva que Quinn venait à elle. Cette fois, il s'approchait, complètement nu, les yeux pétillants de désir, et se glissait auprès d'elle sous les draps. Sa peau était brûlante, ses mains s'affolaient…

Lily se réveilla, moite de transpiration, le souffle court.

Paul dîna avec eux dans la salle à manger, observant Lily à la dérobée, tandis que Cranston évoluait autour de la table.

— Avez-vous bien profité de cette première journée chez vous ? demanda-t-il poliment.

— Énormément, répondit-elle.

Le sous-entendu était clair : en fait, Paul voulait savoir si tout s'était bien passé avec le personnel. Elle sourit, puis demanda à Cranston de débarrasser les hors-d'œuvre.

— J'ai passé le plus clair de mon temps à me reposer.

Quinn se tapota les lèvres avec sa serviette, le regard sur le bustier en dentelle de sa robe du soir.

— D'après les médecins, vous allez vite récupérer vos forces. À condition de ne pas vous fatiguer inutilement...

Il jeta un bref coup d'œil vers le majordome avant d'ajouter :

— ... ma chérie.

— J'ai lu dans le journal que vous aviez l'intention de recevoir comme à votre habitude pour le thé, chaque vendredi, enchaîna Paul, comme s'il n'était pour rien dans cette affaire. Êtes-vous suffisamment en forme ?

En fait, il voulait savoir si elle se sentait prête à surmonter cette nouvelle épreuve.

— Mes amies m'ont beaucoup manqué, murmura-t-elle.

Cranston continuait de s'affairer autour d'eux.

— Quel plaisir de rentrer et de vous voir là !

Il était soulagé qu'elle ne se soit pas enfuie.

— Les absences prolongées, c'est terminé pour l'instant, répliqua Lily en relevant la tête.

Combien de fois faudrait-il lui répéter qu'elle n'allait pas partir pour le Missouri ? Quand lui ferait-il complètement confiance ? Après une imperceptible hésitation, elle conclut d'un tendre « mon chéri ». Quinn haussa un sourcil et soutint son regard jusqu'à ce qu'elle détourne la tête, envahie d'un brusque sentiment de culpabilité. Savait-il qu'elle était entrée dans sa chambre ?

Un silence pesant les enveloppa. Après tout, c'était normal, non ? songea-t-elle, un peu paniquée. Ils n'avaient rien à se dire. Soudain, elle eut une folle envie d'annoncer à Cranston qu'elle n'était pas Miriam Westin, que Quinn n'était pas son dévoué mari, que Paul n'était pas un ami, mais celui qui l'avait créée de toutes pièces.

Elle s'obligea à se calmer. Elle n'était pas intimidée par cette table immense où s'alignaient chandeliers, bouquets et cloches en argent. S'efforçant de penser comme Miriam, elle se rappela qu'elle devait donner l'impression d'avoir toujours vécu dans l'opulence.

— J'ai lu que le président Grant avait mis son veto sur un projet de loi qui viserait à protéger les buffles. Quel est votre avis sur ce sujet ?

Paul la dévisagea.

— Miriam ! C'est bien la première fois que je vous entends vous intéresser à un problème politique.

— Ô, mon Dieu ! souffla Lily en clignant des paupières, une main sur la gorge. Est-ce un problème politique ? Je ne pensais qu'à ces pauvres buffles.

Une lueur d'approbation dansa dans les prunelles de Paul. Elle s'était bien rattrapée.

— Je suis d'accord avec le président. Enrayer leur approvisionnement en nourriture, c'est le moyen le plus rapide et le plus sûr de se débarrasser des Indiens.

Lily haussa un sourcil incrédule.

— Est-ce une solution ? Vous voulez les affamer ?

— Un Indien mort de faim, c'est un Indien de moins.

Quinn protesta :

— Les tuer n'est pas une solution, au contraire. Ça ne fera qu'engendrer de nouveaux problèmes.

— Mais on aura réglé les anciens, riposta Paul.

Après un bref silence, Quinn reprit :

— L'extermination des buffles ne me paraît pas…

La discussion se poursuivit jusqu'au dessert. Contrairement à Miriam, Lily ne détestait pas la politique, mais cette conversation ne l'intéressait guère. Elle en profita pour contempler Quinn, qui l'obsédait maintenant jour et nuit. Sa main trembla lorsqu'elle se souvint de son rêve de l'après-midi. Elle essaya de penser à autre chose, mais s'en découvrit incapable.

Malgré elle, elle l'observa, ponctuant ses déclarations de gestes emphatiques, le visage mobile à la lueur des bougies. Au début, elle s'était dit que Quinn était renfermé, plutôt froid. Il pouvait l'être, mais lorsqu'il s'enthousiasmait ou s'emportait, ses expressions étaient aussi éloquentes que ses paroles.

— Je suis désolée, vous… ?

Revenant brusquement sur terre, elle prit conscience que Quinn et Paul la fixaient.

Cranston avait débarrassé la table. C'était le moment où Miriam se retirait dans le petit salon. Les gentlemen fumaient un cigare avant de l'y rejoindre pour boire le café. Mais Cranston, qui était nouveau, n'était pas au courant de toutes les habitudes de Miriam.

Impulsivement, Lily décida d'en créer une nouvelle, bien à elle. Elle resterait avec ces messieurs. Elle afficha un large sourire.

— Je vous en prie, fumez votre cigare, mes amis. Comme vous le savez… mon chéri… l'odeur de la fumée ne me dérange pas.

Elle espérait même qu'ils en souffleraient un peu dans sa direction. Elle sonna la petite cloche en argent posée devant elle.

— Cranston, veuillez servir les cognacs, s'il vous plaît. J'en boirai aussi un doigt. Nous prendrons le café au petit salon d'ici une vingtaine de minutes.

Elle était fière d'elle. La journée s'était déroulée sans heurts. Elle ne put s'empêcher de sourire de satisfaction. Paul grogna. Quinn s'esclaffa. Elle aurait volontiers fêté l'événement en fumant avec eux.

— Alors, reprit Quinn avec une nonchalance étudiée, avons-nous réussi à vous convaincre d'une façon ou d'une autre ? En ce qui concerne le problème des buffles, je veux dire…

La vraie Lily aurait profité de l'occasion pour donner son avis personnel. Mais une dame se devait de soutenir son époux.

— Vous avez exposé un point de vue intéressant, déclara-t-elle à l'intention de Paul. Cependant, il me semble que mon mari a été plus pertinent.

Elle s'empourpra en disant « mon mari », mais sa langue ne fourcha pas.

Quinn soutint son regard, et elle eut la sensation de se noyer dans ses yeux. Un frisson la parcourut. Elle se rendit compte que son cœur battait très vite.

Quel pouvoir avait-il sur elle, pour la troubler à ce point ? Elle s'humecta les lèvres, plia sa serviette.

— Au fond, je préfère vous attendre au petit salon.

Paul se leva aussitôt pour l'aider. Elle le remercia, sans quitter Quinn des yeux. Il se balança sur sa chaise en l'examinant de bas en haut.

— Nous arrivons tout de suite.

Il écrasa son cigare, tandis qu'elle sortait dans un froufrou de satin.

— Seigneur, marmonna Paul en se dirigeant vers la porte de l'office pour s'assurer qu'il n'y avait personne derrière. Tu t'es lancé dans un jeu dangereux. Si tu ne prends pas une maîtresse très vite, je vais t'en fournir une.

— Tu es responsable de ma campagne électorale, pas de ma vie intime.

— Lily est une opportuniste, insista Paul avec fermeté. Elle a vu le ranch, elle a exploré cette demeure de fond en comble. Tu as de l'argent, tu mènes une existence confortable. Tout ce dont elle rêve. En ce moment, elle se dit que cette mascarade ne prendra pas nécessairement fin après ton investiture. Elle s'imagine qu'elle pourra continuer indéfiniment à jouer le rôle de Miriam. Pour atteindre ce but, elle sait qu'elle devra passer par ton lit. Elle espère te séduire pour obtenir satisfaction.

— Lily est aussi difficile à cerner que l'était Miriam. Nous ne savons ni l'un ni l'autre ce qui lui traverse la tête.

Il était offensé que Paul soupçonne Lily de telles bassesses. Leur attirance mutuelle était née bien avant qu'elle ne connaisse sa fortune et le luxe dans lequel il vivait.

— Tu peux rester sur la défensive, ça ne changera rien au fait que tu vas au-devant de gros ennuis si tu prends Lily comme maîtresse.

Paul contempla le plafond un moment, puis ajouta :

— Ne mélangeons pas tout. Reste à distance. Elle n'est pas ce que tu crois, Quinn. Elle n'est pas Miriam telle que tu aurais souhaité qu'elle soit.

— Épargne-moi tes sermons, s'il te plaît.

— Nous sommes amis depuis quinze ans. Je te connais par cœur.

— Cette conversation n'a que trop duré, trancha Quinn en écrasant son mégot dans le cendrier. Si nous rejoignions mon épouse ?

Paul écarquilla les yeux.

— Elle n'est pas ton épouse, Quinn.

— C'est toi qui as insisté pour que la comédie se poursuive dans l'intimité comme en public. Ne me pousse pas dans mes retranchements, Paul. Occupe-toi de ma campagne, je me charge de ma femme.

Après que Paul les eut salués, Lily posa sa tasse et observa Quinn qui se tenait devant le feu de cheminée. Entre le moment où elle avait quitté la salle à manger et celui où les deux hommes l'avaient rejointe, il s'était passé quelque chose. Tous deux arboraient une mine contrariée.

— Quinn ?

Il se tourna vers elle.

— J'aimerais aller me promener. Voulez-vous m'accompagner ?

— Maintenant ? s'exclama-t-il en sortant sa montre de gousset. Il est tard.

— J'ai passé des années dans le désert à rêver de neige.

Cranston était apparu pour reprendre le plateau du café.

— Souhaitez-vous que je vous apporte votre manteau et votre manchon ?

Lily sursauta. Elle ne l'avait pas entendu venir. Paul avait raison. Il fallait à tout prix rester sur ses gardes. On ne savait jamais si on n'était pas épié.

— S'il vous plaît, répondit-elle, tout en regardant Quinn.

— Donnez-moi ma veste et ma canne, ajouta ce dernier.

Sur le perron, Lily remonta la capuche de sa cape pour couvrir ses cheveux. Elle aspira une grande bouffée d'air frais. La neige avait cessé de tomber. Une atmosphère feutrée régnait.

Quinn la prit par le bras, et ils descendirent les marches.

— Allez-vous me dire ce qui vous a opposés, tous les deux, tout à l'heure ? Un problème politique ?

— Paul prétend que je devrais prendre une maîtresse.

Un petit cri lui échappa, et elle trébucha. Un élan fulgurant de jalousie la transperça.

— Allez-vous suivre son conseil ? marmonna-t-elle.

— J'y songe.

Il se raidit. Lily éprouva une sensation de vertige. Elle l'imagina, penché sur une autre femme, la couvrant de baisers, lui caressant les seins. C'était insupportable.

Quinn s'immobilisa sous un peuplier et l'obligea à le regarder dans les yeux. Sa main était brûlante.

— Je pense à vous sans arrêt, avoua-t-il tout bas. C'est comme si j'étais envoûté. Si quelque chose ne change pas, vous savez comment tout cela finira, Lily. Je ne résisterai pas.

— Et alors ? Serait-ce à ce point épouvantable ? chuchota-t-elle enfin.

Il resserra les doigts autour de son poignet. Douloureusement.

— Nous n'allons pas passer beaucoup de temps ensemble. Je ne veux pas que vous vous sentiez encore plus utilisée que vous ne l'êtes déjà. Je ne veux pas avoir ça sur la conscience. En plus de tout le reste.

Aurait-elle l'impression qu'il la jetait comme une vieille chaussette ? Si elle cédait à son attirance pour Quinn, lui en voudrait-elle par la suite de s'être servi d'elle, puis de lui tourner le dos ? Ou ne garderait-elle en mémoire que le feu de ses caresses ?

— Est-ce l'unique raison ?

Il ne lui répondit pas tout de suite, et Lily eut un pincement au cœur. Il luttait, partagé entre l'envie de lui mentir et celle de lui révéler la vérité.

— Paul vous considère comme une opportuniste en quête d'un moyen pour prolonger indéfiniment votre contrat.

— Il croit que j'ai inversé la situation ? s'écria-t-elle, sidérée. Et vous ? Qu'en pensez-vous ?

— Je n'en sais rien, admit-il. Je sais que coucher avec vous créerait bien des complications.

— Vous préférez donc prendre une maîtresse. Très bien, allez-y.

Elle s'écarta, donna un grand coup de pied dans un tas de neige.

— Parlons un peu de Miriam, lança-t-elle soudain par-dessus son épaule.

Car c'était Miriam que Quinn convoitait de son regard énamouré. C'était elle qu'il voyait dans sa chambre, elle qui dînait en face de lui, portant ses toilettes, ses bijoux, son parfum…. Mais c'était bien Lily qu'il rejetait par peur que les choses ne prennent pas la tournure qu'il souhaitait.

— Miriam, répéta-t-il d'un ton plat.

Exaspérée qu'ils la considèrent uniquement comme une aventurière, elle releva ses jupes et longea la rangée d'arbres. Comment osaient-ils la traiter ainsi ? Elle ne leur avait rien demandé. Ils l'avaient forcée à accepter leur proposition.

— Je sais que Miriam ne soutenait pas votre décision de postuler au poste de gouverneur. Y était-elle fortement opposée ?

Il feignait l'indifférence en parlant de la disparition de Miriam, mais Lily avait compris que c'était un leurre. Des problèmes douloureux les avaient séparés. C'est pourquoi il n'aimait pas évoquer le souvenir de Miriam.

— Elle espérait que je deviendrais juge. Comme son père. La politique l'ennuyait. La perspective de toutes ces mondanités, en cas d'élection, l'effrayait.

— Donc, elle ne vous a pas encouragé. Ce manque d'enthousiasme ne risquait-il pas de représenter un handicap ?

Quinn lui jeta un regard noir.

— En effet.

— Elle a donc disparu au bon moment…

— Que voulez-vous dire par là ?

— Rien. Rien du tout. Je constate un fait.

Il l'examina longuement puis, brusquement, la saisit par le bras et l'entraîna vers le manoir.

— Je ne vous verrai pas beaucoup dans les jours à venir, annonça-t-il tandis qu'ils atteignaient les lampadaires qui flanquaient le perron. J'ai une semaine très chargée. Je partirai le matin avant votre réveil, et je rentrerai tard le soir. Prévenez Cranston que je dînerai à mon club.

— Comme vous voudrez, lâcha-t-elle.

Ils entrèrent en silence, en s'ignorant avec soin. Cette querelle les avait calmés tous les deux. La présence de Quinn ne la faisait plus frémir de désir.

Mais au fond, rien n'était résolu. Le feu était étouffé, mais pas complètement éteint. Lorsqu'ils se séparèrent au pied de l'escalier, elle comprit qu'il en avait conscience. Et lui ressentit la même chose.

11

Le vendredi, Lily avait les nerfs à vif. Que mettre pour ce premier thé ? Après avoir changé d'avis dix fois, elle opta pour une toilette en velours gris bordée de velours noir. Elle demanda à Élizabeth de la coiffer dans le même style que la Miriam du portrait, sous lequel elle serait assise, et de lui sortir les petites boucles d'oreilles en perles.

Après de multiples tergiversations, elle avait fini par opter pour un menu sur lequel figuraient toutes sortes de pâtisseries aux noms bien français, ainsi que des toasts à la marmelade. Cranston avait paru content, ce qui l'avait rassurée. Cependant, il l'avait perturbée en lui demandant quel service à thé elle voulait utiliser. Elle avait suggéré au hasard celui « à fleurs ». Vu le goût prononcé de Miriam pour ce genre de motifs, Lily supposait qu'il y en avait au moins un dans la maison. Lorsque Cranston avait acquiescé, elle comprit qu'elle avait deviné juste et s'en félicita intérieurement.

Tous les après-midi et tous les soirs, elle s'installait dans son bureau pour réviser les fiches de Paul. À force de les lire et de les relire, elle avait la tête pleine de noms et de détails.

Le grand jour était enfin là, et Lily, en proie à une agitation fébrile, était persuadée de courir à la catastrophe.

— Mon Dieu, marmonna-t-elle en arpentant le salon où elle recevrait ses invités.

Elle appellerait Hélène Van Heusen et quelques « proches » par leur prénom. Pour les autres, elle s'en tiendrait à leur nom de femmes mariées. Avec un peu de chance, elle ne commettrait aucune erreur. Elle était convaincue qu'au premier coup d'œil, ces dames la soupçonneraient immédiatement de ne pas être Miriam. Quelqu'un allait la dénoncer. Le scandale ferait la une de tous les journaux. Quinn serait ruiné, sa candidature fichue. Et Paul la renverrait à Yuma.

— Cessez d'aller et venir comme ça, gronda Quinn en entrant dans la pièce. Vous avez reçu ces femmes des centaines de fois.

Elle le fusilla des yeux et ravala un cri de frustration. C'était sûr, elle allait renverser le thé, se tromper de nom, demander aimablement à une veuve comment se portait son mari...

— Je ne peux pas, souffla-t-elle en se laissant tomber dans un fauteuil.

Ce n'était pas le bon. Elle se leva comme un ressort et se précipita vers celui placé sous le portrait.

— Je ne suis pas prête. J'ai voulu aller trop vite. J'ai commis une erreur.

— Pas du tout ! protesta Quinn, une lueur taquine dans les yeux. Les mondanités vous ont toujours mise dans tous vos états.

Cependant, elle était suffisamment au courant des habitudes de Miriam pour savoir que cette dernière ne se serait pas comportée ainsi, marchant de long en large et se jetant de siège en siège. Miriam aurait fait face avec un sourire angélique. Elle aurait trahi autrement sa nervosité. Un voile de larmes dans les yeux, par exemple, ou un léger tremblement du menton.

Lily se tordit les mains.

— Comment pouvez-vous rester aussi calme ?

Malgré toute sa bonne volonté, elle allait détruire son rêve, elle en était certaine.

Les visiteurs l'examineraient avec attention, guettant les traces de sa récente maladie ou les signes de mélancolie. Ils remarqueraient les moindres détails de sa tenue de demi-deuil et se rappelleraient qu'elle avait perdu sa fille dans un incendie. Ils seraient à l'affût des marques de tristesse.

Susan. Elle n'y pensait quasiment jamais. Un sentiment de culpabilité lui étreignit la gorge. Elle était tellement occupée, ces temps-ci, qu'elle passait parfois plusieurs jours sans songer à Rose.

— Est-ce que Susan vous manque ? s'enquit-elle soudain.

Quinn rajusta la manche de sa chemise.

— Pas souvent.

Cet aveu la choqua.

— Pour une fois, j'aurais préféré que vous me mentiez, soupira-t-elle. Quelqu'un devrait chérir le souvenir de cette petite. Après tout, elle était aussi votre fille.

— Vous êtes ravissante, répliqua Quinn.

Quant à lui, en veste noire sur un pantalon et un gilet gris, il était magnifique. Ces dames seraient sensibles à son charme. Comme elle...

— Vous êtes de bien bonne humeur, grinça-t-elle. Apparemment, le fait de passer une semaine sans moi vous a remonté le moral.

Elle s'en voulait, mais il lui avait manqué. Sans Quinn, son existence lui avait paru pâle et insipide, les journées longues et sans intérêt. Elle avait eu l'audace de coller son oreille contre sa porte pour le seul plaisir de l'entendre bouger dans sa chambre, cherchant en vain un prétexte pour frapper et discuter avec lui.

— J'ai passé quelques jours au ranch. La campagne me régénère.

Elle ne s'était donc pas trompée. Certains soirs, il n'était pas rentré du tout.

— Quelle chance vous avez ! Je ne suis pas sortie d'ici, sinon pour une courte promenade.

À quinze heures précises, Cranston surgit en poussant devant lui une table roulante.

— Ah, j'entends le carillon, dit-il en inclinant la tête. Je pense que vos invitées arrivent.

Le cœur de Lily se mit à battre très fort. Elle s'éventa machinalement et rassembla tout son courage, tandis que Cranston allait ouvrir.

— Bon sang de bonsoir, je n'y arriverai jamais, murmura-t-elle.

— Cranston va annoncer chaque personne au fur et à mesure, lui rappela Quinn en venant se placer juste derrière elle. Personne n'a la moindre raison d'imaginer que vous n'êtes pas Miriam.

— Et si je fais une gaffe ? chuchota-t-elle, les yeux sur le parquet.

— Si vous commettez une bévue, ma carrière politique sera finie, un homme de moindre envergure deviendra gouverneur du Colorado, et l'histoire de la moitié ouest des États-Unis en sera irrévocablement changée.

Elle poussa un petit cri, horrifiée. En se retournant, elle vit qu'il souriait et se rendit compte qu'il la taquinait. Un rire lui échappa. Le regard de Quinn se radoucit et, contre toute attente, il la gratifia d'un clin d'œil.

— Merci, murmura-t-elle, touchée.

Il était toujours derrière elle, une main sur son épaule, quand Cranston amena les deux premières visiteuses.

— Chère amie, comme je suis heureuse de vous revoir ! Quel dommage que je n'aie pu assister au mariage d'Electra. Il paraît que la cérémonie était magnifique. Augusta, ajouta-t-elle en s'adressant à la seconde, vous paraissez en pleine forme.

Quinn s'était dirigé vers le seuil pour accueillir les nouvelles arrivées. Lily fut saisie d'un sentiment de panique, car elle n'avait pas entendu les annonces de Cranston. Cependant, Quinn, parfaitement à l'aise, s'adressa à chacune par son nom et, très vite, Lily put faire le point.

Pendant les vingt minutes qui suivirent, elle fut trop occupée à saluer les unes et les autres et à verser le thé pour participer à une conversation.

En fait, elle ne s'était pas imaginé à quel point les sujets abordés par les amies de Miriam pouvaient être superficiels. Pendant qu'elle s'affairait, ces dames avaient formé des petits groupes animés. De temps en temps, l'une d'entre elles portait son regard de Lily au portrait, vaguement intriguée, mais personne n'eut l'audace de mettre en cause son identité.

Le véritable test fut l'arrivée d'Hélène van Heusen. Si Lily passait cette inspection sans problème, elle pourrait enfin se décontracter un peu.

Elle se remémora rapidement tout ce qu'elle savait au sujet de sa « meilleure amie ». Une femme autoritaire, dominatrice. Très active au sein des associations caritatives. Pas d'enfants. Son mari, qui appartenait au parti de l'opposition, préparait un candidat contre Quinn.

Lily n'avait aucun mal à comprendre pourquoi Quinn avait contesté cette étrange amitié entre Miriam et Hélène Van Heusen. Ce qu'elle ne saisissait pas, en revanche, c'était que Miriam ait défié son époux en poursuivant une relation aussi déraisonnable.

Un bref silence s'abattit sur le groupe lorsque Hélène apparut. Lily y fut sensible : de toute évidence, ces dames ne l'appréciaient guère.

Les mains gantées, les bras tendus, Hélène traversa toute la pièce.

— Non, non, ma chérie, ne bougez pas, je sais que vous avez été souffrante. Mon Dieu ! Vous êtes beaucoup trop maigre. Je ne reste qu'un moment, glissa-t-elle à la voisine de Lily, cela ne vous ennuie pas de vous asseoir ailleurs ? Merci, c'est très gentil... Miriam, vous êtes ravissante, mais vous avez changé. Remarquez, après tout ce que vous avez subi, ce n'est guère étonnant.

Hélène lui tapota la main.

— Vous, vous n'avez absolument pas changé, Hélène.

— Votre voix ! Qu'est-il arrivé à votre voix ?

— C'est à cause des quintes de toux si violentes, expliqua tranquillement Lily. Les médecins craignent que je n'aie endommagé mes cordes vocales.

Quinn, qui avait tout entendu, rebondit.

— En effet, Miriam ne récupérera jamais la même consistance tonale.

« Consistance tonale » ? Lily faillit pouffer mais, autour d'elle, tout le monde hochait la tête en murmurant des mots de sympathie.

Imitant les gestes maniérés de Miriam, Lily porta une main à sa gorge et soupira d'un air résigné.

Elle profita d'un bref instant de répit pour examiner Hélène Van Heusen. Hélène n'était pas franchement belle, mais elle avait beaucoup d'allure. Ses yeux noirs, perçants, étaient particulièrement intéressants.

— Savez-vous que j'ai tout tenté auprès de votre obstiné de mari pour obtenir l'adresse du sanatorium où vous étiez soignée ? Si vos amies n'ont pas pu vous joindre, c'est lui l'unique responsable.

— Je n'avais pas le droit de recevoir du courrier, expliqua Lily en se tapotant la poitrine comme si elle était encore souffrante. J'étais terriblement faible, et incapable de me concentrer. De toute façon, je n'aurais pas pu répondre.

— Les médecins interdisaient tout ce qui était susceptible de l'exciter ou de la fatiguer, intervint Quinn, en revenant se poster derrière elle.

Lily ne voyait pas son expression, mais elle devina que son regard s'était durci.

— Je suis étonnée de vous voir ici, lança insolemment Hélène. Je crains que vous ne perdiez votre temps. Votre prestation d'époux dévoué ne sert à rien, puisque aucune d'entre nous n'a le droit de vote. Vous auriez pu vous épargner cette corvée et rester à votre bureau.

Même Lily fut sidérée par la sécheresse d'Hélène. Un silence gêné tomba, ponctué seulement par quelques froufrous de satin et tintements de tasses.

— Si j'avais fait passer mon travail avant ma femme, j'aurais été privé du plaisir de rencontrer les dames les plus charmantes de Denver.

Lily l'imagina adressant un sourire mielleux à l'assemblée.

Hélène la saisit par le poignet et eut un rire amer.

— Ce que vous souhaitez surtout, c'est que ces charmantes dames engagent leurs maris à voter pour un homme qui accepte de prendre son après-midi pour soutenir son épouse lors de son retour parmi nous. Je ne suis sans doute pas la seule à le penser.

Quinn pressa les doigts sur l'épaule de Lily, furieux, mais il parla d'un ton calme.

— Bien entendu, si nos délicieuses invitées avaient la bonne idée de signaler à quel point je suis un homme formidable, j'en serais ravi.

Quelques rires discrets fusèrent. Les conversations reprirent, et Quinn s'éloigna de Lily pour rejoindre Cranston, qui venait d'apparaître sur le seuil.

À court de mots, Lily dévisagea Hélène.

— Je comprends que vous ne vouliez pas communiquer avec...

Hélène désigna les autres.

— … mais m'interdire d'approcher ma meilleure amie, franchement ! C'est d'une arrogance insupportable.

Elle plissa les paupières et examina la toilette de Lily.

— Miriam, sans vouloir manquer de délicatesse, personne ne porte le deuil une année entière après la mort d'un enfant.

Outrée, Lily s'arracha à l'étreinte d'Hélène.

— Ne prenez pas cet air dépité. Vous êtes jeune, vous en aurez d'autres. Vous devez vous ressaisir. La vie continue. Par moments, j'ai l'impression que vous vous complaisez dans votre chagrin. Vraiment… Rangez ces tenues sombres, portez des couleurs vives, profitez de la saison des fêtes.

— Excusez-moi de vous interrompre, dit Quinn.

Il se pencha pour chuchoter à l'oreille de Lily :

— Walter Robin m'attend dans la bibliothèque avec des documents qui requièrent ma signature immédiatement. Je reviens dans cinq minutes.

Lily hocha la tête, et afficha un sourire. Hélène poursuivit :

— Je n'aurais pas osé vous en parler tant qu'il était là, mais… notre ami est au comble du désespoir. Après l'incendie, vous vous êtes tout simplement volatilisée, et Quinn a refusé de nous transmettre vos coordonnées. Je n'ai rien pu faire, ni pour lui ni pour vous.

Lily eut un mouvement de recul. Elle fronça les sourcils.

— Notre ami ? répéta-t-elle.

— Ma chère, j'admire votre prudence, mais personne ne nous écoute. Oui, *notre ami* meurt d'impatience de vous revoir.

Lily resta momentanément muette, ne sachant comment réagir. C'était exactement ce qu'elle avait craint : une allusion à un événement ou à un personnage dont Quinn et Paul ne savaient rien.

— Moi aussi, j'ai hâte de le voir, murmura-t-elle. Cependant, je suis encore assez faible, et je...

— Ma chère, vous me paraissez en pleine forme. À moins que vous n'ayez mis du fard à joues ? Bref, ne perdons pas de temps. Puis-je prévenir « M » que vous le verrez bientôt ?

Lily retint un cri. « M » était donc un homme. Soudain, le mystère du message retrouvé dans la poche de la veste fut résolu. Ce n'était pas Miriam qui l'avait rédigé, mais « M », à son intention.

Quinn revint. Il s'arrêta devant le buffet pour se servir un toast à la marmelade.

Seigneur ! C'était impensable. Une femme saine d'esprit n'aurait jamais trahi Quinn. Surtout pas Miriam, si timide, si docile. Il devait y avoir une autre explication.

— Vite, marmonna Hélène en suivant les mouvements de Quinn. Que dois-je dire à notre ami ? Il sera à Denver la semaine prochaine, et il espère un mot de votre part.

— Je... Hélène, j'ai une migraine épouvantable. Je ne peux pas vous répondre tout de suite.

— Je vous aiderai comme avant. Venez me voir jeudi prochain. J'aurai une lettre pour vous, j'en suis certaine. « M » sera déçu de ne pas avoir de vos nouvelles directement, mais je lui dirai que vous reprendrez rapidement contact avec lui.

Hélène laissa traîner son regard sur la pendule de la cheminée et se leva.

— Ma chère, j'ai passé un moment exquis. Je suis si heureuse de vous voir de retour, et en bonne santé. Réfléchissez à tout cela.

— Vous pouvez compter sur moi.

— Bien... Au revoir, et à une prochaine fois.

Hélène traversa le salon comme un voilier poussé par les vents, s'arrangeant pour s'adresser à la fois à tout le monde et à personne. Elle ignora complètement Quinn.

Lily retomba sur son siège, effarée. Elle avait l'impression qu'une charrette venait de lui passer dessus. Si elle se sentait ainsi, qu'avait pu éprouver Miriam ? Elle avait dû s'aplatir complètement devant cet ouragan.

— Vous êtes fatiguée, ma chérie ?

La main de Quinn sur son coude la tira de sa torpeur. Le salon était vide. Elle avait souri, bavardé, salué sans s'en rendre compte. Elle jeta un coup d'œil sur la pendule de la cheminée et fut surprise de constater qu'il était déjà dix-sept heures. Cranston entassait soucoupes et tasses sur la table roulante.

— Un peu, murmura-t-elle. Mais ça va. Vraiment.

— J'allais vous proposer une petite promenade en voiture avant le dîner.

— Volontiers.

Souhaitait-il lui parler dans l'intimité, ou s'était-il rappelé sa plainte de ne jamais sortir de la maison ?

— Cranston ?

— Je vais chercher votre manteau et votre manchon. Dois-je demander à Élizabeth de vous apporter un chapeau et des gants ?

— L'ensemble gris, je vous prie.

Parfums fleuris, odeurs de gâteaux et de thé imprégnaient encore l'atmosphère. Lily se tourna vers Quinn.

— Pensez-vous que ce soit un succès ?

Elle tripota les bagues de Miriam, puis fronça les sourcils en contemplant le portrait.

Aujourd'hui, elle y voyait le regard mélancolique de Miriam, pas le sien. Un sentiment de culpabilité l'envahit. Elle avait usurpé sa place, reçu ses amies, accepté leurs marques de sympathie et leurs vœux de bienvenue.

Où êtes-vous ? se demanda-t-elle pour la millième fois.

— Sans conteste, affirma-t-il en prenant la cape que lui tendait Cranston pour la déposer sur ses épaules.

Lily fut saisie d'un vertige. Elle était épuisée, tout d'un coup. Elle regrettait de ne pouvoir s'appuyer contre lui pour récupérer. Elle avait surmonté l'épreuve. Personne ne l'avait démasquée. Le désastre était évité. La semaine prochaine, ce serait plus facile.

— Au fond, je finirai peut-être par y prendre goût, confia-t-elle à Quinn, une fois qu'ils furent dans la berline.

Quinn s'esclaffa.

— Est-ce bien vous qui étiez sur le point de vous évanouir quand sont arrivées les premières invitées ?

— Je ne suis jamais tombée dans les pommes de ma vie, assura-t-elle en souriant.

Soudain, elle se sentit revivre. Elle avait réussi ! Lily Dale, l'ancienne détenue aux manières déplorables, avait présidé avec grâce un thé pour dames de la bonne société !

— Je l'ai fait ! s'exclama-t-elle soudain, les yeux brillants de fierté. Je l'ai fait, Quinn. Je vais vous dire qui aurait pu s'évanouir en me voyant tout à l'heure : ce salaud d'Ephram Callahan. Je l'ai fait, Quinn, et personne n'a soupçonné quoi que ce soit.

Il sortit de sa poche sa boîte à cigares.

— Vous permettez ?

Elle acquiesça.

— Mes vacances sont terminées. D'après Paul, je dois maintenant rendre visite à toutes les personnes qui sont venues cet après-midi.

— Il fait noir, nous sommes seuls. Voulez-vous un cigare ?

Elle jeta un coup d'œil par la fenêtre et vit que les allumeurs de réverbères grimpaient sur leurs échelles appuyées contre les becs de gaz.

— Où allons-nous ?

— J'ai demandé à Morely de nous conduire jusqu'à mon cabinet et au palais de justice. Non loin de là, il y a une rue commerçante qui vous intéressera peut-être. Je m'aperçois que vous n'avez pas eu le temps de visiter la ville.

Il alluma un cigare et le lui tendit. Lily inhala la fumée, soupira d'aise, soulagée de pouvoir se détendre enfin. Cependant, curieusement, cette habitude lui parut ne plus correspondre à celle qu'elle était en train de devenir.

— Merci, cela me suffit.

Il haussa un sourcil, étonné.

— Comme vous voudrez.

Elle fuma encore, puis lui rendit le cigare.

— C'est une belle nuit. Quelle bonne idée !

— Lily, nous devons parler d'Hélène Van Heusen.

En un éclair, son euphorie s'évapora.

— Elle a insisté pour que j'aille la voir jeudi prochain, murmura-t-elle après un bref silence.

Elle examina le profil de Quinn dans la pénombre. Devait-elle lui faire part des commentaires d'Hélène au sujet de « M » ? Probablement pas.

— Je vous interdis d'y aller.

Ah, vraiment ? Elle eut un sursaut de colère.

— Est-ce bien raisonnable ? Hélène est l'amie la plus proche de Miriam. Et elle faisait partie des invitées aujourd'hui.

— À vrai dire, personne n'était officiellement invité. Une annonce est passée dans le journal selon laquelle vous étiez rentrée de Santa Fe et repreniez vos portes ouvertes du vendredi après-midi. J'espérais vaguement qu'Hélène ne viendrait pas. Si vous évitez de passer chez elle, elle ne sera pas là la semaine prochaine.

Comment Lily pouvait-elle en apprendre davantage sur « M », si elle n'allait pas voir Hélène ?

— Frederick Van Heusen est l'un des principaux rouages du parti d'opposition, Lily. Si je suis battu aux élections, c'est lui que pourra remercier mon adversaire.

Il étudia le bout incandescent de son cigare avant d'ajouter :

— Hélène s'est rapprochée de Miriam peu après l'annonce de ma candidature, l'année dernière. Comprenez-vous ce que cela signifie ?

— Vous êtes convaincu qu'elle a une idée derrière la tête. Qu'il ne s'agit pas uniquement d'amitié ?

Il hocha la tête.

— Miriam était encore plus au courant que vous de mes projets.

— Quinn, je ne connais rien à la politique, et je doute que Miriam en ait su davantage. Vous avez dit vous-même qu'elle avait horreur de ce genre de discussion.

— Elle ne pouvait pas forcément les éviter. Elle a entendu nos propos à table, au cours de manifestations mondaines. Elle était là lorsque Paul et moi avons préparé la campagne, elle a reçu les membres dirigeants du parti lorsqu'ils se sont réunis chez nous. Vous connaissez, comme elle, le contenu de mes allocutions avant que je ne les prononce. Vous êtes mieux informée que vous ne le croyez.

— Vous voulez dire que Miriam aurait transmis des informations confidentielles à Hélène ?

— Pas de façon délibérée, concéda-t-il.

Lily plissa le front, essayant de comprendre.

— Cela pourrait expliquer qu'Hélène s'intéresse à Miriam, mais j'ai du mal à saisir pourquoi Miriam, en dépit de vos objections, a entretenu cette relation. Lui avez-vous seulement posé la question ? Après tout, sur ce point, elle vous a désobéi.

— Miriam refusait d'en parler.

Lily se mordit la lèvre. Hélène Van Heusen était le lien entre Miriam et le mystérieux « M ». Voilà pourquoi elle était allée contre sa nature en défiant ouvertement son mari. De toute évidence, ce « M » comptait beaucoup pour Miriam.

Elle repensa à la missive qu'elle avait découverte dans la poche. « Même heure. Même endroit. » Elle se rappela Hélène, lui prenant les deux mains. Si elle l'avait voulu, elle aurait pu lui glisser un bout de papier...

Au fond, on pouvait même imaginer qu'Hélène avait manipulé Miriam, dans le but ultime de provoquer la défaite de Quinn.

— Quinn...

Elle hésita. Aucun homme ne voulait savoir que sa femme l'avait trompé. D'ailleurs, elle n'était pas sûre que ce soit vrai.

Lily était bien décidée à découvrir la vérité. Pour le moment, elle réservait son jugement.

D'ailleurs, elle avait d'autres préoccupations.

— Quinn ? répéta-t-elle.

Elle marqua une pause, puis reprit son souffle :

— Avez-vous décidé de prendre une maîtresse ?

12

Avec un sourire, Quinn tendit son cigare à Lily. Elle l'inhala profondément, puis, à contrecœur, le lui rendit. Elle était imprévisible, et le fait qu'elle le surprenne sans cesse l'amusait.

— Une femme ne demande jamais à son mari s'il a pris une maîtresse, répliqua-t-il d'un ton léger. Ou la réponse est un mensonge, ou alors l'épouse croit que c'en est un. Gardez cela en mémoire pour l'avenir.

— Pourquoi ? riposta-t-elle en inclinant la tête. Je ne me marierai jamais !

Il n'avait pas répondu à sa question. Elle haussa un sourcil, puis fixa son manteau.

— Il n'y a aucune raison pour que vous restiez célibataire. Vous êtes jeune, belle et... intéressante.

Il l'avait observée attentivement tout au long de l'après-midi. Même lorsqu'elle s'était efforcée de paraître triste comme Miriam, son regard brillait d'intelligence et de vivacité. Autour d'elle, les autres lui avaient paru bien fades, bien ordinaires.

Elle avait le teint de porcelaine et l'ossature délicate de Miriam, pourtant, elle était tout autre. Elle était tellement plus expressive. Pétulante, elle attirait la sympathie sans effort. Miriam préférait se fondre dans le décor, en observatrice. Lily, elle, serait toujours remarquée.

— Quand j'étais petite, Tante Edna répétait sans arrêt qu'elle ne connaîtrait la paix et la tranquillité qu'après la mort d'Oncle Ross. D'après elle, le mariage était un piège affreux. Elle le déconseillait systématiquement.

— Ce n'est pas très encourageant pour une jeune fille, murmura Quinn en fumant.

— Je me dis que, parfois, ce doit être pire que la prison. Le problème, c'est qu'aucune femme ne sait d'avance ce qui l'attend. Quand j'ai entendu les portes de Yuma se refermer derrière moi, j'ai compris ce qu'était réellement le désespoir. Je ne veux pas que cela se reproduise. Je ne prendrai pas le risque de finir mes jours dans un carcan. Je veux pouvoir m'en aller. Évidemment, vous auriez du mal à comprendre, vous qui suivez les règles à la lettre, ajouta-t-elle avec un sourire.

Lily Dale était l'incarnation de la maîtresse idéale. Une femme excitante, aux exigences modestes et qui ne voulait surtout pas entendre parler de mariage.

— Jack Gardner vous a fait du mal. Vous ne lui avez pas tourné le dos.

Elle agita une main.

— Là, j'ai appris ma leçon. Je songeais à le quitter, mais je m'y suis prise trop tard. La prochaine fois, je saurai quand il faudra déguerpir.

Un brusque sentiment de jalousie l'étreignit : il ne supportait pas de l'entendre évoquer l'homme qui l'avait entraînée en enfer. Il ne voulait pas qu'un autre la regarde, ou lui fasse l'amour. Il ne voulait pas l'imaginer nue, les bras tendus vers un inconnu...

Il se laissa aller à ses fantasmes. Lily n'hésiterait pas à enlever sa chemise de nuit, elle n'insisterait pas pour que tout se passe dans le noir complet. Elle n'endurerait pas en silence, le visage tourné vers le mur.

Il savait comment ce serait avec elle. Il y pensait souvent. Toutes les inhibitions qu'elle feignait durant la journée se volatiliseraient dans la pénombre. Elle le rendrait fou avec ses caresses.

Il marmonna un juron, jeta son mégot dans la neige, puis, baissant la tête, se frotta les paupières. Il avait espéré qu'une semaine au loin suffirait à apaiser ses ardeurs. C'était pratiquement le contraire.

— Quinn ?

Il leva les yeux. Elle le dévisagea d'un air sérieux.

— Quelque chose ne va pas ?

Il n'en pouvait plus. Il se pencha vers elle, puis l'attira contre lui. Surprise, tout d'abord, Lily s'abandonna très vite, lèvres entrouvertes, le cœur battant.

Il l'embrassa avec ferveur, goûtant de façon possessive sa bouche où se mêlaient des senteurs de thé, de pâtisseries, de fumée et de douceur. La colère et le rire, la passion et l'appétit. Ces images lui vinrent à l'esprit, et il dut lutter contre lui-même pour ne pas lui arracher ses vêtements, et blottir son visage entre ses seins.

Lorsqu'il la relâcha, elle s'appuya contre son bras, les yeux grands ouverts, le souffle court. Du bout de ses doigts gantés, elle effleura le contour de sa bouche.

— Mon Dieu...

Soudain, elle lui prit le visage entre les mains et s'inclina vers lui. Cette fois, c'était elle qui prendrait l'initiative.

Quoi de plus aphrodisiaque pour un homme que de se savoir désiré par l'être qu'il convoite ? Quinn perdit toute maîtrise. Il la serra violemment contre lui, la pressant sur son corps, et repoussa les bords de sa cape pour explorer les courbes de sa poitrine.

Lily émit une plainte, remonta les genoux sur la banquette, la tête en arrière pour mieux savourer la pluie de baisers sur sa gorge. Le chapeau de Quinn tomba par terre. Elle s'agrippa à ses cheveux.

Aveuglé par la passion, étourdi par la folie de cet instant magique, il ne se rendit pas compte tout de suite que la voiture s'était arrêtée.

En entendant frapper à la fenêtre, ils se figèrent brusquement, les yeux dans les yeux. Lily avait les cheveux en désordre, le chemisier déboutonné.

— Quoi ? aboya Quinn.

Ce ne pouvait être que Morely. Qu'il aille au diable. Il avait mal choisi son moment pour intervenir.

Le cocher s'éclaircit la gorge.

— Euh... Nous sommes de retour.

Lily retint un petit cri. Une lueur de malice dansa dans ses prunelles, puis elle éclata de rire en poussant Quinn vers le sol, entre les deux banquettes.

Il se hissa sur celle d'en face, l'air dépité. Sa chemise était grande ouverte. Ses gants avaient disparu avec ceux de Lily dans un tas informe : cape, chapeaux, boutons de manchette, épingles à cheveux, bas.

Lily s'empressa de se rajuster, et il se mit soudain à rire avec elle en secouant la tête.

— Un instant, je vous prie, répondit-il en se penchant par la vitre baissée.

Morely le fixa, le visage impassible, puis se dirigea vers les chevaux. La silhouette de Cranston se dessinait déjà à l'entrée de la maison.

— Que va-t-il penser en nous voyant ? murmura Lily, je suis dans un État épouvantable. Je suis sûre qu'en partant, j'avais des gants.

Quinn enfila sa veste, lui tendit son bas, qu'elle

s'empressa de fourrer dans la poche de son manteau.

— De quoi ai-je l'air ? lui demanda-t-elle, le regard amusé.

— Et moi ?

Elle rassembla tout son courage.

— Tant pis, on ne pourra guère faire mieux. Allons scandaliser Cranston.

Le majordome les accueillit en haut du perron. Il haussa les sourcils mais, hormis cela, se garda d'exprimer de la surprise ou de la curiosité.

— Paul Kazinski vous attend dans le petit salon.

Lily ôta sa main du bras de Quinn.

— Flûte !

Cranston réprima une exclamation. Elle agita les bras et se précipita vers l'escalier, en signalant à Quinn de la suivre.

— Veuillez dire à notre ami que nous le rejoindrons dès que nous nous serons rafraîchis.

Quinn lui emboîta le pas en gloussant.

Pendant tout le repas, ils parlèrent du premier thé présidé par Lily. Petit à petit, comprenant que tout s'était bien déroulé, Paul se décontractait. Son regard brillait de satisfaction et de triomphe. Il pouvait être fier de son œuvre. Si Lily en était là, c'était grâce à sa patience et à son enseignement.

— J'espère que cela ne va pas vous monter à la tête, ma chère, déclara-t-il lorsqu'ils retournèrent au salon pour boire le café. Si vous prenez trop confiance en vous, vous risquez de déraper.

Il fronça les sourcils : Lily avait enlevé ses escarpins pour se vautrer, sans grâce, les pieds nus, sur une ottomane en velours.

Comme si cette réprimande ne suffisait pas pour la remettre à sa place, il ajouta avec un sourire :

— Si vous nous chantiez quelque chose, Miriam ?

Elle hocha la tête en direction du piano.

— Pas ce soir, je suis trop fatiguée.

Mais surtout elle n'avait jamais touché un instrument de musique de sa vie.

Elle imagina Miriam, jouant et chantant pendant que ces messieurs savouraient leur digestif. Miriam était cultivée. Pas Lily. Qui avait-il visé, par cette requête ? Elle ? Ou Quinn ?

Paul la considérait comme une aventurière décidée à séduire Quinn. Tous deux s'étaient montrés assez distants, pendant le dîner.

La conversation bifurqua vers la politique. Lily les écouta discuter, tout en observant Quinn à la dérobée. Il s'était changé et recoiffé. À vrai dire, elle le préférait en tenue de cow-boy. Ces costumes foncés accentuaient son allure autoritaire et imposante.

Un frémissement la parcourut. Ils allaient devenir amants. C'était inévitable. Saisie d'un tremblement, elle se leva.

— Messieurs, si vous voulez bien m'excuser, je crois que je vais monter me coucher.

— Il n'est pas de bon ton de l'annoncer à la cantonade, Miriam, trancha Paul.

Décidément, il ne cesserait jamais de la reprendre. Quinn, un bras sur le manteau de la cheminée, sourit.

— Bonne nuit, ma chérie. Dormez bien.

— Je crains d'être trop énervée par ma journée pour m'endormir tout de suite.

— Voulez-vous que je vous fasse porter un lait chaud ? Autre chose ?

— Autre chose, peut-être. Mais plus tard. J'ai besoin de temps pour me préparer avant de... euh... de me coucher.

Paul pinça les lèvres, visiblement outré, ne sachant que penser. Lily le salua d'une mimique en s'efforçant de ne pas rire. Puis elle ramassa ses chaussures et disparut, les abandonnant à leur discussion qui, pour une fois, serait probablement de courte durée.

Une fois dans sa chambre, elle renvoya Élizabeth. Elle suspendit elle-même sa robe, se lava, brossa longuement ses cheveux, qu'elle laissa tomber en cascade sur ses épaules. Elle se parfuma les poignets et la gorge, enfila sa chemise de nuit, et se glissa entre les draps pour l'attendre.

Elle ne se demanderait pas qui Quinn verrait quand il la regarderait. Elle se contenterait de savoir qui il était.

Regretterait-elle de l'avoir accueilli dans son lit ? Peut-être. Mais à quoi bon s'en inquiéter maintenant ?

Il était plus tard que prévu, quand elle entendit Quinn entrer chez lui. Elle posa précipitamment son livre, baissa la lampe à pétrole, disposa une longue mèche blonde sur son sein. La porte de communication entre les deux chambres s'ouvrit. Le cœur battant, elle s'obligea à respirer calmement.

Il n'arborait pas l'expression qu'elle avait espérée. Il s'adossa contre le chambranle, un verre de whisky à la main, l'air soucieux.

Lily se raidit, luttant contre un immense sentiment de déception.

— C'est à cause de Paul ? devina-t-elle. Il vous a répété que mon but ultime est d'exiger le mariage en échange de mon silence ? À moins qu'il ne soit convaincu que je veuille vous soutirer encore plus d'argent en vous attirant entre mes bras ?

— Jamais je n'ai autant désiré une femme, avoua-t-il tout bas. Ce n'est pas parce que vous ressemblez à Miriam. Vous n'avez ni sa voix, ni sa démarche, ni...

— Pourtant, vous avez changé d'avis.

— Non.

Il s'approcha, et lui offrit son verre. Lily le prit.

— Nous n'avons pas parlé de vous après votre départ. Nous avons seulement évoqué l'avenir, et je me suis rappelé tout ce qui était en jeu. Depuis quelques années, tout ce que j'ai fait a été savamment calculé pour que je me retrouve un jour dans le fauteuil de gouverneur. J'ai travaillé pour le parti. J'ai fait la conquête des hommes de pouvoir. Je me suis montré devant les électeurs. Je me suis débrouillé pour appartenir à la commission pour l'élaboration de la nouvelle charte de l'État. J'ai prononcé des discours, embrassé des enfants, serré des milliers de mains.

— Je sais. Vous allez continuer.

— Ce qu'il faut que vous sachiez, Lily, c'est que *rien* ne viendra se mettre en travers de mon chemin. Ni Miriam. Ni vous.

— Vous croyez ce que vous a dit Paul, alors, chuchota-t-elle.

— Vous nous connaissez suffisamment pour savoir que nous sommes peu souvent d'accord. Cependant, je ne rejette jamais son avis du premier coup. Si vous aviez le moindre espoir… sachez qu'il serait vain.

Elle se raidit, le regard noir.

— Je sais depuis le début que vous êtes un ambitieux.

— Mon couple est brisé, Lily, mais j'ai toujours une épouse. Je ne pourrais pas vous épouser, même si j'en avais envie.

— Quinn ! s'exclama-t-elle avant d'avaler le whisky d'un trait. Je ne vous demande pas le mariage. Je n'en ai jamais parlé, je n'ai pas brandi cette menace, et ça ne m'est même jamais venu à l'esprit. Vous semblez avoir du mal à le croire, et pourtant, c'est la vérité.

Elle repoussa les couvertures, posa les pieds par terre, avant de s'asseoir devant sa coiffeuse. Là, après s'être brossée, elle tressa ses cheveux pour la nuit.

— Vous dites cela aujourd'hui, mais il y a bel et bien quelque chose entre nous. La séparation risque d'être douloureuse.

— Vous vous consolerez avec votre travail. Quant à moi, j'aurai Rose.

Elle laissait parler son orgueil. Tous deux savaient que Quinn avait raison.

— Si vous acceptez que ce soit une liaison éphémère, alors…

— Vous ne craignez plus que je me sente utilisée ? riposta-t-elle.

— Pourquoi êtes-vous si fâchée ? Je n'ai rien dit que vous ne sachiez déjà. En ce qui concerne votre question, toute cette mascarade est basée sur votre ressemblance avec Miriam. Bien sûr qu'on se sert de vous. Jusqu'où irez-vous ?

Elle réfléchit un moment, puis ajouta doucement :

— Je ne veux pas que vous preniez une maîtresse.

Il eut un rire sans humour.

— C'est bien le fond du problème, n'est-ce pas ?

— Paul est-il au courant de votre décision ?

— Si nous sommes tous deux d'accord pour poursuivre notre relation, et si vous tenez à ce que Paul en soit informé, je m'inclinerai.

Lily se contempla dans la glace. Rien n'avait changé. Elle le désirait tout autant. Et c'était réciproque. Cela se lisait dans le regard de Quinn. Elle n'avait aucune intention de lui faire un chantage au mariage.

— Vous parlez comme un avocat, ce soir, marmonna-t-elle. Vous dictez vos lois.

— Vous m'avez avoué que vous vous fichiez du résultat de l'élection, et c'est compréhensible. Pour moi, c'est ce qui compte avant tout.

— Vos règles, je les ai acceptées depuis le début. Je n'avais pas le choix.

Elle jeta sa brosse de l'autre côté de la pièce et se tourna vers lui, les mains sur les hanches, les joues cramoisies.

— Je serai votre maîtresse.

— Épatant !

— Je ne veux pas que Paul soit au courant.

Elle s'aperçut tout d'un coup qu'ils criaient. Elle espéra que personne ne les entendait, au deuxième, où les domestiques dormaient... ou tendaient l'oreille.

— Mais il ne se passera rien ce soir, ajouta-t-elle.

Elle retourna devant la coiffeuse, ouvrit un pot de crème et s'en mit plein la figure. Quinn sourit.

— Je suis bien obligée de protéger ma peau, ajouta-t-elle.

— Ce n'est pas cela, répondit-il en se frottant le menton. Si vous saviez combien de fois j'ai entendu « pas ce soir » dans cette chambre...

Il se mit debout, s'avança jusqu'à elle, puis la tira légèrement vers lui.

— Qu'est-ce que c'est que ça ? On dirait du lard.

— C'est bien possible.

— À bientôt, Lily.

— À bientôt.

Sur le seuil, il se retourna.

— Deux conseils : achetez-vous un nouveau parfum ; débarrassez-vous de tous les flacons de myosotis. Et cessez de porter le deuil. Prenez contact avec la couturière, Marietta Teasdale, commandez-lui une nouvelle garde-robe. Peu importe le prix, du moment que vous choisissez des couleurs vives.

Il ferma la porte derrière lui, et Lily se laissa choir sur son tabouret. Elle venait d'accepter de devenir la maîtresse de son mari. Qui ne l'était pas vraiment, pas plus qu'elle n'était la femme qu'elle prétendait être.

Ils avaient franchi une étape. Désormais, ils allaient mentir aussi à Paul.

En se recouchant, elle se remémora divers détails de cette longue journée. Cependant, une seule question la tracassait : Quinn viendrait-il ? Et quand ?

Ils prirent leur petit-déjeuner ensemble le lundi matin, Quinn en tenue d'homme d'affaires, Lily, en robe de chambre. En s'apercevant qu'il ne lisait pas son journal, mais la contemplait par-dessus les pages, elle lui sourit.

— À quoi pensez-vous ?

— À votre avis ?

Ils se dévisagèrent longuement. Lily s'empourpra. Si Cranston n'était apparu à ce moment précis pour leur resservir du café, elle l'aurait peut-être taquiné d'une petite phrase provocante.

— Qu'allez-vous faire aujourd'hui ? demanda Quinn en repliant son quotidien pour consulter sa montre.

— Je sors. Je vais rendre quelques visites. Faire des courses.

Elle était heureuse de pouvoir s'aventurer dehors toute seule. La veille, elle avait demandé à Quinn s'il était indispensable qu'elle soit accompagnée. Il lui avait répondu que Morely, le cocher, remplirait parfaitement cette fonction. Il lui avait expliqué aussi qu'elle n'avait pas à lui donner les adresses de ses amies : Morely connaissait les habitudes de Miriam, savait qui recevait le lundi, le mardi...

Quinn avala le reste de son café, embrassa Lily sur le front, lui effleura l'épaule et s'en alla.

Lily s'empara à son tour du quotidien et le parcourut tranquillement. Puis, comme chaque matin, Élizabeth l'appela pour son bain, la coiffa, et l'aida à s'habiller. Après cela, Lily retrouvait Cranston dans son bureau, où ils décidaient des menus du jour et discutaient des problèmes éventuels.

Cela fait, elle révisa les fiches des dames à qui elle rendrait visite. Élizabeth lui apporta son chapeau, ses gants, sa cape, et Morely avança la voiture.

— Comme toujours le lundi ? s'enquit-il.

— Oui, s'il vous plaît. Un peu plus tard, j'aimerais m'arrêter à la boutique Frederick's Fabric.

Morely la regarda d'un air à la fois triste et sympathique. Elle comprit que le vieil homme avait une admiration sans bornes pour sa maîtresse.

— Je suis heureux de vous voir de retour et en bonne santé.

— Moi aussi, je suis contente d'être là.

Pourquoi Miriam s'était-elle enfuie ? Tout le monde semblait l'aimer.

La matinée était trop belle pour de telles préoccupations. Aujourd'hui, Lily allait pour la première fois visiter la ville en plein jour, et elle avait l'intention d'en profiter le plus possible.

Le ciel était d'un bleu limpide. Les pelouses brunies par l'hiver transparaissaient à travers la neige fondue. Les montagnes cernaient l'horizon à l'ouest, et servaient à Lily de points de repère. Aussi fut-elle surprise lorsque Morely, empruntant la Quatorzième Rue, bifurqua de nouveau vers le sud sur Broadway, vers la lisière de la ville.

Où l'emmenait-il ? Çà et là, la campagne était jonchée de fermes. Aucune des dames qui lui avaient rendu visite vendredi après-midi ne pouvait vivre là-dedans. Pourtant, c'était par là qu'allait Morely.

À moins de deux kilomètres d'un groupe de maisonnettes, le cocher arrêta les chevaux. Le cœur battant, Lily attendit.

Morely lui ouvrit la portière, puis lui tendit la main. Elle l'accepta après une légère hésitation, et souleva ses jupes pour ne pas les salir dans la boue.

— Je serai de retour dans une heure.

Stupéfaite, elle le regarda repartir.

Protégeant ses yeux d'une main, elle scruta les alentours. Morely l'avait laissée au milieu de nulle part !

Était-ce ici que Miriam venait tous les lundis ?

13

La campagne s'étendait à perte de vue. Sur la route, il n'y avait que la voiture de Morely, qui repartait vers la ville. Lily mit quelques minutes à s'en remettre. Puis elle réfléchit.

Personne ne viendrait à son secours. Elle était coincée ici pour une heure. Dieu merci, elle s'était habillée chaudement, mais elle aurait sûrement froid avant le retour du cocher. La solution était évidemment de bouger, mais la perspective d'abîmer ses bottines et de salir ses ourlets dans toute cette boue n'était guère réjouissante.

Même heure. Même endroit.

Elle se rappela soudain le mot, se redressa, et scruta les alentours. Morely avait donc amené Miriam ici même tous les lundis.

Si les déductions de Lily étaient justes, ce devait être là que Miriam rencontrait ce fameux « M », lorsque ce dernier lui signalait qu'il était disponible.

En conséquence, Morely était au courant du secret de Miriam. Il connaissait l'endroit, et l'heure. Il n'avait pas dû en parler à son patron, car Quinn aurait vite mis un terme à ces « visites du lundi ».

Son regard s'attarda sur les peupliers dénudés qui flanquaient la chaussée en direction de Denver. Soulevant ses jupes, elle s'aventura jusqu'à un bosquet de saules, et y découvrit un chemin de gravier. La neige avait fondu, il était donc impossible d'y déceler la moindre trace de pas. Elle décida d'aller vers le nord. Ici, au moins, elle ne risquait pas de se salir.

Très vite, elle comprit à quel point ce lieu devait être agréable en été. Le murmure de l'eau dans les fossés était reposant, le sentier bien entretenu. Ici et là, on apercevait les restes de fleurs sauvages qui repousseraient dès les premiers beaux jours.

Lily finit par tomber sur un banc. Elle s'y assit pour reprendre son souffle.

Soudain, un jeune garçon surgit.

— Bonjour madame Ollie, vous m'avez apporté des bonbons à la menthe, aujourd'hui ?

Âgé de huit ou neuf ans, il portait un pantalon court et une veste rapiécés. Le bord de sa casquette était effiloché, mais il était propre, et ses vêtements, bien qu'usés, étaient de bonne qualité. Il se pencha vers elle, les yeux brillants d'excitation.

Il était persuadé de la connaître… mais pourquoi l'avait-il appelée Mme Ollie ?

— Je n'ai pas de bonbons à la menthe, répliqua Lily, mais j'ai autre chose.

Ouvrant sa bourse, elle sortit deux caramels, que l'enfant engloutit aussitôt.

— Je vous ai pas vue depuis le printemps. Je croyais que vous étiez morte.

Était-il au courant de l'incendie ?

— Comme tu peux le constater, je suis bel et bien vivante, murmura-t-elle, sur le qui-vive.

Elle mourait d'envie de lui demander son prénom, mais elle savait qu'elle ne le pouvait pas.

— Vous deviez venir avec le bébé.

Elle fixa ses mains gantées.

— J'aurais volontiers tenu parole, mais… le bébé est mort.

Mille questions se bousculaient dans sa tête. Ce petit garçon avait-il vu Miriam enceinte ? Ou l'avait-il rencontrée après la naissance de Susan ?

— Ah.

Il hésita, à court de mots. Lily n'ajouta rien non plus.

— M. Ollie m'a dit que vous étiez très malade. C'est pour ça que vous avez changé de voix ?

— J'ai été souffrante pendant plusieurs mois.

Comment l'interroger sans lui révéler qu'elle n'était pas celle qu'il croyait ?

— Tu as vu… M. Ollie récemment ?

— Pas depuis longtemps.

— Quand l'as-tu aperçu pour la dernière fois ?

L'enfant haussa les épaules.

— Seulement une fois depuis le jour où vous avez pleuré.

Il l'observa à la dérobée, comme si ce souvenir continuait de le perturber.

— Il était dans un sale État. Vous savez bien, après qu'on l'eut cogné…

Lily s'éclaircit la gorge et se mordit la lèvre.

— Il était dans un sale État, répéta-t-elle tout bas.

— Il avait le bras en écharpe, et sa figure était toute bleue. Papa s'est battu, un jour, à la taverne Slawson. Maman était sûre qu'il allait mourir. Votre mari est mort, lui aussi ?

— Non.

— Il a dit que celui qui avait fait ça le paierait cher, très, très cher. Il s'est vengé ?

— Il faudra que tu le lui demandes toi-même, répondit-elle en souriant.

Son nez était criblé de taches de rousseur.

— Quand est-ce qu'il va venir ?

— Pas aujourd'hui. Tu ne devrais pas être à l'école ?

Il s'esclaffa.

— Si maman savait que j'ai fait le mur, elle me donnerait une bonne fessée. Vous sentez bon.

Il devint cramoisi, puis s'intéressa brusquement au bout de ses chaussures.

— Bon. Il faut que j'y aille.

Elle aurait voulu qu'il reste, qu'il lui en révèle davantage sur ce mystère.

— Je suis heureuse de t'avoir revu.

— J'aimerais bien que vous soyez pas tout le temps aussi triste. Je suis désolé, pour le bébé, ajouta-t-il d'un ton solennel. Vous allez pas pleurer, hein ?

— Non. Pas maintenant.

— Ça, c'est parce que votre mari n'est pas là. Je suis content qu'on l'ait démoli, parce qu'il vous fait toujours pleurer.

Sur ce, les joues écarlates, il tourna les talons et partit en courant. Lily le regarda jusqu'à ce qu'il ait disparu dans le bois. Elle ferma les yeux. Miriam venait ici rencontrer son amant. Pas Quinn Westin. L'enfant pensait que c'était son mari, et qu'il la faisait pleurer.

Jusqu'ici, Lily avait obstinément refusé d'imaginer que Miriam ait pu avoir un amant. À présent, il n'y avait aucun doute possible.

Quinn savait-il que Miriam avait quelqu'un d'autre dans sa vie ? Elle se remémora le soir où il avait ri en lui disant que Miriam lui avait trop souvent répondu « pas ce soir ». Un soupir lui échappa. Elle espéra qu'il n'avait jamais soupçonné l'existence de cet homme.

En revanche, Hélène Van Heusen était au courant. Hélène, dont le mari était un adversaire politique de Quinn. Un frémissement la parcourut.

— Seigneur !

En se servant d'Hélène comme messagère, Miriam et son amant avaient pris des risques énormes. Si Hélène révélait à son époux que la femme de Quinn Westin le trompait, Frederick Van Heusen ne manquerait pas d'exploiter cette information pour provoquer un scandale et détruire la carrière de Quinn. Si la situation avait été inversée, Paul n'aurait pas hésité.

Hélène en avait sûrement touché un mot à son mari. Mais Lily était suffisamment au courant des méandres de la stratégie politique pour savoir qu'il fallait choisir le bon moment. Les Van Heusen patienteraient le temps qu'il faudrait, puis, juste avant l'élection, se serviraient de la liaison de Miriam pour provoquer la chute de Quinn.

Lily porta une main à son front, accablée.

— Miriam, Miriam, à quoi pensiez-vous ? murmura-t-elle.

Non seulement elle avait trahi Quinn mais, en plus, elle avait mis en péril tout ce à quoi il tenait.

L'avait-elle haï à ce point ? Ou s'était-elle laissé emporter par la passion jusqu'à l'aveuglement ?

Lily redressa brusquement la tête et cligna des paupières. Était-il possible que Miriam se soit enfuie avec son amant ? Était-ce là la raison de sa disparition ?

Lily réfléchissait à cette possibilité, quand Morely revint la chercher. Non, c'était impossible, puisque Hélène avait promis de transmettre à Miriam un nouveau message.

En proie au vertige, Lily eut un mal fou à se concentrer sur les tissus que lui présentait le vendeur chez Frederick's Fabric. Non, Miriam n'avait pas eu deux amants. « M » et M. Ollie étaient une seule et même personne. Une chose était claire, cependant : Miriam Westin avait mené une vie secrète et dangereuse.

Un peu plus tard, alors que son « amie » Lilian Alderson lui versait son thé, Lily se demanda de nouveau si Quinn connaissait l'existence de « M ». Si oui, cela pouvait expliquer qu'il ne soit pas parti à sa recherche. À moins que « M » et M. Ollie ne fussent deux hommes différents ? Miriam aurait-elle eu… deux amants ?

Plusieurs personnes en avaient vaguement connaissance. Morely. Hélène. Le petit garçon. À n'importe quel moment, ils auraient pu la dénoncer, ruiner sa réputation, brisé son mariage et dans le même temps la carrière politique de son mari.

À présent, Lily aussi était au courant.

Et Quinn ? Ne lui avait-il pas précisé qu'aucun obstacle ne lui barrerait la route ? Ni Miriam ni elle ?

On avait battu M. Ollie avec une telle violence que l'enfant du bosquet l'avait cru mort.

Miriam s'était volatilisée au moment où Quinn démarrait sa campagne.

Coïncidence ou non, le « problème Miriam », comme l'aurait baptisé Paul, s'était résolu de lui-même quand elle avait disparu. Sa liaison avec « M » avait pris fin. Le scandale était réduit à d'éventuels ragots, impossibles à prouver.

Cependant, les leaders du parti avaient insisté pour que leur candidat présente à ses électeurs l'image d'un homme entouré d'une famille. Le « problème Miriam » avait donc refait surface. Du moins, jusqu'à ce que Paul découvre Lily dans la cour de la prison.

Elle tendit distraitement ses affaires à Cranston, puis laissa tomber gants et chapeau sur la console.

— Le thé est servi dans le petit salon.

— Pardon ? Ah, oui, merci beaucoup.

Lily était terriblement perturbée. Quinn était un homme civilisé, honorable. Elle se laissait emporter par son imagination. Pourtant, elle le croyait capable d'avoir cassé la figure de son rival avant de renvoyer Miriam. Si l'affaire s'était terminée ainsi, c'était très cruel de sa part de l'avoir jetée dehors sans ses vêtements, sans ses bijoux et ses biens personnels. Car Miriam avait tout laissé.

Peut-être la fin avait-elle été tout autre. Peut-être que Quinn, ravalant son orgueil blessé, avait fourni à Miriam une maison et une rente, quelque part au loin.

Ces longues heures de spéculation lui avaient donné la migraine. Elle se promit de ne plus penser à tout cela de la journée. Elle entra dans le petit salon, et aperçut la table roulante où l'attendait un thé brûlant.

À peine avait-elle fait trois pas que la porte se referma derrière elle. Une main s'empara de son poignet.

Quinn la fit tourner vers lui. Elle trébucha. D'un mouvement preste, il la poussa contre le mur. Le cœur battant, elle le dévisagea, décelant dans son regard une lueur de désir. Ses jambes se dérobèrent sous elle.

Il la pressa contre lui.

— Je pense à vous à chaque instant, lui confia-t-il à l'oreille. Aujourd'hui, je vous ai vue partout, j'ai entendu votre voix des dizaines de fois.

Son parfum et la chaleur de son corps l'enveloppèrent. Elle leva une main tremblante et lui caressa la joue. Elle était au bord de l'évanouissement.

Il laissa courir ses doigts sur les bras de Lily, jusqu'à sa gorge, puis réclama ses lèvres. Il sentait le thé, l'odeur du tabac et l'air frais. Une vague de sensations la submergea. Elle s'abandonna.

Lorsqu'il la relâcha enfin, tous deux étaient haletants.

— Vous m'avez demandé si c'était Miriam que je voyais, ou vous. Je veux croire que c'est vous. C'est pourquoi je souhaite que vous quittiez le deuil.

De nouveau, il l'embrassa fiévreusement.

— Quand votre nouvelle garde-robe sera-t-elle prête ?

— D'ici trois semaines environ, chuchota-t-elle.

Dès qu'il la touchait, elle avait l'impression exquise de fondre. Jamais elle n'avait ressenti une telle émotion dans les bras d'un homme.

— Trois semaines…

La porte s'ouvrit, et Daisy entra en chantonnant. En les voyant dans les bras l'un de l'autre, elle devint écarlate.

— Oh, je vous prie de m'excuser. Je venais juste… Je vais…

Elle sortit à reculons.

— Dans dix minutes, tout le monde saura que je vous ai embrassée.

Lily se mit à rire.

— Est-ce si épouvantable ?

— Après tout, un homme a bien le droit à un peu d'intimité chez lui.

Il la prit par la main et l'entraîna vers le canapé.

— Trois semaines. C'est long.

Il tapota la poche de sa veste.

— Je peux ?

Elle acquiesça. Elle commençait à connaître ses habitudes par cœur.

— Je vous sers une tasse de thé ?

— Non, merci, j'ai changé d'avis. J'en ai déjà assez bu aujourd'hui. Comment s'est passée votre journée ?

Il lui parla du discours qu'il avait prononcé devant un groupe de conseillers municipaux, puis de l'allocution qu'il était en train de rédiger pour la semaine suivante. Revenant sur terre, Lily se rendit compte qu'elle avait toujours aussi mal à la tête.

— Paul ne sera pas d'accord pour que vous souleviez le problème de la réglementation des mines.

Quinn abattit son poing sur le bras du fauteuil.

— Il va bien falloir qu'un jour on cesse de gaver les électeurs de tisanes et qu'on leur donne de vrais médicaments.

— Malheureusement, ceux qui auront à avaler cette pilule amère sont ceux-là même qui financent votre campagne.

— J'ai l'impression d'entendre Paul.

Ils se dévisagèrent, puis rirent aux éclats.

— Assez de politique pour l'instant. Qu'avez-vous fait ?

— Ce que je fais d'habitude de le lundi.

Une ombre avait-elle voilé son regard ? Ou Lily cédait-elle une fois de plus à son imagination ?

— J'espère que vous vous êtes occupée de votre garde-robe.

— Vous allez devoir vendre le ranch pour payer tout ce que j'ai acheté. J'ai rencontré Marietta Teasdale chez le marchand de tissus. Elle passera demain me soumettre ses propositions et prendre mes mesures.

— Le plus tôt sera le mieux.

Lily acquiesça.

— Est-ce que je lui ressemble au point que je doive changer de tenue pour que vous vous rappeliez que je ne suis pas elle ?

— Vous êtes totalement différente. En ce moment, je vous observe, et je me demande comment on peut vous confondre avec elle. C'est vous que je vois. C'est vous que je veux.

Le souffle court, elle ferma les yeux. Elle aurait tellement voulu le croire.

Les journées oisives étaient du passé. Finies, les grasses matinées, envolés, les après-midi de lecture. Marietta Teasdale arrivait juste après le rendez-vous quotidien de Lily avec Cranston. La séance d'essayage durait jusqu'au déjeuner. Dans l'après-midi, elle rendait quelques visites, achetait des accessoires sur les recommandations de la couturière, puis préparait ses thés du vendredi.

Si le temps était beau, Daisy lavait son linge personnel. Les draps et les chemises de Quinn étaient confiés à une famille chinoise de Chink Alley. Le mardi, on livrait le bois et le charbon, le mercredi, la glace. Le mercredi soir, Quinn dînait au club et ne rentrait que peu après vingt et une heures. La cuisinière avait son jour de congé le jeudi, aussi se contentaient-ils d'un souper froid. Le vendredi, Lily recevait. Le samedi, elle commandait des fleurs fraîches dans le quartier de Broadway, puis Morely la conduisait le long du boulevard, et elle saluait les dames en promenade.

Paul venait souvent dans la soirée. Pour partager un repas ou prendre le café. Au bout d'une trentaine de minutes, Lily laissait les deux hommes discuter de leurs affaires. Elle montait lire dans sa chambre, ou préparer avec Élizabeth sa toilette du lendemain.

Entre Quinn et Lily, la passion demeurait. Échanges de regards, élans de désir à peine contenus. Certains soirs, il apparaissait sur le seuil de la chambre de la jeune femme et la contemplait sans un mot. Ou alors, il venait s'asseoir sur son lit, et tous deux bavardaient. Il ne la touchait pas lorsqu'elle était couchée. Elle comprenait. Ils n'auraient pas su s'arrêter.

— Je tiendrai ma promesse, avait-il déclaré. Quitte à en mourir, je respecterai ma parole. Je veux être sûr que c'est vous que je vois.

— Peut-être que cette attente nous tuera tous les deux.

La première semaine de décembre, Lily demanda à Morely de l'emmener au cimetière de Prospect Hill, qui dominait le parc de Cheesman. Là, s'agenouillant sur le manteau de neige qui recouvrait les tombes, Lily plaça un bouquet de fleurs blanches sur la tombe de Susan.

Sa gorge se noua. Mais c'était Rose qu'elle pleurait, et non Susan, qu'elle n'avait jamais serrée contre son cœur. Parfois, plusieurs jours passaient sans qu'elle pense à sa fille, puis il suffisait d'un détail, d'un événement sans importance, pour que la douleur la transperce.

Rose grandissait à des milliers de kilomètres de là. Si elle se présentait demain devant sa mère, Lily ne la reconnaîtrait pas. Des larmes de remords et de nostalgie lui montèrent aux yeux, et elle repartit en chancelant vers la voiture. Elle passa le reste de l'après-midi dans son lit, à se languir de sa petite fille.

Plus le temps passait, plus elle s'installait dans l'existence de Miriam Westin. Mais elle se garda de reprendre contact avec Hélène Van Heusen.

14

— Tu n'étais pas concentré, fit remarquer Quinn en sortant avec Paul du Babbit's, l'un des bars-casinos les plus élégants parmi ceux qui s'agglutinaient le long des rues Blake et Larimer. En général, tu es plus habile que cela aux cartes.

Paul enfonça son haut-de-forme.

— J'ai faim, et nous avons à parler, déclara-t-il sèchement.

À Denver, aucune des rues n'était pavée, mais dans ce quartier proche du chemin de fer, la circulation était tellement dense que même le gravier avait disparu. Un flot continu de fêtards bruyants allait et venait d'un établissement à l'autre, et les airs de piano passaient par-dessus les portes battantes pour se répandre dans l'air glacial.

Le shérif et ses hommes effectuaient périodiquement des descentes dans les saloons et les hôtels de passe, qui restaient ensuite fermés, le temps que leurs propriétaires paient les amendes infligées ou négocient un dessous-de-table. C'était là le royaume des petits criminels. Les prostituées étaient postées à tous les coins de rue, et chaque train déversait son lot de représentants de commerce véreux.

La mauvaise réputation de Denver s'effaçait peu à peu, mais pas assez vite au goût de Quinn. Nombre de magnats des mines d'argent s'étaient installés avec leur famille dans d'imposants manoirs sur la colline, et une bourgeoisie prospère se développait dans la Quinzième Rue grâce à la multiplication des boutiques. Cependant, les bagarres étaient monnaie courante, et les habitants de Denver avaient l'habitude d'entendre des coups de feu.

Dès qu'il serait gouverneur, Quinn se servirait de son influence pour faire élire un nouveau maire. Il voulait un homme incorruptible, respectueux de la loi et de l'ordre. Un homme qui partage sa vision de l'avenir du Colorado et du rôle de sa capitale, Denver.

— Tu préfères dîner au club, ou dans un hôtel ? demanda-t-il en s'arrêtant devant la vitrine d'un marchand d'armes. Charles Girtler est passé me voir à mon cabinet, aujourd'hui. Il m'a signalé qu'au club, on servait des fraises en provenance de la Californie. Tu te rends compte ? Des fraises en plein mois de décembre.

S'il n'avait pas eu peur de passer pour un amoureux transi, il en aurait volontiers rapporté une boîte à Lily.

— Girtler est venu ?

— Pour une affaire de droit. Nous n'avons pas discuté politique.

— Il ne t'a pas reproché d'avoir défendu la gestion des eaux auprès des membres de la communauté agricole ?

— Il faudra bien aborder le sujet un jour ou l'autre, Paul. L'État doit pouvoir gérer ses propres ressources.

Paul pinça les lèvres et fourra les poings dans ses poches.

— Tu marches sur le fil du rasoir, Quinn. Les rumeurs vont bon train. Certaines personnes qu'il vaudrait mieux ménager commencent à se demander quelle sorte de gouverneur tu seras si tu te montres déjà si difficile à maîtriser.

Quinn s'empourpra. Il héla un fiacre, histoire de s'accorder un instant de répit.

— Comment as-tu réagi ?

— J'ai promis de t'en parler. Une fois de plus.

Quinn s'engouffra dans l'habitacle, et bientôt ils furent dans un quartier plus calme. Il avait toujours été querelleur. Il ne changerait pas. Il avait coutume d'affronter les situations et de se battre jusqu'au bout pour obtenir satisfaction. S'il avait accepté un certain nombre de compromis, c'était à contrecœur.

— Quand nous intéresserons-nous enfin aux problèmes de fond ? À quel moment cesserons-nous de tromper nos électeurs en leur faisant prendre des vessies pour des lanternes ? Quand arrêterons-nous de pactiser avec quelques nababs assoiffés de profit pour nous pencher sur des projets engageant réellement l'avenir du Colorado ?

— Tu veux la vérité ? riposta Paul. Peut-être jamais. Du moins pas pendant ton mandat de gouverneur.

— Dans ce cas, pourquoi avoir renoncé à mon intégrité, dont j'étais si fier ? Pourquoi tant de mensonges, pourquoi tous ces actes odieux que nous avons mis sur le compte de maux nécessaires ? Dans quel but se faire élire, si c'est pour constater qu'il n'y aura jamais aucun progrès ? À quoi bon ?

— Tout est une question de pouvoir, Quinn.

C'était leur plus gros point de désaccord. Pour Paul, dès qu'il s'agissait de pouvoir, la fin justifiait les moyens. Rien n'était trop ignoble.

Les dilemmes moraux concernaient les hommes comme lui, pour qui le pouvoir importait moins que son accomplissement. Paul n'avait jamais d'insomnies. Il ne passait pas des nuits entières à se demander où ils avaient dérapé, où avaient commencé les duperies, les non-dits, les décisions prises pour de mauvaises raisons. Paul n'évitait sans doute jamais son reflet dans la glace.

Lorsqu'ils furent assis à leur table, Paul, un verre à la main, se pencha en avant.

— Il faudrait que tu saches si tu veux vraiment devenir gouverneur.

— Après tout ce que j'ai fait, la réponse est évidente, non ?

— Pas forcément. Et justement, c'est ce qui en inquiète plus d'un. Si tu souhaites être gouverneur, il faut jouer le jeu. Personne ne veut d'un franc-tireur au Capitole. Le parti doit être certain que tu protégeras ses intérêts. Il ne veut pas de mauvaises surprises. En ce moment, tu es sur une pente savonneuse. Un faux pas, et ce sera la chute.

Quinn pianota sur la nappe et contempla son whisky en fronçant les sourcils. Il avait parcouru trop de chemin pour se dérober maintenant. Il se débrouillerait avec sa conscience jusqu'après l'élection. Une fois à son poste, il enverrait promener le parti. Il agirait à sa guise.

— À présent, venons-en à Miriam. J'ai eu vent d'une nouvelle un peu inquiétante. Il semble qu'elle passe beaucoup de temps à s'acheter des tissus et des accessoires. Ai-je raison d'en conclure qu'elle va quitter le deuil ?

— À ma demande.

Quinn était exaspéré que, même dans l'intimité, Paul appelle Lily par le prénom de son épouse.

— Puis-je savoir ce qui te pousse à élargir sa sphère, et par conséquent à augmenter les risques ? As-tu réfléchi qu'une fois Miriam complètement réintégrée dans la vie sociale, certaines difficultés auxquelles nous n'avions pas pensé pourraient surgir ? Tiens, son écriture, par exemple.

— Lily s'exerce à imiter la signature de Miriam.

Quinn avala une gorgée d'alcool et haussa les épaules.

— En ce qui concerne les lettres de remerciement ou les réponses aux invitations, c'est moi qui les écrirai.

— Ce qui provoquera un scandale. Un mari ne prend pas la plume à la place de sa femme.

— Je pense que nous survivrons à ce léger manquement à l'étiquette. Nous lui avons promis des soirées, des sorties au théâtre et des bals. Puis nous l'avons habillée de gris et enfermée chez elle. Figure-toi que j'en ai assez de ne jamais tenir ma parole.

— Tu couches avec elle, n'est-ce pas ?

Quinn se leva à demi.

— Cela ne te regarde pas. Fin de la conversation.

D'un geste de la main, Paul l'invita à se rasseoir.

— Cela me regarde dans la mesure où j'aurai à gérer les problèmes qui, inévitablement, en découleront.

Le serveur leur apporta leurs hors-d'œuvre. Il attendit son départ avant d'enchaîner :

— Très bien. Tu as ignoré mes conseils. Tu sais que je ne suis pas d'accord, mais ce qui est fait est fait. Maintenant, il faut prendre les mesures *ad hoc*.

— Il n'y aura pas de problème. Lily a parfaitement compris que tout serait terminé après l'élection. De ce point de vue, rien n'a changé.

Paul sortit un carnet de notes de la poche de son veston.

— Ce ne devrait pas être trop compliqué d'engager un faussaire pour la correspondance. La solution n'est pas sans risques, mais je m'en occupe. Je préfère cela plutôt que ce soit toi qui écrives.

Il gribouilla quelques mots.

— Les invitations de dernière minute vont pleuvoir dès qu'on saura que Miriam a quitté le deuil. Nous déciderons ensemble quelles soirées seront le plus productives sur le plan politique. L'aspect positif, c'est que Miriam pourra être à tes côtés sur le podium pour la cérémonie à la mémoire des morts de la guerre. Cela contribuera à améliorer ton image d'homme attaché aux valeurs familiales.

Rien n'était simple. Les répercussions seraient innombrables. Et les dangers, énormes. C'était cela qu'il appréciait tant chez Paul. Il n'hésitait pas à se battre contre vents et marées pour que Quinn s'engage dans la direction qu'il souhaitait. Mais gagnant ou perdant, une fois la décision prise, il ne revenait jamais en arrière. Il se garderait de tout reproche, de toute récrimination du type « je te l'avais bien dit ». Si la situation évoluait mal, Paul concentrerait toute son énergie sur les solutions.

— J'ai besoin de la voir pour réviser avec elle les règles du protocole.

Paul leva les yeux de son cahier.

— Ta femme sait-elle danser la valse ?

Il n'en avait pas la moindre idée.

— Elle peut toujours apprendre.

Paul plissa les paupières, songeur.

— Si je ne te connaissais pas par cœur, je penserais que tu es amoureux.

— Pour l'amour du ciel ! s'exclama Quinn en repoussant son assiette. Je l'admire, c'est tout. Il faut du courage pour affronter tous ces gens qui pourraient la démasquer d'un instant à l'autre. De la volonté pour apprendre tout ce que nous lui avons enseigné. Elle est intelligente, elle a l'esprit d'initiative. Elle s'intéresse aux comptes de la maison bien plus que ne l'a jamais fait Miriam. Je ne l'ai jamais entendue se plaindre. Elle profite de l'occasion qui lui est offerte de vivre dans le confort.

— Oui, c'est bien ce que je dis : tu es amoureux.

Amoureux, non. Il ne s'agit pas d'amour, mais plutôt de désir, se rassura Quinn.

Lily avait complètement perdu l'appétit. Déjà, elle avait l'œil sur la pendule. Elle attendait la tombée de la nuit, et le moment où Quinn la prendrait par la main pour la mener à l'étage. Elle s'était réveillée ce matin-là le cœur battant après un rêve exquis. Une heure après, elle en avait encore les joues brûlantes.

Quinn ne mangeait pas non plus. Depuis un quart d'heure, son journal ostensiblement ouvert, il la fixait par-dessus les pages. Il finit par le replier en marmonnant.

— Je n'ai aucune raison d'aller au cabinet aujourd'hui, annonça-t-il. De toute façon, je ne pourrai jamais me concentrer.

Lily le regarda, interloquée.

— Nous n'allons tout de même pas... Je veux dire... Il est tôt, les domestiques vont...

Il la dévisagea longuement, apprécia la volupté de ses lèvres, puis la courbe de ses seins. Le désir se lisait dans ses prunelles.

— Je vais demander à Morely de nous préparer la luge. Si vous êtes d'accord, nous ferons le tour de la ville, histoire de vous montrer avec votre nouveau manteau rouge. Ensuite, toujours si vous le voulez bien, je vous propose une tournée dans les boutiques : nous devons choisir les cadeaux de Noël du personnel. Dans l'après-midi, nous assisterons au spectacle d'une troupe d'acrobates. Après cela, nous irons dîner, ou nous reviendrons ici, à votre guise.

— Oh, Quinn ! s'exclama-t-elle. Quelle idée merveilleuse !

Elle était surexcitée. Les heures passeraient beaucoup plus vite qu'elle ne l'avait craint.

— Je mettrai le tailleur vert crapaud bordé de rouge.

— Vert crapaud ? répéta-t-il en riant.

Elle grimaça.

— C'est plus joli que vous ne l'imaginez.

Elle se mit debout sans lui laisser le temps de lui retirer sa chaise, et alla se poster devant la fenêtre.

— Je n'ai vraiment pas faim. Je monte me préparer immédiatement.

Lily ne se considérait pas comme une épouse délaissée. D'une part parce qu'elle n'était pas la femme de Quinn, et d'autre part parce que ses journées étaient bien remplies. Mais parfois, elle regrettait de ne pas pouvoir passer plus de temps avec Quinn, dont elle appréciait de plus en plus la compagnie. Les soirs où elle dînait seule, quand Quinn était à son club ou à une réunion politique, un intense sentiment de solitude la submergeait. La perspective de ne pas être séparée de lui pendant une journée entière la réjouissait.

Surtout aujourd'hui. Parce que ce soir...

— Laissez-moi vous admirer, murmura-t-il, lorsqu'elle le rejoignit devant la luge.

Il la maintint à distance, puis l'examina des pieds à la tête, visiblement satisfait.

— Vous êtes ravissante, chuchota-t-il.

Elle se sentait belle, en effet. Elle s'était rendu compte tout d'un coup, au moment de s'habiller, à quel point elle en avait assez des bruns et des gris. Elle associerait désormais toujours ces couleurs à Miriam, qui avait tant porté le deuil au cours de son existence.

Aujourd'hui, sa cape rouge sur les épaules, elle était resplendissante. Son regard brillait, et ses joues étaient roses de plaisir.

Même Morely parut impressionné. Il la gratifia d'un large sourire édenté.

— Je suis tellement contente ! confia-t-elle en s'appuyant contre l'épaule de Quinn.

À leur passage, le chuintement de la luge et le tintement des clochettes suscitaient des sourires. L'air était froid et sec. Sous la couverture étalée sur ses genoux, Quinn lui prit la main. Elle regretta de ne pas pouvoir ôter ses gants pour mieux sentir sa peau.

— Quand j'étais en Arizona, je rêvais d'une promenade en luge. Je n'ai jamais imaginé que cela arriverait un jour.

Ils s'aventurèrent jusqu'aux usines à gaz, dans le nord, puis revinrent dans le centre de la ville, avant de se diriger vers l'est pour contempler les patineurs sur le lac de McGreggor Hill.

Incapable de résister à la tentation, Lily bondit à terre dès l'instant où Morely fit une halte pour qu'ils puissent jouir de la vue. Elle éprouvait un besoin irrépressible de marcher, de courir...

Lorsque Quinn la rejoignit, elle hésita, se mordit la lèvre, puis, soudain, se pencha, ramassa une poignée de neige, la mit en boule, et visa. Le chapeau de Quinn tomba à terre. Elle recommença.

Quinn s'esclaffa avant de riposter. En quelques minutes, d'autres promeneurs les imitèrent, et l'endroit se transforma en un véritable champ de bataille. Enfin, épuisés, couverts de neige, ils remontèrent dans la luge.

Tous deux savaient que pour rien au monde Miriam Westin ne se serait abaissée à une telle bataille de boules de neige. Ils savaient aussi qu'on les avait vus, et que les mauvaises langues ne tarderaient pas à se délier. Tant pis. La journée leur appartenait. Aujourd'hui, pour eux, plus de bonnes manières !

Seule comptait la promesse dans le regard de Quinn.

Bras dessus, bras dessous, ils longèrent la Quinzième Rue, s'attardèrent devant les vitrines. Ils choisirent un cadeau pour chacun des domestiques et quelques-uns pour les principaux clients de Quinn. Il offrit à Lily une chemise de nuit en dentelle. Elle lui acheta une veste d'intérieur. Il lui offrit un parfum. Elle lui acheta un Stetson bordé de fourrure de castor, qu'il coiffa aussitôt.

Ils déjeunèrent à l'hôtel Lindall, mais ni l'un ni l'autre ne fit honneur au repas. Ils flirtèrent, rirent, et burent trop de vin. Du bout de sa chaussure, sous la table, Lily lui caressa la jambe, tandis que Quinn effleurait la paume de sa main avec son pouce.

Une vraie dame ne se donnait jamais ainsi en spectacle, mais Lily n'en avait cure. Aujourd'hui, elle était heureuse d'être elle-même, ou du moins la créature hybride qu'elle était devenue. Depuis des semaines, elle surveillait son langage, s'obligeait à prendre un air triste, à se voûter. Pour une fois, elle voulait vivre.

— Vous êtes épatante, lui murmura Quinn. Fascinante. Incandescente : vous m'éblouissez.

Grisés par leur bonheur, ils assistèrent au spectacle à Turner Hall, mais par la suite, Lily n'eut aucun souvenir des exploits des acrobates, tant elle était sous le charme de son voisin. Leurs mains s'effleuraient, ils se touchaient en feignant de le faire par hasard. Leurs lèvres se rencontraient presque lorsqu'ils s'adressaient l'un à l'autre.

Quand le rideau tomba et qu'ils durent se lever, Lily crut que ses jambes ne la soutiendraient pas. Elle s'accrocha au bras de Quinn, la main tremblante, le cœur battant.

Dehors, l'air était délicieusement frais sur ses joues. Elle offrit son visage au ciel, paupières closes.

— Ouvrez les yeux.

— Il neige.

— Ce n'est pas ce que je veux vous montrer.

Plaçant les mains sur les épaules de la jeune femme, il la tourna vers la luge.

— Oh ! s'écria-t-elle, enthousiasmée.

Pendant qu'ils admiraient les artistes, Morely l'avait, sur ordre de son maître, remplie de fleurs. Des centaines et des centaines de roses rouges et blanches couvraient les banquettes et le sol.

Impulsivement, Lily prit le visage de Quinn entre ses mains et l'embrassa sur la bouche. Autour d'eux, quelques murmures choqués fusèrent, mais elle les ignora.

— Comment allons-nous rentrer ? Nous allons les écraser, et les épines…

— Elles ont été enlevées. Si vous vous piquez, j'achèterai la boutique du fleuriste et je la ferai raser.

Il l'aida à prendre place, et elle se laissa enivrer par le parfum. Juste avant qu'ils ne démarrent, Lily saisit une poignée de fleurs et les jeta aux enfants qui s'étaient agglutinés autour d'eux pour contempler la scène.

La nuit tombait, et Lily profita de la pénombre pour se blottir contre Quinn. Il posa le bras sur ses épaules.

Jamais Lily n'avait été aussi heureuse. Elle essaya de le lui dire, mais ses paroles furent noyées dans un baiser qui embrasa son corps tout entier.

La luge s'immobilisa devant le perron du manoir. Sans attendre que Morely descende les aider à poser pied à terre, Quinn se leva, puis se tourna vers Lily. D'un mouvement preste, il la souleva dans ses bras.

— Oh, Quinn, chuchota-t-elle, partagée entre l'inquiétude et le fou rire. Que va penser Cranston ?

— Je m'en fiche complètement.

La porte s'ouvrit. Il passa devant le majordome et monta l'escalier. Devant la chambre de Lily, il poussa la poignée d'un coup de genou et referma aussitôt derrière eux.

Il la posa délicatement sur le lit avant de l'étreindre avec fougue. Transportés par la passion, ils se déshabillèrent, et leurs vêtements volèrent à travers la pièce.

Ils s'aimèrent avec violence, trop impatients pour se prodiguer de tendres caresses. Tourmentés par des semaines d'attente, enflammés par une journée de regards furtifs et de chuchotements suggestifs, ils s'abandonnèrent sans honte à leur désir mutuel.

Lorsqu'il retrouva enfin l'usage de la parole, Quinn se hissa sur ses coudes et la dévisagea, le regard brillant.

— Dieu...

Petit à petit, Lily revenait sur terre. Elle voulut lui effleurer la joue. Il lui prit les doigts et y posa délicatement les lèvres. Tout d'un coup, une terrible envie de pleurer la saisit. Jamais un homme ne lui avait fait l'amour avec une telle ferveur. Comme si elle était la femme la plus désirable au monde. Jamais elle n'avait éprouvé cet assaut de sensations. Dans la pénombre, du bout de l'index, elle explora ses sourcils, le contour de son nez, de son menton.

Personne ne saurait lui donner autant de plaisir que Quinn. Personne n'aurait ce pouvoir d'éveiller chez elle une telle passion... ni une telle tendresse.

Il déposa un baiser sur ses lèvres. Tout doucement. Il se leva, sortit un déshabillé de l'armoire, le lui apporta, puis remit son pantalon.

— Je vais à côté, annonça-t-il. Je fais monter une bassine d'eau chaude.

Ayant allumé la lampe à pétrole sur sa coiffeuse, il jeta un regard dépité sur le désordre.

— Peut-être pourriez-vous... ?

— Ne vous inquiétez pas, je vais trier tout ça, répliqua-t-elle en riant.

— Avez-vous faim ?

— Terriblement. Mais...

Elle s'aperçut dans la glace et poussa un cri. Seule, une boucle avait survécu, intacte. Le reste de sa chevelure se répandait sur ses épaules, ses lèvres étaient rouges et enflées, sa gorge, rosie comme par un coup de soleil.

— Je ne peux pas...

Quinn l'interrompit avec un sourire :

— Nous dînerons dans ma chambre. Ne changez rien, ajouta-t-il. Ne vous recoiffez pas. Je veux vous avoir à table en face de moi telle que vous êtes en ce moment.

Elle se garda bien de lui obéir. Après que Cranston eut mis le couvert près de la fenêtre, Quinn retourna auprès d'elle avec la bassine d'eau chaude. Elle avait brossé ses cheveux et les avait noués avec un ruban mauve.

Lorsqu'il détacha la ceinture de son négligé, il découvrit qu'elle était nue.

— Qu'est-ce que... ?

Son regard se voila, mais elle lui souriait.

La lueur que diffusait la lampe à pétrole était flatteuse. Une lumière dorée nimbait son corps, gommant les petites imperfections, accentuant les ombres mystérieuses entre ses seins. Entre ses cuisses…

Quinn retint son souffle. Elle était belle, superbement proportionnée, la taille fine, les hanches juste assez rondes, les jambes fuselées. Un gémissement lui échappa, il la prit dans ses bras et l'embrassa avec ferveur.

Cette fois, leur étreinte fut plus lente, plus maîtrisée de part et d'autre. Ils éprouvaient le besoin d'explorer les pleins et les déliés de leurs corps, de savourer la douceur satinée de leur peau, de s'imprégner de leur parfum, de chuchoter des mots doux…

Elle n'avait aucune inhibition, aucun complexe. Elle le fixait sans masquer sa curiosité, donnait et prenait avec la même générosité.

Aurait-il le courage de la laisser partir ?

— Parlez-moi de ces tableaux, murmura-t-elle, vers minuit, lorsqu'ils eurent englouti le repas froid que leur avait préparé Cranston plus de deux heures auparavant.

Quinn se tapota les lèvres avec sa serviette.

— J'ai passé une année en Italie, à la campagne. Je suis tombé amoureux de ce pays. J'aimerais bien y vivre un jour.

— Vous auriez dû être un chat, le taquina-t-elle. Vous n'aurez jamais assez d'une vie pour faire tout ce dont vous avez envie.

— Et vous ? Que souhaitez-vous ?

— Moi ? Je n'en sais rien, soupira-t-elle, tandis qu'il remplissait leurs verres de vin. Je sais que rien ne sera plus jamais comme avant. Quand je m'imagine en Europe avec Rose, c'est très vague, parce que je n'y suis jamais allée, je n'ai aucune idée de comment cela sera.

Je sais seulement que nous habiterons parmi des inconnus, et que nous serons bien loin d'ici... Est-ce qu'on fête Noël, en Europe ?

— Oui, répondit-il en ravalant un rire.

Elle était si raisonnable par moments, si ignorante à d'autres. À cet instant précis, il serait allé lui décrocher la lune. Quel bonheur ce serait de voir son émerveillement devant Rome, ou Paris !

— Vous, vous n'en aurez plus le temps. Vous aurez un État à gouverner.

Il éprouva un sentiment douloureux en songeant qu'il ne serait pas avec elle lorsqu'elle verrait pour la première fois la Méditerranée, le Parthénon, le Louvre ou Versailles. Elle ne manquerait pas d'admirateurs. Sa beauté et ses belles manières attireraient les courtisans comme des papillons de nuit sur une lampe.

Lily n'était pas femme à se contenter de rester dans l'ombre et d'observer. Elle se débrouillerait pour courir pieds nus sur les plages, elle insisterait pour toucher le marbre des statues grecques, elle se collerait presque aux tableaux de maître, pour être sûre de bien les voir. Elle ne se satisferait pas d'une existence en clair-obscur. Elle avait trop de vitalité pour cela, trop besoin de goûter, de respirer, de toucher...

— Pardon ? demanda-t-il en prenant tout d'un coup conscience qu'elle venait de lui poser une question.

— Où allez-vous le mercredi soir ?

Comme il ne répondait pas, elle parut mal à l'aise.

— Je crois avoir à peu près compris votre emploi du temps, sauf pour vos rendez-vous du mercredi soir. Je... En fait, je... avez-vous une autre maîtresse ?

— Vous me flattez, mais une à la fois me suffit... Savez-vous danser ? ajouta-t-il, passant du coq à l'âne.

Elle posa un coude sur la table, appuya le menton sur sa main, puis afficha un air hautain.

— Je suis le comble de la grâce et de la dextérité sur

la piste. Lorsqu'elles me voient valser, les femmes pleurent de jalousie.

— Paul sera enchanté de l'apprendre. Je crois bien qu'il a prévu quelques cours pour vous.

— J'ai appris en prison. Avant d'empoisonner son mari, mon amie Ida était professeur de musique et de danse.

— Votre amie l'empoisonneuse, murmura-t-il en souriant.

— Paul sera furieux quand il aura vent de nos frasques, n'est-ce pas ? Vous vous rendez compte ? J'ai fait une bataille de boules de neige. J'ai bu trop de vin, j'ai ri et flirté avec vous pendant le déjeuner. Et, pire que tout, je vous ai embrassé en public !

Paul ne serait pas non plus heureux de découvrir que Quinn avait fait remplir leur luge de roses.

— Les mauvaises langues vont se régaler.

— Je suis désolée. Je ne voulais pas vous causer de problème, mais c'était tellement bon, cette journée sans règles où je pouvais être moi.

C'était ainsi qu'il la préférait, lorsqu'elle était Lily, et non Miriam. Il leva son verre et regarda la fenêtre. La neige continuait de tomber. Paul l'avait pourtant mis en garde contre cette femme au charme irrésistible.

15

— J'ai cru vous entendre il y a environ une heure.

Lily posa son livre. C'était la veille de Noël, et tout allait si bien entre eux. Elle pensait qu'il rentrerait plus tôt ce soir.

— J'arrive à l'instant.

Quinn se pencha pour l'embrasser tendrement, avant d'aller près du sapin leur verser à chacun un verre de vin chaud.

Curieux. Lily était tellement sûre qu'il était là qu'elle était montée en courant le retrouver. Il n'y avait pas un bruit dans sa chambre, et lorsqu'elle avait frappé, elle n'avait reçu aucune réponse. Du coup, elle l'avait cherché dans toutes les pièces de la maison.

— Je suis désolé de n'avoir pas été là pour dîner, surtout aujourd'hui, dit-il en se réchauffant les mains devant le feu. En politique, les crises sont imprévisibles. Bien... Voulez-vous que nous allumions les bougies du sapin ?

Soudain, elle se rendit compte qu'il n'avait pas les cheveux humides, alors qu'il neigeait depuis un bon moment. Il ne sentait pas non plus le froid.

Il lui mentait. Il avait dû s'enfermer dans ses appartements et l'ignorer.

Les incidents de ce genre ne manquaient pas de la ramener sur terre. La nuit, dans les bras de Quinn, son cœur s'envolait, et elle avait la sensation de lui appartenir pour toujours. Elle oubliait que certains aspects de son existence lui restaient interdits.

Elle réprima un soupir.

— Ma tante prétendait que c'était ridicule d'abattre un arbre, de le tirer jusqu'au salon et de le décorer, murmura-t-elle.

En l'attendant, elle avait pensé au Missouri et aux Noëls de son enfance.

Cette année, Tante Edna ornerait sa demeure de quelques branches de houx et accrocherait une couronne à sa porte, mais Rose n'aurait pas de sapin à contempler avec émerveillement. Il n'y aurait ni ornements scintillants, ni bougies, ni piles de cadeaux joliment emballés en provenance de boutiques de luxe.

Comme Lily tant d'années auparavant, Rose recevrait une paire de moufles, des bas de laine, un manteau, si celui de l'an dernier n'était pas raccommodable. Et peut-être, s'il y avait assez d'argent, aurait-elle le droit de déguster une orange.

Quinn posa son verre et vint s'asseoir à côté d'elle. Il lui caressa la joue.

— C'est la veille de Noël. Je voulais que ce soit un moment heureux pour vous. Que s'est-il passé aujourd'hui pour vous rendre aussi mélancolique ?

Elle avait envie de lui répondre : « Vous m'avez menti. »

Mais il n'y avait pas que cela.

— Oh, je me languis de Rose. Je n'ai jamais eu de Noël avec ma fille.

Son cœur se serra. Si Lily avait pu être chez elle, elle aurait insisté pour qu'il y ait un sapin. Il n'aurait pas été aussi beau que celui qui se dressait devant elle, mais il aurait eu le mérite d'exister. Et Lily se serait débrouillée pour que la petite ait un cadeau, un vrai, une poupée au visage de porcelaine avec de longs cheveux blonds, une toupie musicale ou un livre de contes joliment illustré.

Quinn ferma brièvement les yeux, puis lui effleura le bras.

— Vous serez avec elle l'an prochain.

Mais elle ne serait plus avec lui. Rose et elle seraient quelque part en Europe, et Quinn lui manquerait autant que Rose, ce soir. Elle savait pourtant qu'elle ne pouvait pas tout avoir.

Frustrée, elle s'apprêta à dire à Quinn que ce qu'elle voulait, c'était Rose et lui, même si elle savait que c'était un rêve impossible. Cependant, lorsqu'elle se tourna vers lui, les mots moururent sur ses lèvres. La lassitude assombrissait son regard. Son expression était lointaine.

— Votre réunion s'est mal passée ? murmura-t-elle en lui serrant la main.

Elle ne pouvait pas rester près de lui sans le toucher. Le moindre effleurement lui donnait des frissons.

— Vous êtes bien silencieux.

— Il devient de plus en plus difficile de vous cacher quoi que ce soit, répondit-il avec un sourire.

Il souffla, se frotta le nez, puis les tempes.

— Pardonnez-moi. En rentrant, ce soir, je me suis rappelé toute cette année, et tout ce qui avait changé.

Lily se tourna vers l'âtre. Elle avait mal pour lui. L'année précédente, Miriam était là. C'était avec elle que Quinn avait allumé les bougies du sapin. Enceinte de Susan, elle devait être très heureuse de savoir qu'elle allait enfin mener sa grossesse à terme. Ils avaient sans doute parlé du bébé, de la nouvelle maison, de leur avenir.

Désormais, Susan dormait pour toujours sous un manteau de neige, et Miriam avait disparu.

Lily s'écarta légèrement de Quinn. Sa place n'était pas ici. Pas ce soir. Les paquets étaient étiquetés au prénom de Miriam. C'était Miriam qui avait choisi les ornements. Cela aurait dû être le premier Noël de Susan. Où qu'elle soit, Miriam devait, elle aussi, se rappeler les drames de l'année écoulée. Et comme Lily, elle devait songer avec angoisse à sa fillette perdue. Se languissait-elle également de son mari ? Regrettait-elle de s'être enfuie ? Avait-elle envie de rentrer ?

— J'ai envie de pleurer, tout d'un coup, avoua Lily.

— L'an prochain, vous serez avec Rose, répéta Quinn.

Il secoua lentement la tête avant de vider son verre.

Si cette remarque était destinée à la réconforter ou à lui remonter le moral, l'effet était raté. Si Lily attendait avec impatience de retrouver sa fille, la perspective de ces retrouvailles la terrifiait en même temps.

— Je ne sais plus où j'en suis. Par moments, je me demande si cela ne vaudrait pas mieux pour Rose que je ne la revoie jamais. Et si j'étais une mauvaise mère ?

Quinn l'entendit à peine, tellement elle parlait bas. Elle le dévisagea d'un air tourmenté.

— Parfois, j'ai si peur. Je ne connais rien aux enfants, je n'ai jamais appris. Peut-être ne m'appréciera-t-elle pas ? Peut-être aura-t-elle honte de moi ?

Elle n'avait pas oublié ce que lui avait déclaré Quinn, lorsqu'elle avait parlé avec lui le premier soir. Elle avait beaucoup réfléchi aux conséquences qu'aurait son choix sur Rose. Elle avait éludé les commentaires de Quinn en affirmant que les règles ne s'appliquaient pas à elle. À l'époque, c'était vrai.

Curieusement, c'était Miriam qui lui en révélait la valeur. En brisant les tabous pour quitter son mari, elle avait gravement perturbé l'existence de plusieurs personnes. Celle de Quinn, bien sûr, mais aussi, celle de Paul. Celle des domestiques que Quinn avait remplacés, et de ceux qu'il avait engagés. L'effet de vague s'était propagé jusqu'à Hélène Van Heusen, au mystérieux M. Ollie et au petit garçon du bois. Et surtout jusqu'à Lily. C'était grâce à Miriam qu'elle n'était plus en prison.

Dans son cas personnel, le fait d'enfreindre la loi avait entraîné d'autres catastrophes : Tante Edna s'était retrouvée avec une enfant à élever, Rose avait été privée de sa maman, et elle, de son bébé. Rose était une bâtarde, Lily, une ancienne détenue rongée par les remords.

Elle cligna des paupières.

Au fond, entre Miriam et Lily, les similitudes ne se limitaient pas à une étonnante ressemblance physique. L'une comme l'autre avaient fait souffrir des gens qui auraient pu les aimer.

— Je regrette qu'elle ne soit pas là ce soir, chuchota Lily.

Quinn posa le bras sur ses épaules et la tourna vers lui.

— Vous serez une maman remarquable parce que c'est ce que vous voulez. Vous vivrez en Europe. Personne ne sera au courant de votre passé. Là-bas, être un enfant illégitime n'est pas une tare, comme ici. Rose sera fière de vous, si vous lui expliquez que tout le monde commet des erreurs, et si vous lui rappelez que vous avez payé chèrement les vôtres. Elle vous aimera, promit-il.

Il pensait qu'elle faisait encore allusion à Rose. C'était probablement mieux ainsi.

Elle lui offrit son visage, et il réclama ses lèvres en un baiser plein de promesses.

— Bien. Qu'est-ce qui vous tracasse, hormis cela ?

— Moi non plus, je ne peux rien vous cacher, répliqua-t-elle avec un petit rire.

— Voulez-vous encore un peu de vin chaud ?

— Volontiers... Hélène Van Heusen est passée cet après-midi.

Il se raidit, puis fit volte-face.

— Vous l'avez reçue ?

— Non. Elle nous a apporté un cadeau. Une plante.

Quinn marmonna un juron.

— Jamais je n'aurais imaginé qu'elle ose outrepasser ainsi le protocole. C'est la deuxième fois, n'est-ce pas ?

— Oui, avoua Lily, mal à l'aise.

Ce qu'elle ne lui révéla pas, c'est qu'Hélène lui avait aussi laissé une lettre. Dans sa missive, elle se répandait en excuses : quelle offense avait-elle pu commettre pour briser ainsi leur amitié, à laquelle elle tenait tant ? Elle suppliait Miriam de le lui dire, afin qu'elle puisse y remédier au plus vite. Elle ajoutait qu'elle n'était pas la seule à souffrir. Elle implorait Miriam de lui rendre visite, sinon pour elle, du moins pour leur ami mutuel, dont l'inquiétude frisait le désespoir.

Quinn revint s'asseoir, sourcils froncés.

— Vous avez refusé la plante, j'espère.

— Elle l'a laissée à la porte. À Cranston.

— Ordonnez-lui de la renvoyer dès demain.

— C'est affreusement impoli, murmura Lily, sur le qui-vive. Est-il sage de faire d'Hélène une ennemie ?

— Nous en avons déjà discuté. Hélène est déjà dans le camp adverse. Son objectif est de vous soutirer des informations dont son mari pourra se servir contre moi. Au bénéfice de son propre candidat.

Il serra les mâchoires, avant de passer une main dans ses cheveux.

Lily décida qu'elle renverrait le cadeau, comme il l'exigeait. Mais elle savait aussi qu'elle lui désobéirait, et qu'elle irait voir Hélène Van Heusen.

Depuis plusieurs semaines, déjà, elle oscillait entre le désir d'en savoir plus sur ce fameux M. Ollie, et la prudence qui lui dictait de ne pas réveiller le loup endormi. À quoi bon découvrir le secret de Miriam ? Au fond, elle n'avait pas vraiment envie de savoir jusqu'où elle avait poussé sa relation avec son amant. Elle avait peur.

Ce n'était pas par curiosité qu'elle allait solliciter Hélène. Dans sa lettre, cette dernière sous-entendait que M. Ollie, ou « M »... perdait la tête. Lily craignait maintenant qu'il n'essaie de l'approcher directement. Ce serait une véritable catastrophe. Elle pouvait duper tous ceux qui avaient vaguement connu Miriam, mais sûrement pas celui qui avait dû être son amant.

— Avons-nous tout dit ? Ou y a-t-il autre chose qui vous tourmente ?

— Euh... j'ai réservé le plus dur pour la fin.

Une lueur d'inquiétude dansa dans ses prunelles.

— Quoi ?

— Je dois vous demander pardon.

Elle posa les mains sur ses genoux, et les fixa intensément.

— Vous n'en avez pas parlé, enchaîna-t-elle, mais je sais que cela vous préoccupe sans arrêt, comme moi. Je ne dors plus, je ne mange plus, je suis dans un État épouvantable.

— Pour l'amour du ciel, qu'avez-vous ?

— Faire semblant que ce n'est pas arrivé ne changera rien au fait que nos vies sont complètement gâchées…

Elle lui jeta un regard en biais.

— … Je suis absolument…. terriblement… désolée de vous avoir marché sur le pied, quand nous avons dansé au bal des Halverson.

Il éclata de rire.

— C'est une humiliation pour nous deux. Nous allons sûrement être bannis des prochains événements mondains. Et moi qui vous avais assuré que je valsais à la perfection !

C'était son premier et dernier Noël en compagnie de cet homme dont elle était désespérément amoureuse. Elle ne voulait pas en garder un souvenir déprimant.

— J'ai sangloté toute la journée, en sachant combien vous deviez être furieux et déçu. J'ai détruit les escarpins coupables. Si vous ne pouvez pas me pardonner, je comprendrai. Moi-même, je souffre. Je n'ai qu'un seul recours : me jeter par la fenêtre et effacer cette honte.

Quinn s'esclaffa, au point d'en avoir les larmes aux yeux.

— Ma chérie, vous êtes si imprévisible, si… Venez ici.

Il la saisit par le poignet et l'entraîna sous la boule de gui.

— Recommençons de zéro. Bonsoir…

Elle mit les bras autour de sa taille, le cœur gonflé d'amour.

— Bonsoir, cow-boy. Avez-vous passé une bonne journée ?

— Très productive, merci. Et vous ?

— J'ai réglé avec Cranston tous les détails concernant le déjeuner de demain. J'ai vérifié les cadeaux, pour m'assurer que nous n'avions oublié personne.

Ils recevraient tous les domestiques dans le grand salon. Après le buffet, Lily distribuerait les paquets, et Quinn donnerait à chaque employé une enveloppe contenant une semaine de salaire supplémentaire.

Lily se blottit contre lui en souriant.

— Tout le monde a accepté votre offre de congé pour fêter Noël en famille. Sauf les Blalock.

Ils seraient donc seuls. Les Blalock se montraient rarement. Mary, souffrant d'arthrose, avait du mal à descendre l'escalier. Quant à James, il s'adressait toujours directement à Quinn.

— Comment occuperons-nous notre temps ?

— J'ai ma petite idée, répliqua-t-elle avec malice. Dès l'instant où ils seront partis, je monterai me coucher. Nous passerons le reste de la journée à lire et à...

Elle se hissa sur la pointe des pieds, puis lui mordilla le lobe de l'oreille.

— La cuisinière nous laissera des charcuteries, du fromage et du pain frais. Je suis sûre que vous nous trouverez une bonne bouteille de vin. Nous n'ouvrirons à personne. Nous mangerons, nous lirons, et nous ferons l'amour jusqu'au soir.

— Vous êtes la maîtresse rêvée, chuchota-t-il avant de réclamer ses lèvres.

Ce compliment aurait dû la réjouir.

Entre Noël et le Nouvel An, la semaine fut remplie de thés, de dîners, de soirées musicales et autres cocktails, culminant avec le grand gala de la Saint-Sylvestre. Et encore, ils n'avaient pas accepté toutes les invitations, qui pleuvaient depuis qu'on savait que Miriam n'était plus en deuil.

Lily se balança sur le siège de son bureau et tendit à Paul une enveloppe remplie de noms, d'adresses et d'annotations concernant les lettres à rédiger.

— Dites à la personne qui…

Elle ne connaissait pas le véritable nom du faussaire et ne tenait pas à le connaître.

— … que ce sont, pour la plupart, des cartes de remerciements. Il y a aussi une lettre de condoléances…

Paul rangea le tout dans la poche intérieure de sa veste et s'empara de sa tasse de café. D'un signe de tête, il désigna son agenda.

— Nous souhaitons que vous soyez sur le podium avec Quinn, mardi soir. Ce sera comme la semaine dernière.

Il hésita.

— Nous avons eu le temps de faire faire un sondage informel : votre présence a été fort appréciée.

Lily sourit.

— Ça n'a pas l'air de vous réjouir.

Il réfléchit un instant, puis se leva pour aller fermer la porte.

— Vous me terrifiez, avoua-t-il en reprenant place. Vous êtes aussi imprévisible que Quinn. Avec le recul, je me rends compte que vous avez été très inspirée de vous lever pour l'applaudir de cette façon. Vous avez lu les journaux, je suppose ?

— « Si Westin gagne l'élection, sa charmante épouse fera une première dame gracieuse et enthousiaste », cita Lily, très fière.

— Quand je pense à Miriam, l'enthousiasme n'est pas une des qualités qui me vient à l'esprit. De plus, en dépit de l'approbation des futurs électeurs, une dame ne s'oublie jamais au point d'être la première à se lever pour applaudir.

Le sourire de Lily s'estompa. Elle soupira.

— Je n'ai pas fumé un cigare depuis des semaines. Je ne me rappelle plus la dernière fois que j'ai bu un whisky.

— Je peux vous dire précisément quand vous vous êtes couverte d'opprobre en embrassant votre mari en public.

— Je sais, vous me l'avez dit au moins dix fois. Mais vous vous gardez bien d'admirer mon comportement lors de toutes les soirées, de tous les bals et de ces incessantes visites qui sont mon lot quotidien ! Vous me rendez folle. Vous n'avez de cesse de me critiquer, de peaufiner votre œuvre, puis vous faites volte-face et vous me rappelez que je ne suis pas Miriam.

Elle admirait la loyauté de Paul envers son ami, elle appréciait son génie politique, sa quête perpétuelle de la perfection, et son dévouement. Jusqu'à la fin de ses jours, elle lui serait reconnaissante de tout ce qu'il lui avait enseigné, en général avec humour et patience.

Cependant, elle n'oubliait jamais que Paul pouvait la renvoyer à Yuma, entre les mains d'Ephram Callihan. Il ne brandissait jamais cette menace, mais tous deux savaient qu'elle existait. Tant que son destin reposerait sur lui, ils ne seraient jamais amis.

Le but de Paul était de faire de Quinn le premier gouverneur du Colorado. Il s'était exprimé clairement : Lily était à la fois la solution à une difficulté, et un problème potentiel qui pouvait empirer.

— Nous n'avons pas évoqué votre arrangement avec Quinn.

— Est-ce indispensable ?

— La situation est dangereuse, elle pourrait nous exploser à la figure d'un instant à l'autre. Jusqu'ici, notre plan a réussi, mais cela pourrait ne pas durer. Ce que je veux dire, c'est que je pousserai un énorme soupir de soulagement quand vous serez en route pour l'Europe. Comprenez-vous ?

— Évidemment. Vous me le répétez sans arrêt.

— Et je continuerai. Je vous ai vue danser avec Quinn au bal de la Saint-Sylvestre. Vous étiez rayonnante de bonheur.

Il se pencha pour lui effleurer le bras.

— Ne vous compliquez pas inutilement l'existence. Quinn a une femme, Lily. Il ne vous épousera jamais. Vous ne resterez pas à Denver une minute de plus que nécessaire.

Lily tripota les bagues de Miriam à son annulaire gauche.

— Je sais tout ça ! lança-t-elle, sur la défensive. Je sais ce que j'ai accepté. Je tiendrai parole.

Lily se promit de rendre visite à Hélène après le discours de Quinn. Puis elle décida d'attendre une belle journée. Enfin, à court de prétextes, elle épingla son chapeau d'un air résigné et pria Morely de la conduire chez les Van Heusen.

Elle savait qu'elle pouvait avoir confiance en lui. Pourtant, quelques indices tendaient à faire penser que, de temps en temps, Quinn interrogeait le cocher sur ses promenades. Ces petits rappels à l'ordre l'attristaient, parce qu'elle l'aimait.

Il était inutile de le nier, songea-t-elle tandis que la voiture roulait en direction de la rue Stout. Que ce soit raisonnable ou pas, que ce soit bien ou mal, elle était profondément éprise de Quinn Westin.

Elle aimait son corps musclé et son visage volontaire. Sa voix un peu rauque, son rire. La tendresse avec laquelle il la contemplait par-dessus son journal, au petit-déjeuner. Chaque soir, elle guettait le bruit de ses bottes sur le sol en marbre.

Elle ne méprisait plus son ambition. Elle admirait sa volonté de changer le monde. Elle applaudissait de tout cœur à ses objectifs. Il les mènerait à bout. Si le parti le lui permettait.

Auprès de lui, elle se sentait désirable, belle. Le passé n'avait plus d'importance. Elle avait l'impression que ses avis l'intéressaient.

Oui, en dépit de tous les secrets, des aspects de sa vie auxquels elle n'aurait jamais accès, elle l'aimait.

La berline s'immobilisa devant la demeure des Van Heusen. Lily rassembla tout son courage.

Elle aussi avait des secrets.

16

Hélène Van Heusen reçut Lily dans une pièce somptueuse. Les petites tables basses encombrées de bibelots cachaient presque le tapis turc. Les murs et le plafond étaient habillés de satin pour créer l'illusion d'une tente arabe. Les coussins de velours, énormes, et les fauteuils bien rembourrés achevaient de donner au décor une apparence d'opulence et d'indolence typiquement orientales.

Hélène saisit Lily par la main et l'entraîna vers un divan recouvert d'un brocart vert. Elle s'assit auprès d'elle dans un froufrou de jupons.

— Ma chère, pardonnez mes larmes de joie.

Si une goutte d'humidité obscurcissait le regard d'Hélène, Lily n'en voyait rien.

— Quand vous m'avez renvoyé la plante, j'ai cru que c'était la fin. J'étais désespérée. Tout simplement dé-ses-pé-rée. D'abord vous vous êtes volatilisée, puis je vous ai crue morte, ensuite je vous ai retrouvée pour vous perdre de nouveau. Je sais, dans le fond de mon cœur, que tout cela est à cause de Quinn, mais je ne peux m'empêcher de me poser des questions. Vous ai-je... est-il possible que je vous... que je vous aie offensée ?

— Hélène...

— Votre expression trahit vos sentiments, interrompit-elle, les yeux brillants. C'est *lui*. Une fois de plus, il tente de nous séparer. Je comprends que vous le détestiez. C'est une véritable brute.

Lily haussa les sourcils. Qu'avait raconté Miriam à cette femme ? À moins que ce n'ait été le contraire ? Hélène cherchait-elle à semer certaines idées dans l'esprit de Miriam ?

— Je n'irais pas jusqu'à dire que Quinn...

— C'est scandaleux. Il vous a quasiment enfermée, comme une prisonnière. C'est lui qui décide qui vous pouvez voir ou non. Il vous néglige honteusement. Il ne prête aucune attention à vos désirs. Et j'apprends que depuis quelques semaines, il vous oblige à l'accompagner dans ces rallyes politiques où l'on s'ennuie à périr. Il ira jusqu'à vous sacrifier pour satisfaire ses ambitions personnelles. Je lui en veux, vous ne pouvez pas savoir, ma chère. Mais vous avez toujours su quelles étaient ses priorités.

Lily observait le spectacle avec fascination. Elle avait rencontré des femmes comme Hélène en prison. Des spécialistes de la manipulation, capables de convaincre les autres de ce qu'elles devaient penser ou éprouver. S'emparant de la moindre information, elles l'interprétaient à leur manière, pour parvenir à leurs fins.

— Je suppose qu'il a l'intention de vous exploiter pour donner l'impression d'être un bon mari, un homme qui aime sa famille. Va-t-il continuer à vous forcer d'assister à toutes ses allocutions ?

Lily comprenait maintenant comment Hélène avait pu soutirer des renseignements à Miriam. En feignant l'inquiétude !

— Je n'en sais rien, murmura Lily, méfiante.

— Ma pauvre, ce doit être effroyable d'être ainsi exposée au public. J'espère que Quinn ne vous a pas persuadée de monter sur le podium pour le débat de Turner Hall ?

— Il ne me force pas.

Lily baissa le nez et caressa l'étoffe du canapé, comme l'aurait sans doute fait Miriam.

— J'apprends à m'intéresser à la politique.

— Vous ?

Hélène s'esclaffa.

— Ma chère, je vous connais mieux que cela. Vous n'avez jamais soutenu les aspirations de Quinn. Vous savez, avec moi, vous n'avez pas besoin de jouer les épouses dociles et loyales.

Ainsi, Hélène cherchait à modifier l'attitude de Miriam, de manière à nuire à Quinn et à leur couple.

Lily aurait volontiers parié les boucles d'oreilles en diamants que Quinn lui avait offertes pour Noël que l'épouse du candidat des Van Heusen serait présente, lors du grand débat entre les candidats prévu pour la semaine suivante. Si Hélène ne parvenait pas à empêcher Miriam d'accompagner Quinn, elle se débrouillerait pour que Miriam y aille contre son gré.

— Eh bien, si, en effet, vous vous penchez sur ces questions, peut-être pourriez-vous mettre fin à la rumeur selon laquelle Quinn souhaite imposer des restrictions aux industriels miniers.

Hélène n'allait pas laisser passer la moindre occasion.

— Il me semble qu'une telle position risque de lui attirer l'antipathie des membres de son parti.

L'air interrogateur, elle attendit.

Lily afficha le sourire mélancolique de Miriam.

— C'est un problème passionnant. Le candidat de votre mari encourage-t-il une nouvelle réglementation ?

— Pas ouvertement, bien sûr, mais il…

Hélène eut un mouvement de recul, et son regard s'aiguisa. Elle se rendit compte qu'elle s'apprêtait à fournir un petit renseignement, alors que Lily, elle, n'avait rien dit.

— C'est étrange, murmura-t-elle, songeuse. C'est fou ce que vous avez changé, Miriam. Vous n'êtes plus la même.

Attention ! se dit Lily.

— Je l'espère, dit-elle tout bas. Au sanatorium, j'ai eu beaucoup de temps pour réfléchir. Il faut que je m'améliore, que je devienne plus forte, moins timide. C'est ce que je m'efforce de faire.

À présent, le moment était venu de résoudre ce que Paul aurait probablement baptisé le « problème Hélène ». Relevant la tête, elle rencontra le regard d'Hélène.

— J'ai décidé de prendre toutes les mesures nécessaires pour que mon couple réussisse.

Déjà maintenue par son corset, Hélène parut se figer encore plus.

— Je suis stupéfaite. Vous ne pouvez pas avoir oublié tout le mal que Quinn vous a fait !

Elle agita une main.

— Dois-je vous rappeler qu'il a manœuvré avec votre père, et imposé un mariage dont vous ne vouliez pas entendre parler ? Après quoi il vous a négligée, traitée avec une indifférence insultante. Miriam... il vous a fait souffrir. Que de larmes versées ! Combien d'oreillers avez-vous trempés ?

— Je crains d'avoir un peu exagéré par le passé. Sans doute m'apitoyais-je sur mon sort. Nous nous aimons, vous savez. Quinn a beaucoup de qualités, et...

— Beaucoup de qualités ? s'exclama Hélène, incrédule. Quinn Westin ne se soucie que de lui-même et de son futur fauteuil de gouverneur. Je vous l'ai déjà dit, je vous le répète : il se fiche de vous, Miriam. Il ne vous a jamais aimée, il ne vous aimera jamais. Si vous mourez demain, il s'en réjouira.

Elle prit les mains de Lily.

— Ne pleurez pas, reprit-elle, alors que Lily avait les yeux parfaitement secs. Je vous en supplie, pensez à Marshall, votre unique réconfort. Marshall vous adore.

Il vénère le sol sur lequel vous marchez. Vous ne pouvez pas savoir combien il est affligé depuis que Quinn s'est débarrassé de vous.

« M » avait donc un prénom. Marshall.

— Quinn ne s'est pas débarrassé de moi, protesta Lily en s'efforçant de rester calme.

Elle avait du mal à masquer son dégoût devant l'attitude d'Hélène.

— J'étais très malade. Et terriblement déprimée, après l'incendie et… la mort de Susan.

— C'est compréhensible, ma chère. Marshall aussi était dans tous ses états. Je suis sûre que vous ne serez pas étonnée d'apprendre qu'il se rend sur la tombe de la petite chaque fois qu'il vient à Denver.

Lily eut du mal à masquer son désarroi. Hélène connaissait bien le passé de Miriam. Elle avait profité de sa solitude pour lui inspirer des idées et des opinions au détriment de Quinn et d'elle-même. Elle était son lien avec Marshall, dans une relation que, de toute évidence, elle manœuvrait depuis le début. Mais le plus alarmant, c'était qu'Hélène venait d'émettre un sous-entendu troublant.

Hélène était-elle au courant, ou voulait-elle confirmer ses soupçons ?

Lily chercha un mouchoir dans son sac, histoire de gagner quelques précieuses secondes. Elle se tapota les yeux.

— C'est inattendu et… touchant.

Elle marqua une pause.

— J'apprécie beaucoup cette marque de gentillesse de la part de Marshall.

Paupières baissées, elle renifla.

— Sa loyauté me rend la tâche encore plus difficile. Cependant, la prochaine fois que vous le verrez, dites-lui que je ne pourrai jamais le revoir. Expliquez-lui que j'ai réglé mes différends avec Quinn, et que nous sommes heureux. J'espère que Marshall s'en réjouira pour moi.

Hélène arrondit la bouche.

— Miriam ! Ce n'est pas possible ! Vous ne parlez pas sérieusement !

Jetant un coup d'œil furtif vers son hôtesse, Lily décela dans son expression la surprise tout d'abord, puis la colère. Mais Hélène se reprit très vite.

— Si je veux réussir mon mariage, je dois absolument cesser de rencontrer Marshall dans l'intimité. Quinn n'approuverait pas.

— Ma chère, j'avoue que je suis perplexe. Pourquoi souhaitez-vous à tout prix préserver un mariage dont vous n'avez jamais voulu et qui ne vous a rien apporté, sinon la souffrance ? Pourquoi abandonner un homme qui vous aime depuis tant d'années ?

Depuis tant d'années ?

Lily tressaillit.

Miriam et Marshall s'étaient donc rencontrés plusieurs années auparavant ?

— Ne vous infligez pas ce supplice. Vous méritez un peu de bonheur. Est-ce trop demander ? Après tout ce que vous avez subi ?

Oh, Miriam, songea Lily, soudain furieuse. *Étiez-vous à ce point seule, vous êtes-vous apitoyée sur votre sort jusqu'à tomber dans le piège ? Comment avez-vous pu faire ?*

Car le but d'Hélène était clair. Le moment venu, les Van Heusen dénonceraient la trahison de Miriam, et le scandale qui en découlerait provoquerait la chute de Quinn.

— Hélène, murmura Lily en choisissant ses mots avec soin : mon amitié pour Marshall pourrait très bien être mal interprétée, et transformée en quelque chose de laid. J'ai commis une grave erreur en acceptant de le retrouver en tête à tête. Je ne peux que louer le ciel qu'il n'y ait pas encore eu de drame.

— Pas de drame ? bredouilla Hélène, abasourdie. Miriam, je ne comprends plus. Marshall et moi avons craint pour votre vie. Et puis, il y a Susan, et...

Elle agita la main, comme si la liste était sans fin.

— Vous avez été une amie formidable, et je regrette de vous avoir impliquée dans ma petite aventure. Je pense que vous me soutiendrez dans ma décision de consolider mon couple.

Lily afficha un sourire.

— Quinn est merveilleux. C'est un peu comme si nous vivions une seconde lune de miel.

Elle ne pouvait pas se forcer à rougir, mais elle s'efforça de prendre un air modestement béat.

— Peut-être avez-vous entendu dire qu'il avait rempli notre luge de roses. C'était un geste tellement romantique.

— Les bras m'en tombent. Je ne sais pas quoi dire, balbutia Hélène, terriblement agitée, en se frottant les mains. Il faut que je réfléchisse à tout cela.

Lily prit les mains d'Hélène dans les siennes.

— Au sanatorium, j'ai pu me rendre compte à quel point j'aime mon mari. C'est réciproque. Je suis aussi fautive que lui en ce qui concerne nos difficultés passées. Mais aujourd'hui, nous nageons dans le bonheur.

Peut-être y allait-elle un peu fort ?

— Vous nagez dans le bonheur ? répéta Hélène. Il vous a pardonné ?

Elle hésita, puis ajouta brutalement :

— Il ne vous en veut pas d'avoir eu une liaison et mis au monde l'enfant d'un autre ?

Cet imperceptible flottement de la part d'Hélène agit en révélateur : elle jouait aux devinettes. Elle n'en savait pas autant que le craignait Lily. Cette dernière profita de l'occasion. Elle se leva d'un bond, le regard noir.

— Comment osez-vous ! Je vous ouvre mon cœur et, en échange, vous m'insultez. Je suis choquée, profondément offensée que vous puissiez suggérer... Enfin, prétendre que Marshall est le père de... que nous...

Elle ferma les yeux, puis chancela :

— ... Je croyais que vous étiez mon amie !

Hélène, ahurie, se mit debout à son tour et tenta de saisir Lily par le bras, mais celle-ci s'arracha à son étreinte.

— Ma chère, pardonnez-moi si... Attendez ! Miriam, je vous en supplie... Avouez que vous avez dit certaines choses qui... d'ailleurs, Marshall a lui aussi... et donc, naturellement, j'en ai déduit... Miriam !

— C'est un affront impardonnable !

Tournant les talons, Lily sortit de la pièce et se précipita dehors jusqu'à la voiture. Elle ordonna à Morely de la ramener à la maison.

Pendant le trajet, paupières closes, elle mit plusieurs minutes à retrouver une respiration normale. Hélène ne l'ennuierait probablement plus, mais ce qu'elle venait d'apprendre la bouleversait.

Tous les détails concernant le débat de Turner Hall avaient été soigneusement analysés, discutés, disséqués au moins une dizaine de fois. L'élection n'était plus que dans trois mois, l'intérêt se recentrait sur les candidats. La moindre erreur pouvait être fatale.

Lily assistait à toutes les réunions, tendant discrètement l'oreille tout en servant les rafraîchissements à Paul et aux leaders du parti qui investissaient la bibliothèque.

À sa grande surprise, ce qu'elle avait affirmé à Hélène se révélait exact. Quinn étant passionné par la politique, elle s'y intéressait aussi. Elle comprenait mieux les problèmes et partageait sa frustration lorsque ses chefs s'opposaient à ses opinions ou insistaient pour qu'il évite tout sujet brûlant. Paul et ses compagnons avaient préparé toute une série de réponses ambiguës, que Quinn serait chargé de transmettre aux journalistes ou aux électeurs, le cas échéant.

Elle se rendait compte maintenant pourquoi Quinn s'était embourbé dans la spirale du mensonge. Il n'avait pas eu le choix.

Quelques minutes auparavant, il l'avait prise par le bras et conduite sur le podium. Le front plissé, les poings crispés, il avait fixé le pupitre.

— Ils ne me verront pas, ils ne m'entendront pas, murmura-t-il, furieux. Je ne sais même plus qui je suis.

À présent, Lily était assise parmi toute une brochette de dignitaires, face à cent soixante-dix inconnus, mais elle n'écoutait pas le discours d'introduction de l'adversaire de Quinn. Elle avait l'esprit ailleurs.

Elle non plus, on ne la voyait ni ne l'entendait. Elle non plus, elle ne savait plus qui elle était.

Les gestes et les manières de Miriam lui étaient devenus habituels. Si la taille du manoir continuait de l'oppresser, elle éprouvait malgré elle une certaine fierté à se promener dans ces pièces superbement décorées. Elle répondait sans difficulté au prénom de Miriam, vivait la vie de Miriam, agissait de même qu'aurait agi Miriam. Elle protégeait également les secrets de Miriam, comme s'ils lui appartenaient.

Lily Dale émergeait de moins en moins souvent. Personne ne la voyait. Si, de temps à autre, Paul ou Quinn croyaient l'apercevoir, ils se trompaient. Lily Dale n'existait plus. Ils avaient devant eux une créature hybride qui plus jamais ne retrouverait sa nature d'origine.

Quinn prit la place du candidat de l'opposition et entama l'allocution qu'il avait longuement répétée. Grand, beau à couper le souffle, il s'adressait au public avec beaucoup d'aisance, sans trahir la moindre fatigue, alors qu'elle le savait épuisé.

Sa tenue, jean, veste en cuir et bottes, était celle de la majorité des hommes dans la salle. La stratégie de Paul était de vendre l'image d'un citoyen comme les autres. Pour cela, tous les moyens étaient bons, des plus subtils aux plus criards.

Quinn s'habillait ainsi le week-end, quand il n'allait pas à son cabinet. Ce n'était donc pas un déguisement. Mais il jouait tout de même sur l'illusion. Le discours qu'il prononçait n'était pas celui qu'il aurait rédigé lui-même, les problèmes abordés n'étaient pas ceux qu'il défendait avec passion. La femme qu'on avait présentée comme étant son épouse ne l'était pas. Tout n'était que mensonges et compromis.

Lily porta une main gantée à son front. Elle l'aimait, elle souhaitait de tout cœur qu'il gagne l'élection. Après tout ce qu'il avait supporté, il méritait d'atteindre son but. D'avoir une chance de se retrouver. Une fois libéré de l'emprise du parti, une fois Lily partie, il renouerait avec la vérité.

Un tonnerre d'applaudissements la fit sursauter. Levant les yeux, elle vit sa concurrente, l'épouse du rival de Quinn, se lever. Les plaidoyers avaient pris fin. Lily se mit debout prestement, un sourire plaqué sur son visage. On vint l'aider à quitter l'estrade et on lui trouva une chaise.

Mains croisées sur les genoux, près de la sortie, elle observa la foule qui se précipitait vers les orateurs. Elle constata avec plaisir qu'ils étaient plus nombreux à se presser autour de Quinn.

Lorsqu'un homme s'immobilisa devant elle, lui bloquant la vue, elle attendit impatiemment qu'il avance, tête baissée.

Son regard tomba sur une paire de bottes sous un pantalon foncé. Elle retint son souffle en remarquant la tache blanche, sur le pied gauche. Se redressant brusquement, elle eut le souffle coupé.

Ephram Callihan eut un rictus.

— Tiens, tiens ! Si c'est pas Lily Dale, tout en fanfreluches.

Tremblante, pâle comme un linge, Lily se leva et s'accrocha au dossier de son siège. Elle ne pouvait pas parler, elle avait du mal à respirer. L'espace d'un instant, elle crut qu'il était là pour la ramener à Yuma.

— Ma parole, tu t'es bien débrouillée, roucoula-t-il en l'examinant de bas en haut. Des boucles d'oreilles en diamants, des pompons aux bottines. Oui, ma chère, tu en as parcouru, du chemin. Tu as un nom et un mari. Pas mal ! Pas mal !

— Vous vous méprenez, chuchota Lily. Vous me prenez pour quelqu'un d'autre.

— C'est bien ce que je me disais, s'esclaffa-t-il. Ça fait deux heures que je te fixe et que je me dis, non, vraiment, c'est impossible, ce n'est pas Lily Dale. Lily Dale n'est pas une dame, elle n'a jamais été aussi jolie.

Il plissa les paupières.

— Pourtant, c'est bien toi. La voix, les yeux.

Il effleura une boucle blonde sur son épaule.

— Je ne sais pas à quoi tu joues, mais je devine… Il y a de l'argent à prendre. Je le sens.

— Ôtez votre main de l'épaule de ma femme.

Quinn s'immisça entre eux, poussa Lily derrière lui, une lueur de rage dans les prunelles. Mais Ephram Callihan n'était pas homme à se laisser intimider. Il grimaça.

— Je discutais affaires avec votre… femme.

— Quoi que vous ayez à dire à mon épouse, c'est à moi que vous devez vous adresser, trancha Quinn.

Lily comprit que Quinn ne l'avait pas reconnu. Elle s'agrippa à son bras.

— Pas ici, chuchota-t-elle…

Elle était trop bouleversée pour savoir d'où avait surgi Paul, mais soudain il fut là, l'air glacial. Empoignant Callihan, il le poussa vers la sortie.

Quinn la dévisagea, inquiet.

— Ça va ?

— Oui.

Jambes flageolantes, elle se laissa choir sur sa chaise.

— Qui était-ce ?

Son cœur s'affola. Si quelque chose, ou quelqu'un venu de son passé devait causer la chute de Quinn, elle ne s'en remettrait jamais. Ils avaient craint qu'on ne se rende compte qu'elle n'était pas Miriam. Ils n'avaient pas imaginé qu'on puisse reconnaître Lily Dale.

Sensible à son désarroi, Quinn n'insista pas. Il l'emmena dehors, s'arrêtant çà et là pour serrer des mains et accepter les félicitations de ses admirateurs. Le sourire de Lily était figé. Le court trajet de la salle à la voiture lui parut interminable.

Une fois à l'intérieur, Quinn étala le plaid sur ses genoux, puis lui prit la main.

— C'est quelqu'un que vous connaissez ?

Elle lui révéla l'identité de Callihan. Quinn renversa la tête et jura.

— Je suis désolée, chuchota-t-elle.

Elle claquait des dents. Elle ne parvenait pas à se réchauffer.

— Qui êtes-vous, quelle existence avez-vous menée, Lily Dale ?

Elle appuya la tête sur son épaule et ravala un sanglot.

— J'ai passé ma vie à agir contre mon gré. À obéir aux autres.

— Et ça continue. Cette fois, c'est moi qui vous force à faire ce que vous ne voulez pas.

Cependant, elle était là où elle désirait être. Le fait de l'aimer, de vouloir que son rêve se réalise, avait tout changé. Elle n'éprouvait plus de ressentiment.

— Qui êtes-vous, Quinn Westin, et quelle existence avez-vous menée ?

— Je ne le sais plus. Au fond, mon parcours n'est pas si différent du vôtre. Au départ, c'était mon père, maintenant, ce sont des hommes comme Paul qui m'obligent à aller à l'encontre de mes désirs.

— Ça commence par un compromis, peut-être un tout petit mensonge. Ensuite, c'est comme les boules de neige. Et puis, un jour, on se regarde dans la glace, surpris d'en être arrivé là.

— Je me suis souvent demandé si j'avais tiré sur ce Small par accident ou parce que, fond, j'en avais l'intention. Je n'en sais rien. Je ne sais pas comment je me suis débrouillée pour me mettre dans une situation pareille.

Il la serra contre lui.

— Que va-t-il se passer maintenant ?

— Je vais en parler avec Paul. Nous évaluerons la menace. Puis nous envisagerons les solutions éventuelles.

Il haussa les épaules et se tourna vers la fenêtre.

— Nous prendrons les mesures nécessaires.

Lily hocha la tête, mais ne posa aucune question.

Ils firent l'amour avec tendresse, comme si c'était la dernière fois, comme si chaque baiser, chaque caresse devait imprégner à jamais leur mémoire.

Arquée vers lui, tout son corps en éveil, Lily passa les mains dans ses cheveux épais et soyeux en chuchotant son prénom. Encore et encore.

Elle n'avait pas besoin d'une belle maison, de bijoux ou de toilettes élégantes. S'abandonner dans les bras de cet homme aux mains magiques lui suffisait. Cet homme qui connaissait mieux qu'elle son intimité. Un homme qui tremblait quand elle le touchait, qui la transportait au paroxysme du plaisir.

Jusqu'à la fin de ses jours, elle chérirait le souvenir de ces nuits. Personne d'autre ne saurait lui donner ce sentiment d'être belle, désirable, et indispensable.

Elle voulait le remercier de lui avoir fait découvrir l'amour dans toute sa splendeur. Lui dire que son regard gris lui embrasait le cœur, que ses chuchotements la faisaient frémir de désir, que sa peau était douce comme du satin, que ses baisers avaient un goût de nectar. Lui avouer qu'elle l'aimait, et qu'elle avait besoin de lui.

Mais elle ne dit rien.

17

Paul proposa d'aborder le « problème Callihan » chez lui, où personne ne risquait d'entendre leur conversation. Il conduisit Quinn et Lily dans la bibliothèque, où brûlait un feu de cheminée. Une bouteille de whisky trônait sur la longue table dont il se servait comme bureau. Il remplit un verre pour son ami, un pour lui, puis fronça les sourcils.

— Je ne vous attendais pas. Il y a du thé, à l'office, si cela ne vous ennuie pas de le préparer vous-même.

Lily se versa une bonne dose de scotch et en avala une rasade d'un air de défi. Depuis deux mois, elle n'acceptait plus qu'un verre de vin à l'occasion. Quinn en conclut qu'elle était dans tous ses états. La grimace de la jeune femme quand l'alcool lui brûla l'œsophage révéla combien elle avait changé.

— J'ai insisté pour venir, car c'est moi qui suis la cause de ce pépin.

— Ce n'est pas vrai, protesta Quinn en lui présentant un siège.

D'une main, il lui effleura la nuque.

— Tu t'es renseigné ? demanda-t-il à Paul.

La lumière extérieure n'atteignait pas cette partie de la pièce, longue et étroite, mais la lueur diffusée par les appliques accentuait la fatigue qui barrait le front de Kazinski. Quinn dévisagea son ami en silence en songeant que la campagne était tout aussi épuisante pour les hommes de l'ombre que pour ceux placés sous les feux de la rampe. Plus la date fatidique approchait, plus le rôle de Paul devenait important.

— Primo... attaqua-t-il.

Lily secoua la tête, soupira, posa son verre sur la table et croisa les mains sur ses genoux.

— ... Quinn a raison. Vous n'êtes en rien responsable de cette situation.

Il haussa les épaules.

— Le père d'Ephram Callihan est décédé juste après le Nouvel An. Il est venu à Denver régler la succession. Il séjourne chez sa sœur.

Lily demeura impassible.

— J'ai du mal à imaginer que ce salaud puisse avoir une famille.

— C'est tout à fait par hasard qu'il a assisté au débat. L'ennui, un vague intérêt pour l'avenir d'un État voisin, qui sait ? Ce qui est sûr, c'est qu'il ne s'est pas rendu à Turner Hall dans le but de vous y trouver.

— Ce n'était donc qu'un malheureux concours de circonstances, murmura Quinn en passant une main dans ses cheveux.

Un juron lui échappa. La menace pesait constamment, comme une épée de Damoclès. Mais il n'avait pas songé qu'elle puisse se présenter sous la forme d'une coïncidence.

— Callihan a flairé le coup, continua Paul. Une fois convaincu que c'était bel et bien Lily, là-haut sur l'estrade, il a cherché à comprendre. Il a décidé que je t'avais trouvé une femme à la prison de Yuma, puis que j'avais créé une histoire sur mesure, pour elle et pour toi.

— Il doit se douter que ça n'aurait jamais tenu le coup, marmonna Quinn en se frottant le nez. Un passé fictif ne survivrait jamais face aux regards scrutateurs des électeurs. Quitte à choisir une épouse pour son candidat, autant sélectionner quelqu'un d'irréprochable.

— Parfaitement, acquiesça Paul. Tu es riche, respecté, et tu peux offrir à ta conjointe la position de première dame d'un nouvel État. Pourquoi, dès lors, jeter son dévolu sur une femme de mauvaise réputation.

— Tu pourrais être plus délicat, gronda Quinn.

— Il a raison, dit Lily, tout bas. Vous avez raison aussi de croire que Callihan est assez malin pour en déduire qu'il ne détient pas toutes les pièces du puzzle. Et qu'il se met à fouiner.

— Je ne voulais pas vous offenser. Je cite les faits tels que Callihan les voit.

— Je ne vous en veux pas, le rassura-t-elle.

Cependant, elle avait les joues écarlates.

Paul ôta sa veste et se cala plus confortablement dans son fauteuil.

— Callihan ne mettra pas longtemps à découvrir que ce mariage remonte à plusieurs années. Une enquête plus fouillée lui permettra d'obtenir une description de Miriam Westin. S'il vérifie les archives des journaux, il lira tout sur l'incendie et le départ de Miriam pour le territoire du Nouveau-Mexique. Là, il va cogiter. Au début, il se dira que Lily ne peut pas être la jumelle de Miriam mais, petit à petit, c'est la conclusion à laquelle il arrivera.

Lily porta son regard de l'un à l'autre.

— Après quoi, il va se demander où est la véritable Miriam, devina-t-elle. Et pourquoi j'ai pris sa place.

Quinn avala son whisky d'un trait.

— Il voudra de l'argent, bien sûr.

Paul hocha la tête.

— Le prix de son silence grimpera au fur et à mesure qu'il reconstituera le puzzle.

Paul crispa le poing et l'abattit brutalement sur la table.

— Je me répète sans cesse que nous avons résolu le « problème Miriam », et voilà qu'il resurgit. Bon sang de bon sang !

Quinn se dirigea vers la fenêtre, les mains dans les poches, et contempla la rue.

— Et si nous refusons de nous soumettre au chantage de Callihan ? À ton avis, qui voudra le croire ?

— Il est le directeur de la prison où Lily a été incarcérée, ce qui lui confère une certaine crédibilité. Il peut fournir des documents relatifs à son procès, et à son séjour en prison. Il peut présenter des témoins. Un journaliste un peu pressant n'aura aucun mal à retrouver les endroits où nous avons dormi lorsque nous étions en route pour Denver. On se souviendra sans peine de Lily.

Paul leva les yeux avant d'enchaîner :

— Nous pouvons lui opposer les amies de Miriam : elles affirmeront que Lily est Miriam. Leur orgueil leur interdira d'admettre qu'elles ont pu être dupées par une ancienne détenue. Vous voulez savoir ce que j'en pense ? Notre défense est bien faible. Les gens pencheront pour la théorie de Callihan. Il peut causer notre perte.

Lily laissa échapper un soupir.

— J'ai commis des erreurs. Des petites maladresses, dont les relations de Miriam se souviendront si jamais mon identité est remise en question. Je… je suis vraiment désolée, Quinn, ajouta-t-elle en un chuchotement.

— Vous n'avez rien à vous reprocher, marmonna-t-il en se tournant vers elle.

Il ne se rappelait plus la femme maigre et méfiante qu'il avait rencontrée. Elle avait tellement changé. Adoucie, embellie, attentionnée…

Il l'aimait.

— Vous avez suivi nos instructions à la lettre. Vous avez réussi votre pari de manière spectaculaire. Tous ceux qui vous voient vous prennent pour Miriam.

Et lui ? Voyait-il Miriam lorsqu'il la regardait ? De temps en temps, certainement… Mais jamais au lit. Jamais quand ils étaient seuls et libres de parler. Alors, elle s'asseyait, s'exprimait, se déplaçait comme Lily. Et c'était dans ces moments-là qu'il l'aimait le plus.

— En conclusion, intervint Paul, nous ne pouvons permettre à Callihan de parler. Le scandale serait énorme, et tu serais hors course. Nous allons donc devoir lui payer ce qu'il réclame, jusqu'à ce que nous trouvions une solution à long terme.

— Une solution à long terme ? répéta Lily, soudain inquiète.

— Nous pourrons agir plus librement après l'élection, répliqua Paul. Nous ferons pression sur les journalistes pour qu'ils fassent taire les rumeurs. Nous nous débrouillerons pour que Callihan quitte l'État.

Il haussa les épaules.

— Vous partirez pour l'Europe, et ici, tout le monde croira Miriam morte. Si Callihan réapparaît, on lui en voudra de tenter de salir l'image de l'épouse défunte du gouverneur. On l'accusera d'avoir des visées politiques.

Paul réfléchit un instant, puis ajouta :

— À vrai dire, si Callihan dévoile tout après les funérailles de Miriam, nous nous arrangerons pour en tirer profit. Nous dénoncerons ses liens avec l'opposition, et le parti sera déshonoré pour avoir attaqué un homme qui vient d'enterrer son épouse.

L'un des grands talents de Paul était de savoir se représenter tous les tenants et aboutissants d'une situation, et de développer des tactiques diverses en fonction des possibilités.

Lily ouvrit tout grands les yeux.

— J'avoue que je suis toujours outrée quand je vous entends évoquer ainsi les obsèques de Miriam. Je vous déteste tous les deux.

— Elle ne reviendra jamais, Lily.

Par moments, Quinn regrettait de ne pas pouvoir lui dire pourquoi.

— Les affaires sont les affaires, trancha Paul.

Sentant le désarroi de Lily, il lui effleura l'épaule en venant s'asseoir près d'elle.

— Pour l'heure, il paraît évident que nous devons répondre aux exigences de Callihan.

— Qui va le payer ? Vous, ou le parti ? lança-t-elle.

— En d'autres circonstances, les chefs seraient au courant des moindres détails concernant leur candidat.

— Mais pas cette fois.

— Quinn et moi sommes amis depuis des années. Je sais comment il raisonne, je le connais comme ma poche. Quinn est l'homme qu'il nous faut pour gouverner le futur État du Colorado. J'ai décidé de traiter le « problème Miriam » par moi-même, de façon à ne pas susciter inutilement l'angoisse du parti.

Ce que Paul ne précisait pas, c'était que le parti aurait sûrement choisi un autre candidat s'il avait été au courant de ces difficultés. C'était là que tout avait commencé, entre les ambitions d'un homme et les convictions d'un autre.

— Suis-je toujours le meilleur ? En dépit de tous nos désaccords ?

— Oui, confirma Paul sans ciller.

— Et vous êtes tous deux persuadés que seules les personnes réunies ici ce soir connaissent la vérité. Mis à part Ephram Callihan… Qu'il aille en enfer !

Quinn se détourna, dépité. Décidément, chacun croyait tout savoir sur l'autre, mais rien n'était moins sûr.

Paul était persuadé que le « problème Miriam » était une bombe à retardement et qu'il ne serait jamais résolu. Lily, quant à elle, pensait que Miriam était une maman endeuillée. Et lui, Quinn, quel était son point de vue ? Il serra les mâchoires.

— Quinn ? murmura-t-elle en frappant à la porte séparant leurs deux chambres.

Elle ouvrit, hésita sur le seuil, puis resserra le col de son déshabillé.

Depuis son bureau, Quinn admira la façon dont la lampe à pétrole éclairait sa chevelure blonde. Son visage en forme de cœur, son teint de porcelaine et ses yeux bleu lavande lui donnaient une impression attendrissante de fragilité. La personnalité de Miriam s'accordait avec son physique. Lily, elle, n'était ni frêle ni vulnérable. Elle était forte, courageuse, et volontaire… Pourtant, à cet instant précis, il n'avait qu'une envie : la serrer dans ses bras et être à tout jamais son protecteur.

— Je suis désolée de vous interrompre…

— Entrez.

Il éprouva du plaisir à la regarder s'avancer vers lui. Comment deux femmes pouvaient-elles être à la fois aussi semblables et aussi différentes ? Miriam n'aurait jamais surgi ainsi. Pas à une heure pareille. Elle…

— Je sais que vous tenez à vos soirées du mercredi, mais il faut que je vous parle.

Il haussa un sourcil. Il lui avait menti en affirmant qu'il dînait au club toutes les semaines. Ce n'était pas là qu'il se rendait.

— Asseyez-vous, je vous en prie.

Il posa sa plume dans l'encrier.

— J'étais plongé dans mes livres de comptes, mais j'en ai assez fait pour aujourd'hui. Puis-je vous offrir un alcool ?

— Non, merci.

Elle s'installa en face de lui et croisa les jambes à la hauteur des genoux.

— Je… Je suis très ennuyée, mais il faut absolument que vous sachiez.

— Que je sache quoi ? s'enquit-il en souriant.

Après le chantage de Callihan, un souci domestique ne lui paraissait guère inquiétant.

— Je ne sais pas par où commencer, murmura-t-elle en tripotant les plis de sa robe de chambre.

— Par le commencement, suggéra-t-il.

Dès qu'elle aurait terminé, il la transporterait jusqu'au lit pour blottir son visage entre ses seins.

— À vrai dire, je suis perplexe. Je ne sais pas si mon obsession concernant Miriam date du premier jour, ou si elle a grandi au fur et à mesure que je me suis glissée dans son existence.

Aussitôt, Quinn fut sur le qui-vive. Il ne s'agissait donc pas d'un souci domestique, mais de quelque chose de sérieux.

— Quinn, je vous ai désobéi, avoua-t-elle en le regardant droit dans les yeux. J'ai rendu visite à Hélène Van Heusen. Je vous le dis, parce que Paul et vous devez prendre conscience que d'autres personnes savent des choses sur Miriam qui pourraient détruire tous vos projets.

— Bon sang !

La colère l'étouffait. Non pas parce que Lily lui avait désobéi, mais parce qu'il savait ce qu'elle allait lui raconter. Un sentiment de désarroi le submergea. Pourtant, il ne se sentait pas en droit de l'exprimer. C'est pourquoi il se manifestait par la fureur. Tous ses plans, si soigneusement mis en place, allaient se désintégrer dans quelques secondes.

Miriam se serait enfuie en courant devant son air féroce. Mais pas Lily. Elle s'accrocha aux bras de son fauteuil et tint bon.

— Miriam avait une liaison, chuchota-t-elle.

Il grinça des dents, se leva brusquement, alla se planter devant la fenêtre, puis tira d'un geste violent sur les rideaux.

— Est-ce ce que prétend Hélène ?

— Ne vous braquez pas, je vous en prie. C'est la vérité, et quelque chose me dit que vous étiez au courant. Je n'ai pas encore démêlé tous les fils de l'écheveau, mais depuis quelques jours, je ne pense qu'à ça. Je crois que vous avez découvert le pot aux roses, et que vous vous êtes battu avec son amant.

Il s'était persuadé que tout cela était fini. Mais si Lily le savait, il y en avait peut-être d'autres. Marmonnant un juron, il se retint d'enfoncer son poing dans la vitre.

— Je vous écoute.

Elle parla pendant vingt minutes. Elle lui raconta le message dans la poche, la promenade jusqu'à la lisière de la ville, sa visite chez Hélène. Le regard lointain, il l'écouta, jusqu'à ce que Lily émette un drôle de son... Soudain, il se rendit compte qu'elle pleurait.

— Hier soir, je me suis rappelé le médaillon. Vous avez dit que c'était un souvenir de la naissance de Susan.

Elle se tapota les yeux avec son mouchoir avant de poursuivre :

— Mais ce n'est pas vous qui l'avez offert à Miriam, n'est-ce pas ? C'est elle qui l'a commandé chez le bijoutier. Elle avait l'intention de le donner à Marshall.

— Pourquoi pleurnichez-vous ? gronda-t-il, humilié.

— D'une part, parce que je crois que Miriam est morte. Vous n'allez pas comprendre, mais... elle fait désormais partie de moi d'une manière inexplicable. Il ne s'agit pas d'une simple ressemblance physique. Il me semble parfois que, à force d'être entourée de ses affaires, de mener son existence, je la comprends. Je sais combien c'est pénible de perdre un être cher, je sais ce que c'est que d'avoir l'impression d'être prise au piège. Ou de comprendre qu'on a commis une erreur irréparable. Combien de fois, en prison, ai-je souhaité mourir ? Je pense que Miriam s'est suicidée après le décès de Susan, et cela me chagrine, parce qu'elle est moi, et inversement. Une partie de moi l'aime, l'autre a envie de la secouer comme un prunier. Je souffre de ses fautes comme si je les avais commises moi-même.

Il revint à son bureau, s'assit lourdement, la figure cachée dans ses mains.

Lily se laissa glisser de sa chaise et vint s'agenouiller près de lui, une main sur sa joue.

— Quinn ? Je vous en supplie, dites-moi ce qui s'est passé.

Une minute s'écoula, puis une autre. Pour finir, Quinn soupira.

— Vous m'avez demandé un jour si j'avais aimé Miriam. Je ne sais plus ce que je vous ai répondu. Peut-être l'ai-je aimée au début. Mais j'ai toujours su que son cœur appartenait à celui qu'elle avait décidé d'épouser après la guerre. Elle tenait à moi, nous nous entendions plutôt bien, mais si son père n'avait pas insisté pour qu'elle se marie, elle aurait choisi de rester seule.

Il sombra dans un silence songeur.

— J'étais persuadé de pouvoir gagner son affection. Peut-être aurait-ce été possible si nous avions eu des enfants. Malheureusement, les grossesses de Miriam finissaient en fausses couches, et elle interprétait cela comme un signe.

Elle s'était alors renfermée sur elle-même, rejetant toutes les tentatives de son mari pour l'approcher. Au bout d'un moment, il y avait renoncé. Ils étaient devenus deux étrangers qui partageaient la même maison et quelques soirées mondaines.

— Je ne sais pas quand exactement, mais ce devait être à peu près à cette époque-ci, l'an dernier. Marshall Oliver a resurgi. Il n'était pas mort à la guerre, comme l'avait supposé Miriam. Je ne sais pas comment il lui a expliqué son absence, mais en menant ma petite enquête, j'ai découvert qu'il avait rencontré une autre femme vers la fin de la guerre, et qu'il l'avait épousée. Il était trop lâche pour écrire à Miriam et lui avouer qu'il avait trahi sa promesse. C'était plus facile de se faire passer pour mort.

Lily écarquilla les yeux.

— Marshall est marié ?

— Ils vivent à l'est du territoire. Ils ont trois enfants. La femme de Marshall est invalide depuis plusieurs années.

Elle plissa les paupières, outrée.

— Quel odieux personnage !

Elle se tut, puis s'empourpra et porta une main à la bouche.

— Mais alors, c'est vrai. Je ne voulais pas le croire, je me disais que c'était impossible. Si vous êtes si détaché par rapport à Susan, c'est parce que…

— L'enfant que Miriam a mis au monde était celui de Marshall Oliver, confirma-t-il d'un ton monocorde.

— Mon Dieu, Hélène ne s'était pas trompée.

— Qu'elle aille au diable, celle-là ! grogna-t-il. Je pense que Miriam lui a confié son chagrin d'amour. Je crois que les Van Heusen ont retrouvé la trace de Marshall Oliver et découvert qu'il habitait à trois heures de route de Denver.

Sa voix était amère.

— Je suis à peu près sûr que les Van Heusen ont arrangé des retrouvailles, puis patienté dans l'espoir qu'un scandale éclaterait et qu'ils pourraient s'en servir pour ruiner ma carrière.

— Et il y a eu Susan, murmura Lily.

N'ayant pas partagé son lit avec sa femme depuis des mois, Quinn avait su tout de suite qu'il n'était pas le père.

— Ce fut une époque douloureuse. Miriam était enchantée d'être enceinte, mais en plein désarroi. Évidemment, elle a dû m'avouer sa liaison avec Marshall. Je suppose qu'ils ont envisagé de s'enfuir ensemble. En fait, je n'en sais rien.

Lily accepta un verre de cognac.

— Peut-être y ont-ils songé, mais Miriam n'aurait jamais accepté, déclara-t-elle avec douceur. Miriam n'aurait pas permis à Marshall d'abandonner une femme invalide et trois petits. Elle n'aurait pas été heureuse. Je sais qu'elle n'approuvait pas votre décision d'être candidat aux élections, pourtant, je suis certaine qu'elle ne vous aurait pas quitté une fois l'annonce officielle émise. Elle savait qu'un rien pouvait gâcher toutes vos chances. Non, Quinn, elle ne serait pas partie. Trop de gens en auraient subi les conséquences.

— Décidément, votre perspicacité m'étonnera toujours.

— Quinn ?

Elle inclina la tête, puis le dévisagea longuement.

— C'est généreux de votre part de ne pas l'avoir répudiée. Cependant, si vous n'aviez pas postulé au poste de gouverneur, auriez-vous essayé de sauver votre mariage ? Auriez-vous pardonné à Miriam et accepté Susan ?

Lui avait-il pardonné ? À ce moment-là, non. Et aujourd'hui ? Il avait franchi chaque obstacle au fur et à mesure, mais n'avait entamé sa guérison qu'après l'arrivée de Lily. Il pouvait maintenant admettre sa part d'erreur et avancer.

— Quand j'ai appris que Miriam avait une liaison, j'ai cru qu'elle allait me quitter. J'étais tellement fou de rage que je l'y aurais volontiers poussée. Pour finir, je n'ai pas eu le choix. Miriam n'avait nulle part où aller.

— Vous lui avez donc pardonné, puis vous vous êtes attaqué à Marshall.

— Plus ou moins, oui. Elle est ma femme, Lily, pour le meilleur et pour le pire. Qu'avais-je comme solution ? La jeter à la rue ? Miriam a ses défauts, mais elle mérite le respect. En d'autres circonstances, l'idée de prendre un amant ne lui serait jamais venue à l'esprit. Oliver était son premier, son unique amour. Il lui aurait fallu une force incroyable pour résister.

— Les Van Heusen ont exploité son amour pour Marshall. Ce faisant, beaucoup d'autres ont souffert.

Quinn commençait à en avoir assez de cette conversation. Il était blessé que Miriam l'ait simplement toléré dans sa vie et dans son lit. Mais il comprenait mieux, à présent. Il savait ce que c'était qu'aimer, au point de ne pas vouloir imaginer les conséquences. Les obstacles paraissaient insignifiants. Désormais, il savait ce que c'était d'être consumé par la passion. En observant Lily, irrésistiblement attiré, il comprenait Miriam.

— Quinn ? Croyez-vous que Miriam soit morte ?

— Je ne veux plus parler de cela, murmura-t-il en se penchant pour lui caresser la main.

— Oh, Quinn, chuchota-t-elle. Ce n'est pas fini. Hélène n'est pas sûre de l'identité du père de Susan, mais elle soupçonne que c'était Marshall. Elle a pris contact avec lui. Si Hélène tenait tant à me voir, c'était pour me remettre un message. Marshall insiste pour revoir Miriam.

18

— Quoi ? aboya Paul en vidant sa pipe sur le bord du cendrier. Elle est allée rendre visite à Hélène alors que tu le lui avais formellement interdit ?

La réunion de stratégie avait pris fin une demi-heure plus tôt, mais la bibliothèque était encore imprégnée de tension et d'odeur de tabac. La plupart des chefs du parti soutenaient la tactique de Paul, qui consistait à éluder tout problème risquant de soulever des controverses, mais quelques-uns étaient du côté de Quinn et voulaient jouer cartes sur table. La discussion avait été vive.

Paul se laissa choir dans un fauteuil et croisa les pieds sur un tabouret.

— Pouvons-nous parler librement ?

— Cranston a sa soirée.

Il lui avait donné congé, et Lily s'était retirée dans ses appartements plusieurs heures auparavant.

— Le « problème Miriam » était résolu. Complètement. Maintenant, il refait surface et, pour ne rien arranger, il semble que vienne s'y ajouter le « problème Lily ».

Quinn s'installa devant la cheminée, la tête sur un coussin. Il avait travaillé chaque jour jusqu'à minuit depuis une semaine, prononcé quatre discours, enchaîné les rendez-vous au cabinet. Il avait la nuque endolorie. Jetant un coup d'œil sur la pendule, il compta les minutes qui le séparaient du moment où il retrouverait Lily et s'endormirait dans ses bras.

— Lily a détourné les soupçons d'Hélène, et elles se sont séparées fâchées, répondit-il d'un ton las. Hélène ne nous ennuiera plus à l'avenir.

— Mais il reste cet imbécile d'Oliver, gronda Paul. Si Lily avait ignoré Hélène, Oliver et elle se seraient découragés. Elle a rouvert une porte que nous pensions fermée à clé.

— Cette porte s'est ouverte dès l'instant où tu as découvert Lily et décidé de lui faire prendre la place de Miriam. Tu te doutais bien qu'Oliver reviendrait en apprenant son retour, non ?

— On lui a déjà infligé une bonne correction.

Quinn se frotta le menton, le regard sur les cendres incandescentes.

— Il a besoin d'Hélène pour prévenir Miriam qu'il est à Denver. Les liens entre les deux amies étant brisés, il n'a plus aucun moyen de la contacter.

— Ne sois pas naïf, Quinn, répliqua Paul en levant la main et en abaissant les doigts l'un après l'autre. Primo, Lily a découvert un message, mais elle ne nous en a pas parlé. Secundo, elle a bavardé avec un môme qui connaît Miriam et Oliver, mais elle s'est tue. Tertio, elle est allée voir Hélène Van Heusen, mais ne te l'a appris que lorsqu'elle a eu l'impression qu'elle n'avait pas d'autre choix. Comprends-tu où je veux en venir ?

— Elle a fini par venir me trouver.

— À quoi joue-t-elle ? Elle s'occupe d'une affaire privée qui ne la concerne en rien, et qui n'a aucun rapport avec ce qu'on lui a demandé. Où cela se terminera-t-il, Quinn ? Combien de maîtres chanteurs allons-nous devoir payer à la fois ?

— Tu connais Lily mieux que cela, glapit Quinn, irrité par la tournure que prenait leur conversation.

— Mon boulot, c'est d'envisager toutes les possibilités et de régler les problèmes avant qu'ils ne se présentent. Si c'est possible. Pour le moment, Lily est émerveillée par la maison, la voiture, les belles toilettes et les sorties. Elle vit un conte de fées, et elle se croit amoureuse du prince charmant.

Quinn se redressa, paupières plissées.

— Que se passera-t-il, le jour où tu lui diras merci et au revoir ? Se contentera-t-elle d'une modeste demeure et de deux domestiques ? Comment réagira-t-elle quand elle devra consulter son livre de comptes avant de commander une nouvelle robe ? Va-t-elle décider tout d'un coup qu'on s'est fichu d'elle, qu'elle n'a pas été suffisamment rétribuée ? Peut-être est-ce déjà le cas. Donc, elle met son nez partout, en quête du détail grâce auquel elle assurera son avenir. Plus elle en sait sur Miriam, mieux elle sera armée pour nous réclamer encore plus d'argent.

— Je commence à me demander si notre amitié va survivre à cette campagne.

— Réfléchis. J'ai rencontré Ephram Callihan hier, et il a compris que Lily joue le rôle de Miriam. Il a monté son prix, bien entendu. Lily pourrait être deux fois plus dangereuse, car elle a des preuves. Il lui suffit de répéter à un journaliste une conversation qu'elle a eue avec quelqu'un qui l'a prise pour Miriam. Ce n'est pas compliqué à vérifier. Ajoute à tout cela Marshall Oliver. Elle est en train de glaner assez d'informations pour t'enterrer vivant.

La colère lui étreignit la gorge.

— Lily ne se servirait jamais de la liaison de Miriam contre moi. Ne serait-ce que pour éviter à la femme et aux enfants d'Oliver ce genre d'humiliation. Quant à Oliver, il ne doit pas nous inquiéter, précisément pour la même raison.

— Je suis convaincu que Marshall Oliver a été engagé par les Van Heusen pour séduire Miriam, et qu'il figure toujours sur leur liste de salariés. Ce qui, soit dit en passant, prouve combien il tient à sa famille. Crois-moi, les Van Heusen se soucient peu de ce que pourraient ressentir les proches d'Oliver. Ils les jetteront en pâture pour te sortir de la course au bon moment.

— Je te répète que Lily s'est brouillée avec Hélène, insista froidement Quinn. Oliver n'a aucun moyen de la contacter. De plus, elle a prié Hélène d'annoncer à Oliver que tout était fini entre eux.

— Miriam avait déjà rompu, et pourtant il est revenu. Nous pouvons remercier les Van Heusen. Dieu seul sait ce que lui a raconté Hélène. Je suis prêt à parier que les Van Heusen cherchent en ce moment même comment réunir Oliver et Miriam.

Ils avaient pesé le pour et le contre pendant la grossesse de Miriam. Elle avait pleuré à chaudes larmes, promis de ne jamais revoir Oliver. Après quoi, Quinn s'en était violemment pris à son amant. Croyant avoir éliminé toute possibilité de scandale, il avait essayé de ressouder son mariage.

— Je vais te poser une question, Quinn. Que sais-tu de Lily Dale, au juste ? Es-tu sûr de ne pas faire de confusion, de ne pas transférer le caractère de Miriam sur Lily ? Miriam a tourné le dos à Oliver, probablement pour épargner à sa famille la souffrance et l'humiliation. Lily aurait-elle réagi de la même façon ? En es-tu certain ? Si l'enjeu était assez important, se soucierait-elle de protéger l'entourage de l'amant de Miriam ? Lily est une rebelle. Elle ne respecte pas les règles, elle fait passer ses désirs avant tout. Bien se comporter, c'est éviter de blesser des innocents. Cela s'applique-t-il à Lily ? Son innocente petite fille a-t-elle demandé à naître illégitime ? Le témoin innocent de son braquage, ce Small, a-t-il demandé qu'on lui tire dessus ?

Quinn le coupa :

— Je suppose que tu as payé Callihan.

— Tu ne peux pas faire l'autruche indéfiniment. Tôt ou tard, il va falloir aborder le « problème Lily » et envisager plusieurs fins possibles.

Paul se tourna vers la porte.

— Tu as entendu quelque chose ?

— Paul, Lily a fait tout ce que nous lui avons demandé et davantage. Elle n'est plus la fille naïve qui a eu un enfant hors des liens du mariage et tué un homme dans un casino. Elle a changé.

Il marqua une pause avant de continuer :

— Est-ce que je la connais bien ? Suffisamment pour t'assurer qu'il ne lui viendrait jamais à l'esprit de me faire chanter. Elle honorera son contrat jusqu'au bout. Et pas parce qu'elle se croit amoureuse du prince charmant, comme tu dis. Elle partira discrètement, sans brandir de menaces, parce que nous avons conclu un marché. Lily Dale est une femme honnête. Si elle ne l'était pas, elle serait partie d'ici, les bras chargés, il y a bien longtemps.

— J'espère que tu as raison.

— Lily n'est pas allée à la recherche d'Hélène Van Heusen. C'est Hélène qui lui a révélé une information bouleversante, et elle s'en est bien sortie. Quand elle affirme ne pas avoir évoqué Oliver plus tôt parce qu'elle n'avait aucun moyen de savoir si j'étais au courant de la liaison de Miriam, je la crois. Elle ne voulait pas avoir à m'annoncer elle-même cette nouvelle.

Paul se mit debout et s'étira.

— Je veux simplement te mettre en garde. Tu sais que j'apprécie beaucoup Lily. Je l'admire. Mais je suis plus objectif que toi, ajouta-t-il avec un sourire.

— Si Lily s'efforce de garder les secrets d'une femme qu'elle n'a jamais connue et ne connaîtra jamais, je crois que je peux lui faire confiance en ce qui concerne les miens.

Quinn se leva à son tour.

— Méfie-toi, insista Paul en s'arrêtant dans le vestibule pour enfiler ses gants. Tu sais quel est le véritable « problème Lily », n'est-ce pas ?

Quinn le dévisagea.

Paul posa une main sur l'épaule de son ami, une lueur de sympathie dans les yeux.

— Je suis navré, mais il n'y a pas d'autre solution. Le moment venu, il faudra bien que tu la laisses tomber.

Lily savait qu'il était mal élevé d'écouter aux portes. Elle avait patienté une demi-heure après la fin de la réunion, puis elle était descendue pour demander à Quinn si tout s'était bien passé.

C'est alors qu'elle avait entendu Paul prononcer son prénom. Elle aurait bien toussé pour manifester sa présence, mais elle s'était ravisée quand Paul avait fait allusion au « problème Lily ». C'était plus fort qu'elle. Discrètement, elle s'était appuyée contre le mur qui flanquait la porte de la bibliothèque.

Elle en avait entendu assez pour avoir le sang glacé. Le « problème Miriam » était *complètement* résolu ? Qu'est-ce que cela signifiait ? Comment Paul pouvait-il imaginer un seul instant qu'elle allait extorquer de l'argent à Quinn en échange de son silence ?

Allant et venant dans sa chambre, elle regretta de ne pas avoir une bouteille de whisky cachée dans son tiroir à bas. Elle en aurait volontiers bu un verre cul sec.

Leurs allusions à son passé l'avaient vexée, parce qu'ils avaient raison. Ce qu'ils ne remarquaient pas, c'était qu'elle avait mûri. Changé. Pas une journée ne passait sans qu'elle soit rongée de remords.

Elle ouvrit le coffre au bout du lit et contempla la montagne de poupées, joujoux, manchons et moufles en laine. Chaque fois qu'elle allait dans les boutiques, elle achetait un petit quelque chose pour Rose, comme si celle-ci l'attendait à la maison.

Ces cadeaux n'effaceraient jamais le fait que Rose n'avait pas de papa. Lily ne pouvait gommer le passé, mais elle pouvait se rattraper avec sa fille à l'avenir. Quant à Small, n'avait-elle pas payé sa faute assez cher ? N'avait-elle pas vécu cinq longues années derrière les barreaux ?

Paul et Quinn la croyaient-ils assez bête pour ne pas comprendre qu'enfreindre les règles avait des conséquences fâcheuses ? D'accord, elle avait mis un peu de temps. Mais elle avait appris sa leçon.

Elle referma le coffre et alla s'asseoir sur le bout du lit, le visage dans les mains. Elle n'avait jamais cherché à blesser qui que ce soit. Ni Small ni Rose. Et pour rien au monde elle ne ferait de mal à Quinn.

C'était cela qui l'attristait le plus. Il n'avait pas aimé ce que lui disait Paul, mais il n'avait pas non plus vigoureusement défendu Lily. Elle essaya de se persuader que Quinn s'était emporté après qu'elle se fut éloignée.

Il tenait à elle. Elle en avait la certitude. Elle le voyait dans son regard, le sentait dans ses caresses, l'entendait dans sa voix.

À moins que tout ça ne soit un énorme mensonge. Il y en avait eu tant. Mais le plus gênant, c'étaient les omissions. Quinn et Paul lui avaient fait croire que Miriam était une femme ordinaire, qui menait une existence sans histoires jusqu'au moment de sa disparition.

Or, ils savaient depuis le début qu'elle avait eu une liaison avec Marshall Oliver, et que Quinn n'était pas le père de Susan.

Plusieurs mystères étaient désormais résolus. Lily comprenait mieux l'indifférence de Quinn à l'égard du bébé. Elle comprenait pourquoi il ne partait pas à la recherche de Miriam. Il ne souhaitait pas son retour.

En admettant que Miriam soit vivante. Quinn l'avait confirmé, mais Lily pensait que Miriam s'était suicidée après l'incendie et la mort de sa fille.

À quoi bon continuer de lutter ? Miriam avait eu une aventure, et le scandale risquait de briser à jamais la carrière politique de son mari. Elle avait achevé de déchirer son couple en révélant qu'elle était enceinte de son amant. Elle avait renoncé à celui qu'elle aimait, en échange du silence de Quinn. Enfin, elle était sortie en courant d'une maison en flammes, laissant derrière elle son bébé, qui y avait péri.

D'autres femmes plus solides que Miriam Westin auraient craqué pour moins que cela.

Lily appuya les paumes de ses mains sur ses paupières.

Si Miriam était morte, Paul avait raison de penser que le problème était complètement réglé.

Mais pourquoi avoir menti ? Pourquoi insister sur le fait que Miriam était vivante ?

Elle secoua la tête, en proie à une violente migraine. Une question en entraînait une autre, et toutes se bousculaient dans son esprit.

L'allusion de Paul au « problème Lily » l'inquiétait. Elle eut la chair de poule en se remémorant ses paroles concernant les « fins possibles » à cette histoire. S'il la renvoyait en prison, elle mourrait.

— Lily ?

Elle se redressa brusquement et tourna la tête en direction de la porte. Puis elle se leva, éteignit sa lampe de chevet et se coucha précipitamment. Paupières closes, s'efforçant de maîtriser sa respiration, elle feignit d'être endormie.

Elle entendit Quinn s'arrêter au pied du lit. Elle sentit qu'il la contemplait et pria pour qu'il ne perçoive pas les battements de son cœur.

Au bout de quelques minutes, la porte se referma tout doucement. Elle s'assit dans le noir, frissonnante.

Elle essaya de comprendre ce qui venait de se passer. Elle était choquée de constater qu'elle l'avait fui. Elle aimait Quinn. Elle l'aimait si fort qu'elle avait mal quand elle songeait à l'avenir et à leur inévitable séparation. Jamais elle n'aurait un autre homme dans sa vie. Elle était toute à lui, prête à tout lui pardonner.

Comment expliquer que, l'espace d'un instant, elle ait eu si peur de lui ?

Elle replia les jambes et posa le menton sur ses genoux. Sous la porte reliant les deux chambres à coucher filtrait un rai de lumière.

Il n'était pas trop tard. Elle avait besoin de lui ce soir, elle rêvait de se blottir dans ses bras, de s'abandonner à ses caresses et à ses baisers. Il lui suffisait d'aller frapper.

Elle ne bougea pas.

Lily dansa avec une dizaine d'hommes, dont un duc aux ascendances russes en l'honneur de qui était organisé le bal. Seul, Quinn faisait battre son cœur lorsqu'il s'inclinait devant elle, puis lui prenait la main pour la conduire sur la piste.

Il la contempla de son regard gris comme l'étain.

— La plus belle femme de la soirée s'amuse-t-elle ? lui demanda-t-il tout bas, les yeux sur ses lèvres.

— C'est merveilleux.

— Pourquoi êtes-vous si triste, alors ?

Éclairée par des milliers de bougies et un gigantesque chandelier à gaz, la salle flamboyait. Les musiciens les plus réputés de Denver se tassaient sur l'estrade. Tous les hommes paraissaient beaux, et les femmes tournoyaient tels des pétales de fleurs ornés de bijoux dans la brise.

Cela aurait dû être l'un des plus beaux moments de sa vie. On se précipitait vers elle pour l'inviter à valser. Des diamants scintillaient à ses oreilles et autour de sa gorge, et elle portait une somptueuse robe de satin couleur lavande, comme ses yeux. Elle était tout simplement sublime.

Pourtant, une sensation de malaise la poursuivait depuis leur arrivée. Elle regarda Quinn dans les yeux.

— Avez-vous lu les journaux, ce matin ? murmura-t-elle. Page cinq, on rapporte que le directeur de la prison pour femmes de Yuma a été abattu lors d'une rixe dans la rue Blake.

Il ne cilla pas.

— Je suis étonné que vous vous apitoyiez sur le sort d'Ephram Callihan.

Ils entamèrent une valse effrénée, comme s'ils étaient seuls au monde. Quand la musique s'arrêta, ils restèrent l'un contre l'autre. Lily faillit prononcer les paroles interdites. Lui dire qu'elle l'aimait la soulagerait, certes, mais Paul avait mis son ami en garde.

Le mois de février s'achevait. L'élection aurait lieu en avril. Bientôt, ils seraient obligés de se quitter.

Ce ne fut qu'un peu plus tard, dans les vestiaires, alors qu'elle se rajustait devant la glace, qu'elle se rappela le sourire satisfait de Quinn quand elle avait évoqué la mort fortuite d'Ephram Callihan.

Ainsi, Paul et lui avaient trouvé la solution à long terme qu'ils cherchaient. Le « problème Callihan » n'en était plus un.

Aussitôt, une multitude de scénarios lui vint à l'esprit. Elle imagina Paul et Quinn parlant à n'en plus finir jusqu'à ce qu'ils décident, sans le moindre scrupule, d'éliminer Callihan. Paul ordonnant à l'un de leurs hommes d'établir un emploi du temps détaillé. Paul, encore, organisant un assassinat au milieu d'une bagarre de rue.

Elle pâlit. Jambes flageolantes, elle se serait volontiers assise, si tous les sièges n'avaient pas déjà été occupés.

— Non, chuchota-t-elle, la gorge sèche. Ce n'est pas possible.

Elle n'avait aucune raison de pleurer Ephram Callihan, cet homme brutal et sans scrupule. Elle avait souhaité sa mort des centaines de fois.

Mais il ne lui était rien arrivé avant que Quinn ne brandisse sa menace.

Elle frémit. Non. Elle se laissait emporter par son imagination. Quinn n'était pas un assassin. C'était impensable. Paul non plus, d'ailleurs. Ils étaient tous deux ambitieux, mais de là à commettre un meurtre...

À moins que... ?

Lily tergiversait depuis de longues minutes, quand soudain Hélène Van Heusen fit irruption dans la pièce.

Elle s'immobilisa brutalement et rencontra le regard de Lily dans le miroir. Puis, toutes deux se tournèrent le dos. Écarlate, Lily attendit qu'Hélène fût passée, puis souleva ses jupes et s'enfuit.

Dans le corridor, elle s'adossa contre le mur, une main sur son cœur. Qu'avait-elle, ce soir ? Elle voyait des intrigues partout.

— Miriam.

Elle fit volte-face, scruta la pénombre en direction de cette voix qu'elle ne reconnaissait pas. Elle n'eut aucun mal à deviner qui c'était. Personne, pas même Quinn, ne l'avait appelée par son prénom au cours de la soirée.

Il émergea d'une niche, où de toute évidence il la guettait depuis un moment. Il était grand, blond, il avait de beaux yeux tristes. Son visage était doux, presque délicat. Il s'avança dans la lumière.

Il vint vers elle, l'air suppliant. À l'instant où il lui tendait les bras, la porte du vestiaire s'ouvrit, et deux jeunes femmes sortirent en défroissant leurs robes.

Marshall bouscula Lily, s'excusa, pressa un billet dans sa main. Il la salua, ainsi que les deux dames derrière elle, puis se tourna vers l'escalier et disparut.

Restée seule, Lily lut le message :

Ma chère amie, il faut que je vous voie. Je vous en supplie à genoux. S'il vous plaît. Même heure. Même endroit. Je vous aime. M.

19

À la fin du mois de février, Lily et Quinn allèrent passer le week-end au ranch. Là, Quinn pouvait enfin échapper aux incessantes réunions et crises politiques quotidiennes qui réclamaient de plus en plus de son temps et de son attention. L'élection n'était que dans neuf semaines, et presque toutes ses soirées étaient occupées par les discours, les conférences et les réunions avec Paul. Un flot ininterrompu de visiteurs se présentait au manoir, et les mondanités s'enchaînaient sans relâche.

— J'ai besoin de ciel bleu et d'air frais, dit-il à Lily, peu après leur arrivée. Et puis, je réfléchis mieux à cheval.

— Allez-y, l'encouragea-t-elle en lui caressant la joue. Ne tombez pas dans la neige.

— Vous êtes souvent seule, depuis quelques semaines. Cela ne vous ennuie pas que je vous abandonne cet après-midi encore ?

Afin de profiter de ces deux journées en tête à tête, il avait donné congé au cuisinier et au domestique.

— Ne vous inquiétez pas pour moi, j'ai de quoi m'occuper. J'ai apporté un livre sur les meubles.

Il s'esclaffa. Elle sourit, puis grimaça.

— Il faut absolument que j'apprenne. Tout le monde sauf moi sait distinguer une table Queen Anne d'un guéridon français.

Enveloppée dans son châle, elle l'accompagna jusqu'à la véranda, puis le regarda s'éloigner en compagnie du régisseur, Smokey Bill Johnson, vers les horizons enneigés. Elle contempla les montagnes qui transperçaient le ciel, à l'ouest.

C'était une magnifique journée d'hiver, froide et sèche. Le soleil étincelait sur les prés couverts de neige.

Toute cette lumière la réjouissait. En ville, le manoir était sombre et oppressant. En plein jour, il fallait allumer les lampes à pétrole pour éclairer les corridors.

Lors de sa première visite, elle avait trouvé le ranch sobre. Et terriblement masculin. Depuis la dernière fois, ses connaissances s'étaient élargies, et le décor lui semblait encore plus spartiate. Elle se surprit à imaginer tapis, mobilier, plantes vertes et tableaux sur les murs, à la place des trophées. Sans tomber dans l'excès, il n'était pas difficile de concevoir un décor plus chaleureux.

Tu es complètement folle, ma pauvre fille !

Baissant la tête, le front plissé, elle tendit les mains au-dessus des flammes qui crépitaient dans l'âtre.

Quinn ne voulait pas de l'empreinte d'une femme dans son domaine. Et surtout pas de la sienne. Leurs jours ensemble étaient comptés. D'ici un an, il aurait oublié le passage de Lily dans son existence. Il serait dans son élément, à la tête d'un gouvernement, toujours pressé. Réunions, décisions importantes, un agenda bien rempli l'occuperaient du matin au soir. Lily Dale ne serait plus qu'un vague souvenir.

D'ici un an, le « problème Miriam » comme le « problème Lily » appartiendraient au passé.

Malheureusement, elle, elle subirait le « problème Quinn » jusqu'à la fin de ses jours.

Dès qu'elle apercevait un homme coiffé d'un Stetson un peu de travers, elle pensait à Quinn. Une paire d'yeux gris suffisait à évoquer son visage. Si quelqu'un abordait un sujet politique, parlait de luges, de chevaux, de roses, ou… ou… La voix de Quinn s'immisçait dans son esprit. Chaque soir, lorsqu'elle contemplait l'oreiller à côté d'elle, elle se rappelait leurs corps tendrement enlacés, les rires, les murmures, les baisers passionnés.

Il l'avait éveillée à la vie, et quand viendrait le moment de se séparer, elle repartirait dans un État de demi-sommeil. En se remémorant cette période, elle songerait que c'était là plus belle et la plus heureuse de son existence. Grâce à Quinn.

Si la perspective de le quitter la chagrinait, son cœur s'enthousiasmait par ailleurs de l'effet miraculeux de l'amour. Elle s'était lancée dans cette odyssée sans se soucier du succès éventuel de Quinn. Désormais, elle partageait ses ambitions et ses rêves. Elle voulait qu'il gagne cette élection, qu'il atteigne son but, qu'il ait une chance de mettre ses projets à exécution et qu'il envoie promener les têtes du parti.

Au début, elle avait résisté aux contraintes qu'on lui imposait, mais maintenant, elle jouait son rôle du mieux qu'elle pouvait. Pour lui comme pour elle.

Elle envisageait sa relation avec Rose sous un angle nouveau. À une époque, elle n'avait pensé qu'à son besoin d'être aimée par son enfant. Aujourd'hui, elle passait des heures à se demander comment être à la hauteur des espoirs de sa fille. Peu importait si elle ne correspondait pas à l'image que s'en était faite Lily. L'essentiel était que Rose grandisse avec l'assurance d'être aimée.

Non, vraiment, Lily n'était plus la même. Le fait qu'Ephram Callihan l'ait reconnue l'étonnait presque, tellement elle se sentait différente.

Un frémissement la parcourut au souvenir du directeur de la prison.

— Lily ?

Elle sursauta.

— Ne vous inquiétez pas, nous sommes seuls, la rassura Quinn avec un sourire.

Elle n'était pas étonnée qu'il l'ait appelée par son vrai prénom, mais plutôt que l'après-midi soit passé aussi vite. Le crépuscule tombait, le ciel n'était plus qu'un camaïeu de tons orangés sur fond sombre.

— Vous avez faim ? lui demanda-t-elle.

— Rien ne presse.

Il vint vers elle, puis l'embrassa tendrement.

— Vous êtes certaine que cela ne vous ennuie pas de préparer le repas ?

— J'espère que je vais y arriver, murmura-t-elle. Depuis que je suis avec vous, j'ai été très gâtée.

Il la regarda dans les yeux avant de se redresser.

— Avez-vous décidé où vous irez, quand tout cela sera terminé ?

Il se détourna vers la cheminée et s'agenouilla pour remettre une bûche dans le feu.

— Cela n'a aucune importance.

— Si vous n'avez pas de préférence, je vous suggère à nouveau d'aller en Italie. Je me suis beaucoup plu dans ce pays. Je crois que vous vous y sentirez bien.

— Quinn… vous n'avez pas besoin de me rappeler que je devrai partir un jour.

D'un geste distrait, il s'empara du tisonnier.

— Nous avons encore deux mois devant nous, peut-être un peu plus. Pourtant, j'ai l'impression que c'est très court.

La gorge nouée, elle fixa les boucles noires qui rebiquaient sur son col de chemise.

— Moi aussi, mais je ne sais pas pourquoi.

— S'il existait un moyen, Lily, je… mais c'est impossible.

— Je sais.

Le regard humide, le cœur serré, elle soupira. Avait-il lui aussi envie de prononcer les mots interdits ? Par moments, elle l'espérait. La plupart du temps, elle se contentait de penser qu'il tenait à elle, au moins un petit peu.

— Le risque est trop grand.

— Je comprends. Sincèrement. Il pourrait y avoir un autre Callihan.

Quinn parut se raidir, mais elle n'en était pas sûre. Il se pencha en avant pour taquiner les flammes.

— Ou encore je pourrais commettre une erreur, et une amie ou une relation de Miriam me démasquerait. Jusqu'ici, nous avons eu de la chance. Mais nous savons tous deux qu'une catastrophe peut nous tomber dessus à tout instant.

Aussitôt, elle songea à Oliver Marshall, qui avait tenté de l'approcher à la sortie du vestiaire. L'espace d'un éclair, elle fut tentée de raconter l'incident à Quinn et de lui avouer qu'elle avait un nouveau message dans lequel Marshall la suppliait de venir le voir.

— Je ne vous oublierai jamais, Lily.

Elle se laissa glisser à terre et vint se blottir contre lui.

— Pourquoi dites-vous tout cela maintenant ? chuchota-t-elle. Ce n'est pas encore le temps des adieux.

— Je ne sais pas, avoua-t-il. J'ai la sensation de perdre le contrôle. Les forces se liguent contre moi. Je suis dans l'œil d'un cyclone. Rien n'est comme je l'imaginais.

— Écoutez-moi.

Elle prit son visage entre ses mains et se perdit dans son regard.

— Il n'y a pas l'ombre d'un doute : vous allez gagner cette élection. Paul a raison. Les électeurs voteront en masse pour vous. Vous serez un premier gouverneur idéal. Le meilleur. Vous m'entendez ? insista-t-elle, les yeux brillants de larmes.

Du bout du doigt, il lui effleura les lèvres.

— Le prix à payer est trop élevé. C'est inhumain de devoir sacrifier son âme dans le seul but de figurer dans les manuels d'histoire.

Paupières closes, il se voûta.

— Si seulement vous saviez…

Il rouvrit les yeux.

— Vous êtes persuadée que Paul et moi avons commandité l'assassinat de Callihan, n'est-ce pas ?

Elle tressaillit.

— Je vous en prie, ne…

— J'en étais sûr.

Il la serra de toutes ses forces contre lui.

— Il y a eu tant de mensonges entre nous. Au début, j'ai cru que ce n'était pas grave. À présent, j'aimerais qu'on puisse repartir de zéro, dire toute la vérité et passer à la suite.

Pressée contre lui, elle savoura la chaleur de ses bras. Il n'avait pas nié son intervention dans le règlement du sort de Callihan. Peut-être craignait-il qu'elle ne réfute ses arguments ?

— On pourrait essayer, Quinn. Dès maintenant.

— Malheureusement, j'ai commis certains actes sur lesquels je ne peux pas revenir, Lily. Il y a des choses que je n'oublierai jamais. Je suis rongé par le remords. Je regrette de vous avoir forcée à incarner Miriam... Et Miriam...

— Quinn... Je vous aime.

Il émit une plainte rauque. Elle ne le laissa pas s'écarter, elle se lova contre lui, la figure enfouie dans son épaule.

— Je ne vous demande rien. Quand vous me direz que le moment est venu, je m'en irai. Je ne vous ennuierai pas. Je m'effacerai complètement. Vos secrets sont en sécurité avec moi. Mais je vous aime, et j'ai besoin de vous le dire. Je penserai à vous chaque jour jusqu'à ma mort. Et je vous serai toujours reconnaissante de cette période passée en votre compagnie.

— Lily, Lily, murmura-t-il.

Puis il se leva, la souleva dans ses bras et la porta jusqu'à sa chambre. Là, dans la pénombre et le silence, ils firent l'amour comme si c'était la toute première fois. Avec ardeur, mais tendresse. Avec passion et plaisir.

Après, Lily sanglota longtemps dans ses bras sans comprendre pourquoi.

D'une persévérance redoutable, Marshall Oliver devenait dangereux. Il avait adressé deux messages à Lily par l'intermédiaire de Morely, la suppliant, puis lui ordonnant de venir le trouver en dehors de la ville. Ses missives étaient désespérées, presque menaçantes, et Lily s'en inquiéta. Quinn était proche de la victoire. Ce n'était vraiment pas le moment de provoquer un scandale. Elle ne pouvait plus ignorer Marshall.

Lorsque Cranston lui servit son déjeuner, elle le pria de faire préparer la voiture, puis elle demanda à Élizabeth de lui sortir son tailleur en laine et des bottines fourrées.

Morely haussa un sourcil lorsqu'elle sortit de la maison en lui annonçant qu'elle effectuerait sa tournée habituelle du lundi. Il demeura impassible, mais Lily sut tout de suite qu'il avait compris le code, établi depuis longtemps. En revanche, elle ne savait pas si Marshall Oliver serait ou non au rendez-vous. Viendrait-il aujourd'hui, après qu'elle lui eut fait faux bond deux semaines d'affilée ?

— Je serai là dans une heure, déclara le cocher après l'avoir aidée à descendre.

D'après son regard, elle sentit qu'il garderait le silence, mais qu'il n'approuvait pas.

— Ce sera la dernière fois, promit-elle. Vous avez été un ami merveilleux, ajouta-t-elle en lui serrant brièvement la main.

Restée au milieu de la route, elle regarda s'éloigner la berline. Elle se sentait tout d'un coup affreusement seule et abandonnée. Le temps était gris, le vent glacial.

En apercevant une carriole qui venait à toute allure vers elle, elle se redressa, remonta le capuchon de sa cape, puis, soulevant ses jupes, se dirigea vers le chemin qui filait dans le bois.

Elle marcha quelques minutes lorsque, soudain, au détour d'un virage, elle vit Marshall Oliver. Assis sur le banc sous le peuplier, il se leva d'un bond. Au fond, elle avait espéré qu'il ne serait pas là. Elle redoutait cette rencontre. Si quelqu'un pouvait déceler l'imposture, c'était bien lui.

Il enleva son chapeau et se précipita vers elle. Il l'étreignit sauvagement et l'aurait embrassée avec fougue si Lily n'avait pas brusquement détourné la tête.

— Ma chère, j'avais si peur que vous ne veniez pas.

Il lui prit le visage entre les mains, et la contempla avec adoration.

— J'ai tenté de me convaincre que vous n'étiez pas venue plus tôt parce que cela vous était impossible, mais je craignais en même temps qu'Hélène ait raison, que vous ayez décidé de ne plus me voir.

Dès qu'elle ouvrirait la bouche, il détecterait l'imposture.

— Je ne suis plus celle que vous avez connue, Marshall, murmura-t-elle.

— Hélène m'a expliqué que vous aviez beaucoup changé. Quand je pense à cette toux qui a esquinté votre voix, je... Ma pauvre chérie. Vous êtes tellement courageuse. Laissez-moi vous regarder.

— J'ai beaucoup de choses à vous dire et fort peu de temps.

Sans le vouloir, Hélène avait préparé le terrain, et Lily lui en était reconnaissante.

— Et moi donc, ma chère.

Paupières closes, il soupira.

— Vous n'imaginez pas mon angoisse, après votre disparition. J'étais sûr que ce monstre vous avait assassinée dans un élan de rage, ou pour éviter qu'un scandale éventuel ne vienne mettre un terme à ses projets.

Lily le regarda avec stupéfaction.

— Quinn n'aurait jamais...

— D'abord, il y a eu l'incendie, et peu après vous vous êtes volatilisée. Évidemment, j'ai pensé qu'il vous avait tuée.

Il lui caressa la joue, les lèvres.

— Je ne peux pas le prouver, Miriam, mais je suis convaincu que ce feu n'était pas un accident. À mon avis, il voulait que vous mouriez avec Susan cette nuit-là. Kazinski et lui ont dû être bien déçus en se rendant compte qu'ils n'étaient débarrassés que de notre fille. Chaque jour, je remercie Dieu de vous avoir sauvé la vie.

Lily se demanda si Marshall Oliver haïssait Quinn au point de croire sincèrement en ces accusations, ou s'il était un remarquable acteur.

Elle tenta de se ressaisir, s'écarta, puis se cacha le visage dans les mains.

— Je vous en supplie, je ne veux pas parler de Susan.

— Chut, ma chérie. Nous aurons d'autres enfants, je vous le promets. Depuis votre retour, j'ai énormément réfléchi. Je sais que nous avions pris une décision, mais nous ne pouvons pas nous quitter. Nous nous aimons depuis dix ans.

Lily baissa le nez, stupéfaite. Si Marshall avait aimé Miriam, il avait eu une drôle de façon de le lui montrer. Il avait épousé une autre femme, tout en sachant que Miriam l'attendait. Il n'avait même pas eu le courage de lui écrire pour lui annoncer sa décision !

— Miriam, insista-t-il en lui prenant les mains. Venez avec moi. Nous irons à Chicago, ou à New York, si vous voulez. Nous serons ensemble comme il se doit.

Ils avaient dû en parler auparavant, songea Lily, paniquée.

— Ce n'est pas possible. Vous savez pourquoi.

— Écoutez-moi, je vous en prie. Dernièrement, j'ai touché une petite somme d'argent, et…

De la part des Van Heusen ? Combien étaient-ils prêts à lui donner pour que l'épouse de Quinn le quitte pour un autre homme, quelques semaines à peine avant l'élection ?

— Je vais en laisser une partie à Sara. Si cela ne suffit pas, elle pourra toujours vendre la ferme. L'essentiel, c'est qu'elle et les filles ne souffrent pas sur le plan matériel, si nous saisissons cette opportunité pour être heureux.

Croyait-il vraiment pouvoir tourner le dos à sa famille sans que celle-ci en pâtisse ? Avait-il si peu de respect pour sa chair et son sang ?

Une image de Rose lui vint à l'esprit. Rose, qui grandirait, elle aussi, sans papa. Le cœur au bord des lèvres, elle eut l'impression qu'elle allait étouffer.

— Nous vivrons ensemble. Enfin ! Je pourrai vous aimer comme vous le méritez.

Lily s'efforça de rester calme.

— Au sanatorium, j'ai beaucoup réfléchi.

Elle avait l'intention de lui répéter ce qu'elle avait dit à Hélène. Qu'elle voulait sauver son mariage. Qu'elle et Quinn s'aimaient. Mais à quoi bon ? Marshall saurait que c'était un mensonge.

Il avait resurgi dans l'existence de Miriam, il l'avait séduite, et il avait ranimé sa passion pour lui. Elle n'avait pas hésité à se déshonorer. Elle avait dû se justifier en décrivant Quinn comme un odieux personnage. Peut-être l'avait-elle cru. Quoi qu'il en soit, elle avait convaincu Marshall que c'était lui qu'elle aimait, et non Quinn.

— Ma chère, votre bonté de cœur me touche profondément, mais tout a changé. Westin a prouvé qu'il n'est qu'un assassin. Et désormais, j'ai de quoi satisfaire les besoins de Sara et des filles.

— Votre épouse est invalide, Marshall. Vos enfants sont jeunes. Votre famille a besoin de vous.

— Miriam, ma chérie, nous en avons parlé cent fois. Il est regrettable que d'autres personnes souffrent à cause de nous, mais nous ne pouvons pas vivre l'un sans l'autre. Ne méritons-nous pas d'être heureux ? Pourquoi serions-nous les seules victimes ?

Lily avait enfin trouvé le chemin de la sortie : ce serait son cadeau à Quinn, même s'il n'en saurait jamais rien.

Ce serait aussi un cadeau à Miriam, dont tout le monde semblait s'être servi.

Elle s'arracha brutalement à son étreinte.

— Vous êtes méprisable, déclara-t-elle d'une voix tremblante. Je suis venue ici aujourd'hui pour vous dire que j'ai enfin tout compris. Vous m'avez lâchement abandonnée, il y a dix ans. Et maintenant, vous êtes prêt à traiter vos proches de la même façon. C'est odieux. Vous ne m'aimez pas. Ce n'est pas vous qui m'avez retrouvée. Ce sont les Van Heusen qui vous ont payé pour que vous me séduisiez.

En le voyant frémir, elle comprit qu'elle avait deviné juste.

— Comment avez-vous… ? Je peux vous expliquer. Ce n'est pas exactement…

— Combien les Van Heusen vous paient-ils, Marshall ? Combien de temps seriez-vous resté avec moi à Chicago, ou à New York ? Après l'élection, une fois Quinn battu, m'auriez-vous quittée ?

— Miriam, pour l'amour du ciel ! Qu'est-ce qui vous prend, nous nous aimons ! Nous avons eu un enfant.

— Susan est une tragédie que je regretterai jusqu'à la fin de mes jours. J'ai commis une grave erreur, Marshall. J'étais malheureuse dans mon couple, j'ai voulu me persuader que j'étais encore éprise de vous. Mais l'homme que je croyais aimer n'existe pas. Celui-là n'aurait jamais accepté d'être rémunéré pour faire l'amour avec une femme vulnérable. Il n'aurait pas tourné le dos à sa famille. Vous ne pouvez pas savoir combien je suis soulagée d'avoir enfin retrouvé mes esprits. Vous n'êtes qu'un vaurien.

Il la dévisagea, à la fois étonné et furieux.

— Vous êtes méconnaissable. Jamais je ne vous ai vue ainsi.

— Laissez-moi tranquille. Si vous essayez de me joindre de nouveau, je préviendrai Quinn. Je ne veux plus rien avoir à faire avec vous, Marshall. Je ne veux ni vous voir ni vous parler. Et je vous promets que je ne penserai plus jamais à vous.

— Miriam !

— Vous êtes détestable !

Tournant les talons, elle s'enfuit le long du chemin. Il ne la suivrait pas. Dans son regard clair, elle avait lu un mélange de peur et d'outrage.

La liaison de Miriam était enfin rompue.

Tête baissée, Lily se mit à courir. Elle était tellement absorbée dans ses pensées qu'elle ne vit pas tout de suite l'homme qui l'attendait sur le bord du sentier.

Soudain, une main s'abattit sur son épaule.

— À quoi jouez-vous, bon sang de bon sang ! s'écria-t-il, tremblant de colère.

20

Paul la poussa littéralement dans la carriole qu'elle avait aperçue un peu plus tôt.

— Vous m'avez suivie ! l'accusa-t-elle en tirant sur ses jupes, le visage pâle de ressentiment.

Elle n'avait pas été aussi malmenée par un homme depuis des mois.

— Je vous épie depuis que vous avez rendu visite à Hélène Van Heusen. Et avec raison.

— Où est Morely ?

— Quinn a dû recevoir mon message. Je doute que nous revoyions Morely de sitôt.

Il s'exprimait d'un ton glacial. Il la dévisagea, impavide, hostile.

— Je ne sais pas à quel jeu vous jouez, Lily, mais il s'arrête là.

— J'ignore ce que vous vous imaginez, Paul, mais vous vous trompez.

Elle parlerait de Morely à Quinn. Elle ne pouvait accepter que le cocher perde son emploi à cause d'elle.

— Je pense que vous avez eu une meilleure offre, décréta-t-il avec rage. Je pense que vous avez rejoint le camp des Van Heusen, et que vous avez négocié un pacte. Combien vous ont-ils payée pour que vous repreniez votre liaison avec Oliver ? Savent-ils que vous n'êtes pas vraiment Miriam, ou sont-ils convaincus que c'est Miriam qui veut la destruction de Quinn ?

Lily était sidérée. Les yeux écarquillés, la bouche grande ouverte, elle se mit à trembler.

— Mon Dieu ! Vous ne pouvez pas croire cela !

Elle s'empressa de lui expliquer comment Marshall l'avait interpellée à la sortie du vestiaire, le soir du bal, les messages, pourquoi elle avait décidé de le rencontrer aujourd'hui.

— J'ai réussi. C'est terminé. Marshall Oliver ne sera plus un souci.

— Primo, j'appartenais à la commission qui a dressé la liste des invités à cette soirée. Marshall Oliver n'y figurait pas.

— Êtes-vous en train d'insinuer que… Paul, Marshall était là ! Les Van Heusen aussi.

— Le comité était partagé entre les deux partis adverses, il est donc normal que les Van Heusen aient reçu une invitation. Oliver n'était pas convié. Il n'était pas au bal, et il n'est pas venu vous trouver. Votre mensonge ne tient pas debout, Lily. Secundo, quand je vous ai vus, tous les deux, vous étiez dans les bras l'un de l'autre. Ça ne ressemblait guère à une scène d'adieu.

— Paul ! Il était persuadé que j'étais Miriam ! Il m'a embrassée, ensuite, nous avons discuté. Avez-vous écouté notre conversation ?

— Ce que j'ai vu m'a suffi. J'ai bien compris que vous repartiez là où Miriam avait laissé tomber.

— Si vous vous étiez rapproché, vous m'auriez entendue lui dire ses quatre vérités. Je l'ai traité de tous les noms, je me suis arrangée pour qu'il n'ait plus jamais envie de me revoir. Il ne poursuivra plus Miriam. Je suis de bonne foi !

— Pourquoi voulez-vous que je vous croie ? riposta Paul avec un rictus. Vous mentez depuis toujours.

— Ah, parce que vous, vous êtes un saint, peut-être ? Vous êtes tellement noyé dans les compromis et les fourberies que vous êtes incapable de reconnaître la vérité quand on vous la dit!

Il se réfugia un court moment dans le silence.

— Supposons un instant que votre version des faits soit exacte. Oliver voulait absolument un rendez-vous, vous avez fini par accepter. Pourquoi, Lily ? Ne me dites pas que vous vouliez rompre. Leur aventure a pris fin le jour où Miriam lui a avoué qu'elle était enceinte.

— Vous vous trompez. Le petit garçon que j'avais rencontré la fois précédente sur le chemin savait que Miriam avait eu un enfant. Peut-être a-t-il aperçu Miriam en compagnie de Marshall lorsque sa grossesse était bien avancée, peut-être les a-t-il vus après la naissance. Je suis convaincue que Miriam aimait Marshall, et qu'elle était trop faible pour résister à ses assiduités. Sans doute avait-elle sincèrement l'intention de le quitter, mais Marshall a continué à la relancer, et elle l'a revu.

— Je me fiche éperdument de ce que vous pensez. Ce que je veux, c'est que Quinn gagne cette élection. Je ne vais pas vous laisser tout gâcher maintenant. Vous êtes finie, Lily. Vous êtes devenue un problème.

Son cœur s'arrêta de battre.

— Ce n'est pas juste, Paul.

Elle s'humecta les lèvres, puis s'éclaircit la gorge.

— Je vous en supplie, ne me renvoyez pas à Yuma. Je ne mérite pas cela.

— Si je pouvais vous remettre dans le trou d'où je vous ai sortie, je le ferais immédiatement, cracha-t-il. Je suis suffisamment furieux pour vous jeter dans le bureau du shérif et lui ordonner de vous ramener en Arizona.

— Comment cela, si vous pouviez... ? La remise de peine n'était donc pas conditionnelle ?

— Ça n'existe pas et, croyez-moi, à cet instant précis, je le regrette.

— Espèce de salaud ! s'exclama-t-elle en retombant sur la banquette comme si elle avait reçu un coup. Vous m'avez fait croire que je n'avais pas le choix. Vous m'avez menti dès le premier jour. J'aurais pu vous envoyer promener et rentrer chez moi. J'aurais pu retrouver Rose tout de suite. Quinn est-il au courant ?

Sans doute. Ne lui avait-il pas lui-même confié qu'il était rongé de remords ?

Les tromperies avaient débuté dès les dix premières minutes de leur rencontre. Lui avait-il dit la vérité une seule fois ?

Accablée, Lily se tut, le regard dans le vague. Elle aurait pu être avec Rose depuis plusieurs mois déjà. Un poids énorme s'abattit sur ses épaules.

Quinn ouvrit la porte alors que Paul renvoyait sa voiture.

— J'ai donné la journée aux domestiques. Ils ne reviendront pas avant demain.

Il fixa Lily comme s'il ne l'avait jamais vue.

S'il s'était débarrassé du personnel, ils pourraient s'exprimer en toute liberté. Lily brûlait de leur cracher sa fureur et son désarroi. Mais avant tout, elle devait régler le quiproquo concernant Marshall.

— Je peux vous expliquer pourquoi je suis allée trouver Marshall aujourd'hui.

— Vous en aurez l'occasion plus tard, trancha-t-il.

Le regard vif, il observa la main de Lily sur son bras, jusqu'à ce qu'elle l'enlève. Deux lignes profondes encadraient sa bouche. Son visage était de marbre. Il avait dû adopter la même attitude le jour où il avait appris la liaison de Miriam.

Au lieu du petit salon, Quinn préféra la bibliothèque, plus formelle. La pièce était sombre et froide, conçue davantage pour les réunions de travail que pour les conversations amicales. Lily laissa tomber sa cape sur un siège et se dirigea vers la fenêtre. Elle regarda tomber les flocons de neige. Les jours étaient courts, la nuit serait là d'ici trente minutes au plus.

Quinn disposa trois verres et une bouteille de whisky sur la table, mais aucun d'eux ne bougea pour se servir.

— Je doute que vos éclaircissements nous satisfassent. Quelle mouche vous a piquée ?

Elle s'écarta de la vitre et parla pendant vingt minutes. Les deux hommes eurent la bonne grâce de ne pas l'interrompre. Assis à la table, ils l'observaient sans ciller.

— Quinn, si j'ai agi ainsi, c'est pour vous, conclut-elle d'un ton suppliant. J'ai rompu avec Marshall une fois pour toutes.

Il se mit debout, puis se pencha en avant.

— Ce que vous avez fait était dangereux et stupide, Lily. Comment pouviez-vous savoir que ce n'était pas un piège ? Êtes-vous certaine qu'aucun journaliste ne se cachait dans les bois ? Avez-vous parlé de Susan ? Avez-vous évoqué avec Marshall les circonstances de sa naissance ? Avez-vous dit quoi que ce soit qui puisse provoquer un scandale ? Réfléchissez à votre conversation, et imaginez un peu ce que cela pourrait donner en première page des journaux.

Elle arrondit les yeux. Elle n'avait pas songé un seul instant que Marshall – ou plutôt les Van Heusen – ait pu prévenir un journaliste de cette rencontre clandestine.

— Je... je pense que nous étions seuls, bredouilla-t-elle.

— Mais vous n'en êtes pas sûre.

— Marshall ne savait pas que j'allais venir aujourd'hui, ajouta-t-elle en se tordant les mains de dépit.

Elle comprenait les répercussions qui risquaient de découler de son initiative, et elle regrettait amèrement d'être allée au rendez-vous. Morely avait perdu son emploi, Quinn allait peut-être perdre son élection.

— Si Marshall ou les Van Heusen voulaient me tendre un piège, ils se seraient arrangés pour que ce soit immédiatement après le bal. Mais je ne suis pas allée là-bas la semaine suivante, ni celle d'après. Je ne pense donc pas que...

— En effet, Lily, vous ne pensez pas, coupa Paul.

Un flot de larmes lui monta aux yeux.

— S'il vous plaît, faites-moi confiance. Jamais je n'aurais...

Quinn l'interrompit d'un geste et s'adressa à Paul.

— Je te dois des excuses. Tu as eu raison de la suivre. J'avais tort.

Le cœur de Lily se serra. Il avait l'impression qu'elle l'avait trahi.

Paul relata alors la scène dont il avait été témoin et comment il l'avait interprétée. Lily ne savait plus où se mettre. Quinn ne pouvait pas croire qu'elle était passée du côté des Van Heusen ! C'était impensable. Pourtant, il écouta Paul avec attention. Ne comprenait-il pas qu'elle l'aimait, qu'elle ne lui ferait jamais de mal ?

Mais pourquoi la croirait-il? Depuis le début, toute leur relation était fondée sur l'illusion.

Paul la dévisagea.

— Je sais que Marshall n'était pas à l'hôtel le soir du bal. Quelqu'un l'aurait vu. À la réflexion, je ne sais pas si elle a menti au sujet de leur rencontre cet après-midi. Peut-être... peut-être que cela s'est passé comme elle le prétend, et pour les raisons qu'elle avance. Peut-être pas. Ce que je sais, c'est que nous devons nous méfier. Elle n'est plus une solution, elle est devenue un problème.

La nuit était tombée. La lumière des appliques n'atteignait pas ce coin de la pièce. Plusieurs minutes après le discours de Paul, seul le tic-tac de la pendule troubla le silence.

La colère de la jeune femme augmenta. Elle n'avait rien fait de mal. Elle essayait simplement de les aider.

— Comment osez-vous m'attaquer ainsi, alors que vous vous êtes servis de moi dès l'instant où nous nous sommes rencontrés ? Que m'avez-vous raconté qui ne soit pas un mensonge ? Quand tout cela sera terminé, aurai-je une maison pour élever ma fille ? Ou était-ce un simple appât ?

— N'essayez pas d'inverser la situation. Il s'agit de vous, pas de nous, déclara Quinn. Je ne pense pas que vous soyez passée dans le camp ennemi. Cependant, vous avez désobéi à mes ordres, et peut-être, par la même occasion, saboté toutes mes chances.

— Je n'ai pas...

— Si, comme vous l'affirmez, Marshall Oliver était au bal, c'est parce que Hélène Van Heusen s'en est mêlée. Vous lui avez rendu visite alors que je vous avais expressément demandé de ne pas y aller. Nous saurons bien assez tôt si un journaliste était présent durant votre rendez-vous avec Oliver. Son article paraîtra à la une. Et pour moi, ce sera la fin.

— Je suis presque sûre que nous étions seuls !

— J'espère que vous avez raison, Lily.

— De toute façon, nous ne nous reverrons plus jamais.

— Vous n'auriez pas dû vous rencontrer aujourd'hui, trancha Quinn, les yeux luisants de rage. Quand Oliver vous a approchée, vous auriez dû me prévenir immédiatement. Personne ne vous a demandé de vous immiscer dans cette affaire. Si vous vous étiez adressée à nous, Paul et moi aurions réglé le...

— Comme vous avez réglé le « problème Callihan » ? lança-t-elle d'un ton accusateur.

Paul se redressa, sur le qui-vive.

— Que voulez-vous dire par là ?

— Je ne suis pas aussi sotte que vous croyez !

Elle se leva d'un bond, sortit en courant et monta à l'étage. Une fois dans sa chambre, elle claqua la porte et s'adossa contre le mur, luttant contre les sanglots et la multitude de sentiments qui l'assaillaient.

Quinn lui en voulait, et elle le comprenait, maintenant qu'il lui avait exposé la possibilité d'un piège. Mais elle avait voulu lui rendre service.

Elle se rendait compte aussi qu'ils l'avaient dupée dès le départ : découvrir le sosie de Miriam avait dû leur apparaître comme un miracle. Ils ne pouvaient pas laisser à Lily le choix de refuser.

Elle se massa les tempes, arpenta la pièce de long en large. Désespérée, elle se laissa choir sur une chaise, face à la fenêtre. Le rendez-vous avec Marshall était-il un piège ? Quelqu'un avait-il écouté leur conversation ?

Elle essaya de se remémorer la scène d'un bout à l'autre, de se rappeler chaque parole, chaque intonation. Si quelqu'un les avait épiés, le désastre était imminent, en effet. Marshall avait révélé que Susan était sa fille, qu'il voulait s'enfuir avec Miriam.

Il avait répété à plusieurs reprises que Quinn était un assassin. Sans l'ombre d'un doute, Marshall Oliver croyait que Quinn avait tué leur fille et tenté de se débarrasser de Miriam.

Sur le moment, Lily avait trouvé cela ridicule.

Et si c'était vrai ?

Sourcils froncés, elle regarda la neige tomber dehors. Depuis le début, Quinn et Paul affirmaient que Miriam était vivante.

Mais ils mentaient à propos de tout et de rien…

Lily se releva. Pourquoi déclarer que Miriam était vivante, si elle était morte ? Ils se seraient épargné bien des questions de la part de Lily. Elle ne se serait pas demandé pourquoi ils ne recherchaient pas Miriam. Elle ne se serait pas interrogée jour après jour sur les pourquoi et les comment de sa fuite ?

D'un autre côté, elle aurait exigé de savoir comment Miriam avait perdu la vie. Elle avait supposé qu'il s'agissait d'un suicide. Jamais elle n'avait imaginé un meurtre.

Les paroles de Marshall lui revinrent : « J'étais certain que ce monstre vous avait tuée… »

Elle se mordit la lèvre. Jusqu'où Quinn était-il prêt à aller pour préserver ses ambitions politiques ? Avait-il hésité entre deux images, celle du mari désemparé contre celle du cocu, et préféré la première solution à la seconde ?

Un frisson lui parcourut l'échine, tandis qu'elle l'imaginait avec Paul, discutant le « problème Miriam ». Ils avaient dû supposer que la liaison reprendrait. Ils avaient dû se demander ce que les Van Heusen savaient, et si Marshall garderait le silence. Ils avaient dû envisager la possibilité d'une fuite des deux amants, une fois Susan assez grande pour voyager. La menace était importante.

Lily secoua la tête, horrifiée. Non, non, non. L'assassinat n'était pas la solution. Non.

Cependant, Quinn et Paul n'avaient pu arriver qu'à une seule conclusion : le « problème Miriam » s'envolerait le jour où Miriam disparaîtrait de l'existence de Quinn. Autant prévoir une issue à long terme. Quinn ne lui avait-il pas avoué qu'il était rongé de remords ? À cet instant-là, il lui avait paru las, furieux et coupable. À quels méfaits faisait-il allusion ?

Elle alla s'agenouiller devant l'âtre. Elle avait besoin calmer de chaleur pour ses soupçons.

Miriam avait laissé ses bagues.

Elle n'avait emporté ni ses vêtements, ni ses fourrures, ni ses chapeaux....

Elle avait abandonné la tombe de Susan.

Elle avait tourné le dos à Marshall Oliver.

Lily fronça les sourcils et tendit les mains au-dessus des flammes. Si Miriam avait décidé de fuir Quinn, pourquoi n'était-elle pas partie avec son amant ? En admettant qu'elle n'ait pas voulu le détourner de sa famille, pourquoi ne lui avait-elle pas adressé un message pour le rassurer sur son sort ? Elle l'aimait, elle avait mis au monde son enfant.

Il n'y avait qu'une seule possibilité. Miriam était morte.

Voilà pourquoi Quinn ne l'avait pas recherchée. Pourquoi il n'avait pas hésité à retoucher son portrait. Pourquoi il ne craignait pas son retour. Voilà pourquoi il avait contemplé ainsi Lily, le premier jour, comme s'il voyait un spectre.

Si Quinn avait commandité le meurtre de sa femme, c'était peut-être l'explication à ses crises de désarroi, à ces nuits au cours desquelles il arpentait sa chambre bien après que tout le monde se fut endormi.

Lily cacha son visage dans ses mains. Les larmes ruisselaient sur ses joues. Elle l'aimait. S'il était assez cruel pour assassiner son épouse et son bébé, elle l'aurait senti. À moins qu'elle n'ait été aveuglée par son amour.

Quinn n'était pas chez lui, la nuit de l'incendie. Était-ce un alibi ? D'après lui, personne ne savait comment le feu avait pris. Peut-être était-il au courant, peut-être, comme le croyait Marshall, était-ce l'arme du crime.

Non… non, ce n'était pas possible. Un gémissement lui échappa. Elle reprit son souffle, s'efforça de réfléchir encore et de considérer l'affaire sous un angle différent.

Mais elle en revenait toujours au même raisonnement. Les « problèmes » de Quinn avaient la fâcheuse manie de se volatiliser ou de mourir.

Or, à présent, c'était Lily, le principal « problème ».

Un sentiment de terreur l'envahit. Elle n'aurait jamais de maison pour elle et pour Rose. Toutes ces promesses n'étaient que mensonges. Quinn et Paul ne prendraient aucun risque. Tant qu'elle serait vivante, la réputation de Quinn et sa place dans les manuels d'histoire seraient en péril.

Mais le « problème Lily » n'en serait plus un si, comme Miriam, Lily disparaissait pour toujours.

— Ô mon Dieu !

Personne ne savait où elle était. Si Lily Dale disparaissait, personne n'irait à sa recherche.

Si elle voulait revoir sa fille, elle devait s'échapper. Ce soir. Tout de suite.

— Quinn, tu sais que j'ai raison.

— Elle a voulu nous aider. Elle a mal jaugé la situation, mais je ne peux pas croire qu'elle soit passée dans le camp des Van Heusen. Et je suis sûr qu'elle ne cherche pas à ruiner mes chances de gagner cette élection.

Paul versa une dose de cognac dans son verre et l'avala d'un trait.

— Avec le recul, je suis d'accord. Et, je te le concède, il est possible qu'Oliver se soit trouvé dans l'hôtel le soir du bal, et que nous ne l'ayons pas remarqué. Peut-être l'incident a-t-il eu lieu comme l'affirme Lily. Cependant, cela ne change rien à mon opinion : il est temps de se débarrasser d'elle.

— Il reste quatre semaines avant l'élection.

— Quatre semaines d'angoisse chaque fois qu'elle sortira de cette maison. Quatre semaines d'angoisse au cas où quelqu'un la démasquerait. Quatre semaines à se demander si elle ne va pas commettre une maladresse. Quatre semaines à craindre qu'elle n'en apprenne davantage sur Miriam. Le moment est venu, Quinn. Tu as montré que tu es un défenseur de la famille, nous n'avons plus besoin d'elle. Si tu perdais ta femme maintenant, si près de l'échéance... voyons... un vote de sympathie pourrait te valoir la victoire.

Quinn se frotta le nez. Paul avait raison. Lily ne servait plus à rien.

Mais il l'aimait.

— Elle est obstinée, Quinn. Elle obéit quand ça l'arrange. Plus j'y songe, plus je suis convaincu qu'il faut l'éliminer. Nous allons miser sur la compassion des électeurs. Plus tôt, ça n'aurait pas marché, mais là...

Quinn leva la tête, tendit l'oreille et fronça les sourcils. Dans cette immense demeure vide, le son portait loin. Ils parlaient fort ; pourtant, il avait cru entendre bouger. Il s'approcha de la porte, scruta le corridor. L'un des domestiques était-il rentré ?

— Nous avons donné de toi l'image d'un bon mari, continua Paul. Ce ne devrait pas être trop compliqué... Il y aura eu l'incendie, la mort de Susan... celle de Miriam. Oui, décidément, ce plan me plaît de plus en plus.

— Tu es un impitoyable salaud, Paul.

— Nous le sommes tous deux, mon ami.

Ses yeux s'étant habitués à l'obscurité, Quinn crut détecter un mouvement du côté du vestibule. Il perçut un sanglot étouffé.

Il se précipita vers l'entrée, et repéra Lily, qui tournait la poignée.

— C'est fermé à clé. Où allez-vous ?

Elle fit volte-face, et laissa échapper un cri de surprise.

— Je vous ai entendus, avoua-t-elle d'une voix frémissante d'émotion. Vous voulez m'éliminer. Oh, Quinn, comment pouvez-vous vouloir me tuer, moi aussi ? Je vous aime.

— Lily…

Il voulut la saisir par le bras. Elle hurla en s'arrachant à son étreinte. Le regard affolé, paniquée, elle releva ses jupes et repartit vers le fond de la pièce. Paul émergea de la bibliothèque au même instant. Elle se rua dans l'escalier.

21

Lily s'immobilisa dans le long corridor qui partait du palier et s'adossa contre le mur. Son cœur battait à toute allure. Elle suffoquait.

— Nom de nom, marmonna-t-elle en s'essuyant les yeux.

Elle aurait dû croiser Paul et se diriger vers la porte arrière de la maison. Mais celle-là aussi devait être fermée à clé, et Paul l'aurait attrapée au passage.

— Nom de nom, nom de nom… enchaîna-t-elle.

Elle était dans le noir complet. Une main sur la poitrine, elle s'efforça de réfléchir. Que faire ? Où se réfugier ? La peur lui brouillait l'esprit, elle était incapable de se concentrer.

— Lily ! Descendez ici immédiatement ! ordonna Quinn. Il faut que nous parlions.

Elle se traita de tous les noms. Elle s'était mal débrouillée, en bas. Elle n'aurait jamais dû leur avouer qu'elle avait entendu leur conversation. Elle aurait dû gagner du temps pour mieux préparer sa fuite. Au lieu de cela, elle leur avait dit qu'elle était au courant de leurs intentions. À présent, ils allaient la capturer. Ils ne pouvaient pas la laisser partir comme ça.

Elle devait à tout prix les éviter. Mais comment ?

— Paul, nous devons la retrouver. Monte par là, j'emprunte l'escalier des domestiques.

Le souffle court, la gorge nouée, Lily cligna des paupières et scruta le couloir. Dans la pénombre, elle ne voyait pas la porte de l'escalier de service, mais d'ici quelques instants, celle-ci s'ouvrirait, et Quinn se ruerait sur elle. Paul arriverait de l'autre côté. Elle serait prise au piège. Elle se tordit les mains, affolée. Que faire ? Sauter par la fenêtre ? Elle risquait de se blesser gravement, elle mourrait de froid avant qu'on ne la découvre. Et d'ailleurs, ses « sauveteurs » ne seraient autres que Paul et Quinn...

Oh, Quinn, mon amour, comment en sommes-nous arrivés là ?

Elle devait se cacher. Mais où ? Ils n'auraient aucun mal à la débusquer. Il leur suffirait de fouiller toutes les pièces, l'une après l'autre.

Une lampe vacilla derrière elle. Retenant sa respiration, elle se laissa glisser le long du mur, vers le fond du couloir. Paul avait allumé les appliques du vestibule.

— Lily ? Ne soyez pas bête. Venez ici tout de suite ! cria-t-il.

Elle pouvait se pencher au-dehors et appeler au secours. Malheureusement, les demeures étaient trop espacées pour qu'on l'entende et, de toute façon, par ce froid, les voisins avaient dû tout fermer. La neige étoufferait ses cris.

Quinn ! Quinn !

Elle avait peur. Elle ne parvenait plus à raisonner ni à maîtriser ses émotions. Elle savait qu'elle était prisonnière dans le manoir et, qu'ils finiraient par la rattraper. Il n'y avait aucun moyen de leur échapper. Cependant, elle n'allait pas leur faciliter la tâche. Ils ne la récupéreraient pas comme ça.

Soulevant ses jupes, elle s'enfonça inexorablement dans le corridor. Il lui fallait s'abriter quelques minutes, le temps de se ressaisir. La chaleur et la lumière l'attiraient vers sa chambre, mais elle se ravisa.

En atteignant la porte qui menait à l'escalier de service, elle crut tout d'abord que celle-ci était verrouillée. En fait, c'était elle qui avait du mal à manipuler la poignée : ses mains tremblaient. Lorsqu'elle y parvint enfin, elle se figea. Une lumière éclairait le palier, et les bottes de Quinn claquaient déjà sur les marches.

— Lily, pour l'amour du ciel, calmez-vous. Je vous aime !

Un nouveau sanglot lui monta à la gorge, et elle chancela. Elle avait tellement espéré entendre ces mots. À présent, ils lui brisaient le cœur.

Elle ne pouvait que monter. Bien entendu, il était hors de question de se cacher dans les chambres des domestiques, au second, mais au moins elle gagnerait quelques minutes précieuses.

— Lily ! Je vous en prie. Il s'agit d'un terrible malentendu.

Faux. Elle savait parfaitement ce qu'ils prévoyaient pour elle. Elle s'appuya contre le mur, le cœur battant à tout rompre.

Baissant la tête, elle se frotta les paupières. Croyait-il qu'elle allait se soumettre docilement parce qu'il le lui demandait ? Elle savait qu'il avait un pistolet dans le tiroir de son bureau. Sans doute allait-il le chercher en ce moment même.

C'était insoutenable.

Quinn !

Un sifflement la fit sursauter. Une flamme jaillit d'une lampe à pétrole. Il avait allumé dans le couloir.

— Elle n'est pas dans les deux premières pièces ! lança Paul.

— Lily ! hurla Quinn. Ma chérie, personne ne vous veut du mal. Je vous en supplie, montrez-vous. Nous devons parler.

Parler, parler, parler, oui... elle savait bien où ces palabres la mèneraient. Sur la pointe des pieds, elle continua de grimper jusqu'au second. Mais elle connaissait mal cette partie de la maison.

Elle trébucha, reprit son équilibre, puis s'effondra. C'était sans espoir. Ils n'allaient pas tarder à la rattraper.

Ils la tueraient. Comme ils avaient tué Ephram Callihan et Miriam.

Elle laissa libre cours à ses larmes. Elle avait mal. Il lui avait dit qu'il l'aimait, mais ce n'était qu'un appât.

— Oh, Quinn, gémit-elle.

Elle n'avait plus qu'à attendre, là dans le noir. Elle s'assit par terre, le menton sur les genoux, les yeux grands ouverts dans l'obscurité.

Soudain, elle aperçut un mince rai de lumière sous une porte. Elle en fut étonnée. Quinn n'avait-il pas affirmé que tous les domestiques avaient pris leur soirée ? Encore un mensonge.

Elle se leva d'un bond, se précipita sur la poignée, qui refusa obstinément de bouger. Elle se mit à frapper de toutes ses forces, à donner des coups de pied en criant :

— Aidez-moi ! Je vous en supplie ! Ouvrez-moi, s'il vous plaît, s'il vous plaît. Au secours !

Combien de personnes sacrifieraient-ils sur l'autel de l'ambition de Quinn ? Était-elle en train de sauver sa peau, ou de mettre en péril quelqu'un d'autre ?

— Je vous en prie ! Laissez-moi entrer. Ils vont me tuer. Aidez-moi, s'il vous plaît !

La porte céda brutalement, et elle plongea en avant. Elle se rendit vaguement compte qu'elle était dans l'appartement des Blalock. Quinn et Paul n'étaient pas loin derrière. Déjà, elle percevait leurs appels dans l'escalier de service.

— Je vous en supplie...

James Blalock se tenait sur le seuil de son salon, l'air stupéfait et désemparé à la fois.

— Il faut que je me cache, que je...

— James ? Que se passe-t-il... Oh, non !

Mary Blalock, émergeant de la chambre, se figea, les yeux écarquillés.

— Lily !

Elle jeta un coup d'œil furtif derrière elle. Ils avaient atteint l'étage. Dans quelques secondes, ils seraient sur elle.

Aveuglée par les larmes, sachant que tout était fini, Lily se précipita dans la pièce dont venait de sortir Mary Blalock. Vite, le verrou ! Elle le poussa de toutes ses forces avec un soupir de soulagement. La porte ne résisterait sans doute pas longtemps mais, au moins, elle avait quelques minutes de répit devant elle.

Il n'y avait qu'une solution. Elle passerait par une fenêtre pour se réfugier sur le toit. Si elle avait la chance de ne pas tomber, elle hurlerait et prierait pour qu'on vienne à son secours.

Elle effectua un demi-tour, et regarda fixement la fenêtre.

Puis elle se retourna, et ses jambes se désolèrent sous elle. Elle s'accrocha juste à temps au dossier d'un fauteuil.

Une femme était couchée dans le lit, confortablement calée dans une montagne d'oreillers, un livre dans une main, une poupée de porcelaine dans l'autre. Des boucles blondes s'échappaient d'une tresse enroulée sur le dessus de sa tête. Elle leva vers Lily un regard bleu lavande et sourit, enchantée.

— Susan ! Ma chérie, enfin te voilà ! Je t'ai attendue si longtemps !

Elle lâcha son livre, tendit la main vers Lily, les yeux brillants de larmes.

— J'ai tant de choses à te raconter.

— Miriam, chuchota Lily en s'accrochant désespérément au siège.

Elle avait l'étrange impression d'être devant un miroir qui lui renvoyait une image déformée, plus âgée d'elle-même. Miriam était plus ronde, elle avait les joues moins creuses. Le soleil impitoyable de l'Arizona avait gravé de fines rides dans le front de Lily alors que le visage de Miriam était lisse comme celui d'un enfant.

Quelqu'un hurlait en cognant sur la porte, mais Lily n'entendait plus rien. Irrésistiblement attirée, elle s'approcha du lit et s'assit sur le bord. Miriam l'étreignit avec fougue, enveloppant Lily dans son parfum sucré de myosotis.

— Ma chérie, tu es telle que je t'avais imaginée, dit Miriam en arrangeant une boucle blonde derrière l'oreille de Lily. Tu m'as tellement manqué, pendant toutes ces années.

Sa voix était douce, un peu essoufflée.

Lily lui effleura la joue.

— Vous êtes vivante, murmura-t-elle.

Miriam éclata de rire.

— Bien sûr que je suis vivante. Et regarde ! Regarde mon magnifique bébé. Je lui ai donné ton nom. N'est-elle pas splendide ?

— Splendide, acquiesça Lily, un sanglot dans la gorge, en admirant la poupée.

Miriam était vivante. Et complètement folle.

— Si tu savais comme elle est sage. N'est-ce pas, mon trésor ? ajouta-t-elle en embrassant avec tendresse le front de la poupée. Dors, mon amour. Ta Tante Susan et moi avons tant de choses à nous dire.

La porte explosa littéralement, et Quinn fit irruption dans la pièce. Il s'avança, puis se raidit en apercevant Lily, la main dans la main de Miriam. D'un geste lent, il se couvrit les yeux.

— Richard ! Sommes-nous déjà mercredi ? C'est épatant. Regarde qui est là. Enfin ! C'est Susan, vois un peu comme elle a grandi !

Elle déposa de nouveau un baiser sur la tête de la poupée, la posa délicatement à côté d'elle, puis sortit un mouchoir de la manche de sa chemise de nuit pour essuyer ses larmes.

— Je suis si heureuse que nous soyons enfin réunis. Marshall sera très content quand il arrivera. J'ai parlé de toi à mon mari, ajouta-t-elle en serrant le bras de Lily. Il va se réjouir de te voir parmi nous.

Richard et Susan. Le frère et la sœur de Miriam.

Lily rencontra et soutint le regard de Quinn. En silence, elle le supplia de lui pardonner. La honte et la confusion lui brûlaient les joues. Elle avait mal, très mal.

Il s'approcha en se frottant l'épaule. Il se pencha sur Miriam, et l'embrassa sur le front.

— Nous ne sommes pas mercredi, dit-il tout bas en lui caressant la main, mais je suis venu parce que Susan est là.

Il haussa un sourcil inquisiteur à l'adresse de Lily. Elle hocha la tête.

Miriam s'excita :

— Marshall est-il rentré ?

— Pas encore, déclara Quinn en s'asseyant. Je suis sûr qu'il ne va pas tarder. Comment va le bébé ?

— Elle est moins capricieuse qu'hier. Tu veux la tenir ?

Elle offrit à Lily un regard ébloui.

— Richard est un frère merveilleux. Et il adore sa nièce. Susan adore qu'il la berce.

Lily frémit. Une main se posa délicatement sur son épaule et, se redressant, elle vit Paul, qui l'invitait à le suivre. Ils se dirigèrent lentement vers la sortie, où Lily marqua une pause. Miriam parlait à Quinn, qui serrait la poupée contre lui.

— Oh, Susan, ne t'en va pas, je t'en prie ! Nous avons tant de choses à nous dire, et Marshall va bientôt arriver. Je lui ai beaucoup parlé de toi ; il est impatient de te rencontrer.

Lily ravala un sanglot.

— Ma chère Miriam, je reviendrai, et nous passerons un long moment ensemble.

— Tu me le promets ?

— Oui.

— Je t'aime, Susan. Je suis si heureuse que tu sois revenue.

— Moi aussi, Miriam. Moi aussi.

S'appuyant sur Paul, elle pénétra dans la salle de séjour des Blalock. James était assis sur le canapé, sa femme blottie contre lui. Mary Blalock se pencha en avant, le visage caché dans ses mains.

— Ne vous inquiétez pas, tout va bien, les rassura Lily.

Elle s'accrocha au bras de Paul, puis le regarda droit dans les yeux.

— Je veux un whisky.

— Moi aussi. Quelle journée !

Pendant qu'ils attendaient Quinn, dans le petit salon, Paul relata les faits. Miriam avait perdu la tête la nuit de l'incendie.

— Elle a tenté désespérément d'atteindre la nursery, mais les flammes jaillissaient de partout. Elle s'était brûlé les bras et les mains. Elle est tombée à travers la rampe du palier en feu. Sa chute a provoqué la paralysie d'une jambe, et sévèrement endommagé l'autre.

— Elle est invalide ? s'enquit Lily d'une voix étranglée.

Elle avala une bonne gorgée de whisky. Elle tremblait encore.

— Elle ne quitte jamais son lit, mais en fait...

Paul haussa les épaules.

— ... elle pourrait probablement se déplacer à l'aide d'un fauteuil roulant ou de béquilles. Elle s'y refuse. Elle sait que l'épouse de Marshall Oliver est invalide. Comme elle est convaincue d'être sa femme, elle pense qu'elle est invalide.

— Y a-t-il un espoir pour qu'elle retrouve sa santé mentale ?

— Aucun. Quinn a fait venir les plus grands médecins. L'un d'entre eux s'est déplacé depuis Berlin pour l'examiner. Tous sont parvenus à la même conclusion : Miriam ne supporte pas d'avoir survécu à ce drame alors que son bébé y a péri. D'après le spécialiste allemand, elle avait deux alternatives : le suicide ou la folie. On ne sait pas grand-chose là-dessus, mais il pense qu'elle a opté pour la folie sans être consciente d'opérer un choix. En se réfugiant dans un univers où elle se sent heureuse et en sécurité, elle se masque une vérité à laquelle elle n'ose pas se confronter. Miriam croit être mariée avec Marshall Oliver, avoir un bébé magnifique, et recevoir chaque mercredi la visite de son frère Richard, qu'elle adore.

Lily contempla les charbons ardents dans la cheminée.

— C'est affreux, chuchota-t-elle.

— Nous avons envisagé un moment de la placer dans une institution, mais après avoir visité plusieurs asiles, Quinn s'y est refusé. Les conditions de vie y étaient déplorables. De plus, il voulait l'avoir suffisamment près de lui pour pouvoir lui rendre visite sans susciter la curiosité, et surveiller son État. Miriam ne sort jamais de l'appartement des Blalock mais, au moins, elle est dans sa demeure. Si jamais elle se mettait à errer dans le manoir, elle serait dans un décor familier.

Lily regarda Paul dans les yeux.

— Cela peut vous paraître absurde, mais j'étais persuadée que vous et Quinn aviez assassiné Miriam.

— Je sais, intervint ce dernier en s'approchant directement de Lily pour l'étreindre. Par où commencer ? murmura-t-il. Me pardonnerez-vous de vous avoir tant effrayée ? Vous avez sans doute compris que lorsqu'il parlait de se débarrasser de vous, Paul songeait à vous envoyer en Europe plus tôt que prévu.

— Évidemment, concéda Paul, j'aurais pu formuler autrement ma déclaration.

— Je suis désolée. J'étais sûre aussi que vous aviez commandité le meurtre de Callihan.

— Callihan ? s'enquit Paul en haussant un sourcil. Si j'ai eu envie un jour de tuer quelqu'un, c'est bien lui. Et ce vaurien de Marshall Oliver.

— Bien sûr... Comment n'y ai-je pas vu plus clair ? Si vous aviez voulu résoudre un problème de cette manière, vous vous en seriez pris à Marshall.

Paul tapota ses poches, en quête de sa pipe.

— Callihan est mort dans une rixe entre ivrognes, comme l'ont raconté les journalistes. Ce fut un coup de chance pour nous. Et un bon débarras. Mais, Lily, nous avons été les premiers surpris.

— Cent fois j'ai voulu vous parler de Miriam, chuchota Quinn.

— Si quelqu'un est à blâmer dans cette affaire, c'est moi, répliqua Paul. Personne, à la tête du parti, n'aurait accepté un candidat flanqué d'une épouse cinglée. Quant à vous, avec le recul, l'idée paraît loufoque, mais je me suis dit que moins vous en sauriez, moins vous auriez de quoi nous menacer à l'avenir. C'est dans une prison que je vous ai découverte, Lily. Vous aviez tiré sur un homme, et le procureur vous soupçonnait d'avoir menti au cours du procès. Je n'avais aucune raison de vous faire confiance.

— J'ai honte de maintenir Miriam ainsi enfermée, ajouta Quinn. Mon mariage a été un véritable désastre, et je le regrette. J'ai laissé Miriam trop souvent seule. Je ne me suis pas occupé d'elle comme elle le méritait. C'est ma faute, si elle a cédé aux avances d'Oliver. Le soir de l'incendie, j'aurais dû être là. À l'époque, c'était la campagne électorale qui comptait avant tout. Comment pourrais-je me le pardonner ?

— J'avais peur de vous, avoua-t-elle.

— Quel monstre suis-je devenu pour terrifier la femme que j'aime ?

Lily se jeta dans ses bras.

— Tout cela est fini, n'est-ce pas ? murmura-t-elle en pressant le front sur sa poitrine. Et maintenant ? Que va-t-il se passer ?

Il resta silencieux un moment, puis plongea son regard dans celui de Lily.

— Cela dépend en grande partie de vous.

22

Bravant la tempête de neige, ils partirent pour le ranch, où ils arrivèrent aux alentours de minuit. Tous deux étaient épuisés, mais ni l'un ni l'autre n'avait envie de dormir. Ils s'installèrent dans le salon devant un feu de cheminée, serrés l'un contre l'autre, et repartirent de zéro, en commençant par la vérité, cette fois.

Quinn se répandit en reproches contre lui-même. Il décrivit sa rage en découvrant la liaison de Miriam avec

Marshall Oliver, puis il lui avoua la culpabilité qui le rongeait depuis l'incendie.

— J'étais profondément triste que Miriam ait perdu son bébé cette nuit-là mais, au fond, j'étais soulagé de ne pas avoir à continuer de vivre auprès d'une enfant qui ne cesserait de me rappeler que ma femme aimait un autre homme.

La tête renversée, il contempla le plafond.

— Jusqu'à la fin de mes jours, je regretterai d'avoir été aussi égoïste.

À l'approche de l'aube, il évoqua Miriam telle qu'elle était devenue.

— Je ne pouvais pas renoncer à mes rêves, Lily. Alors je l'ai cachée. Quand j'y pense maintenant, je me demande comment j'ai pu imaginer que c'était une bonne solution.

— Ne soyez pas trop dur envers vous-même, murmura Lily en l'embrassant sur la joue. Vous savez bien que la folie fait peur. Si la nouvelle s'était répandue, votre campagne en aurait pâti.

Il acquiesça.

— Je sais. Il fallait que je choisisse mais, ensuite, je me suis rendu compte combien il était difficile de vivre en respectant ce choix. Une fois annoncée la mort de Miriam, son confinement devenait forcément permanent. Je craignais à chaque instant que quelqu'un ne la découvre. J'étais rongé de remords. Si seulement j'avais été un mari plus attentionné, peut-être Miriam n'aurait-elle jamais eu cette aventure. Si seulement j'avais été là, le soir de l'incendie. Si seulement j'avais pu trouver un médecin capable de la soigner.

— Personne ne peut l'aider.

— Tous ces mensonges accumulés.

— C'est fini, Quinn.

— Le croyez-vous vraiment, Lily ?

Il contempla le feu d'un air triste.

— Non, reprit-il. Les mensonges continueront. Aux électeurs. Aux relations de Miriam, quand on publiera l'annonce de son décès. À Miriam, tant qu'elle continuera à me prendre pour son frère. À moi-même, pour justifier mes actes.

Ne sachant que répondre, Lily se tourna vers la fenêtre. Un pâle soleil commençait à chasser les restes de la nuit.

— Bonjour, Lily, dit Quinn après un silence. La nuit a été longue.

— La journée ne fait que commencer, cow-boy.

— Je vous le promets, Lily, entre nous, il n'y aura plus que la vérité.

Ils s'étreignirent, puis elle s'écarta légèrement.

— Il me semble qu'avant d'être honnête avec moi, vous devriez l'être avec vous-même, murmura-t-elle. Réfléchissez-y, Quinn.

Comme il l'aimait ! En dépit de toutes ses duperies, elle le connaissait par cœur. Il la serra contre lui, huma son parfum, et écouta les battements de son cœur. Jamais il n'aurait le courage de la laisser partir.

— Allez, chuchota-t-elle... Allez penser à tout cela sur votre cheval.

Tête baissée, absorbé dans ses réflexions, il traversa les plaines enneigées. Il se demanda ce qu'il voulait de l'existence, ce qui lui paraissait important. Ce soir-là, de nouveau devant l'âtre, ils discutèrent encore. Ils parlèrent de Miriam, de leur mariage raté, de l'attitude des gens face à la folie. Il décrivit l'horreur des asiles qu'il avait visités. Lily raconta son enfance, ses malheurs avec Jack Gardener, son expérience en prison. Ils en déduisirent qu'un gouverneur éclairé pouvait changer bien des choses. Lily lui demanda d'ajouter ces problèmes à sa liste de réformes. Mais il doutait que le système politique lui permette d'agir.

Elle attendit le lendemain pour aborder la question qui la tracassait le plus. Celle de son avenir.

Enveloppée dans sa cape, elle s'adossa contre la barrière, le regard sur les chevaux.

— J'ai lu un livre sur l'Italie. J'ai décidé que c'est là que j'irai m'installer.

— Paul a raison, Quinn, enchaîna-t-elle. Vous avez tout à gagner si je m'en vais tout de suite. Vous pouvez dire que je suis morte. Un candidat en deuil de sa femme inspirera la sympathie.

Quinn s'accouda sur la clôture en fronçant les sourcils.

— Je vous aime, Lily. Je ne veux pas que vous partiez.

— Je sais, chuchota-t-elle en ravalant ses larmes. Mais vous savez comme moi que je ne peux pas rester. Rien n'a changé. Puisque je dois disparaître, autant que vous en profitiez sur le plan politique. Le plus vite sera le mieux.

Elle se trompait. Depuis qu'elle était entrée dans son existence, *tout* avait changé.

Ils retournèrent vers la maison en suivant un chemin qui s'enfonçait dans la neige. Quinn songea qu'il attendait le printemps avec impatience. Il n'avait jamais apprécié l'hiver.

— Je viens d'avoir une idée. J'ai une surprise pour vous.

Elle se blottit contre lui en souriant.

— Des surprises, je crois que j'en ai eu assez jusqu'à ma mort... De quoi s'agit-il ?

— Vous le saurez bien assez tôt. Paul va vous apporter quelque chose de merveilleux. Il a fallu un moment pour tout préparer.

Elle se tourna vers lui.

— Ne devrions-nous pas retourner à Denver ? Vous

prononcez un discours après-demain. Quant à moi, j'ai promis à Miriam d'aller la voir.

Il s'immobilisa, bouleversé. Ses rêves, ses ambitions politiques ne l'intéressaient plus. Lily était une femme belle, dévouée, généreuse. Tout ce qui comptait pour lui, désormais, c'était d'être auprès d'elle.

— Hier, vous m'avez dit que vous aviez appris la valeur des règles...

Elle rit aux éclats.

— Je crains d'être toujours plus ou moins rebelle. Cependant, je vous concède que la société ne peut évoluer sans lois, et qu'il vaut mieux les respecter.

— Savez-vous que les lois varient en fonction des sociétés ? En Europe, par exemple, certains arrangements sont beaucoup mieux tolérés qu'en Amérique.

— Oh, non ! s'exclama-t-elle en feignant le désarroi. Ne me dites pas que je vais devoir apprendre de nouvelles règles ?

— Lily ?

— Oui.

— M'aimez-vous ?

— De tout mon cœur. De toute mon âme.

— Entrons nous réchauffer. Nous devons parler de notre avenir.

Main dans la main sur la véranda, ils regardèrent la luge de Paul se rapprocher. Lily se remémora un jour, bien lointain, devant la porte de la prison de Yuma, quand il était venu l'y chercher. Elle avait terriblement changé.

Elle ne serait jamais une grande dame. Elle aurait toujours la langue un peu trop pendue, elle commettrait encore des maladresses. Elle continuerait d'apprécier un bon whisky et, de temps en temps, un cigare. Elle ne pourrait pas forcément s'empêcher de jurer. Elle serait plus à l'aise dans le rôle de maîtresse d'un gentleman que dans celui d'épouse.

— Vous n'avez aucun regret, vous en êtes sûr ? murmura-t-elle en serrant brièvement la main de Quinn.

— Aucun.

Il l'embrassa. Aujourd'hui, il était plus détendu. L'angoisse et la colère avaient disparu de son regard, sa mâchoire n'était plus crispée. Il paraissait plus jeune, plus heureux que jamais.

— Pendant que vous découvrez votre surprise, je vais informer Paul de ma décision de me retirer des élections.

Lily lui sourit.

— Il ne va pas être content.

— Il comprendra. Au fond, je crois qu'il ne sera guère surpris.

— Vous auriez fait un remarquable gouverneur, Quinn.

— Le système ne m'aurait jamais permis d'accomplir ce que je voulais. J'aurais fini par trahir tout le monde. Paul en est conscient.

— J'espère qu'il va se réjouir pour nous… Tiens ! Il a quelqu'un avec lui !

— En effet. Quelqu'un qui attend ces retrouvailles depuis plusieurs jours déjà. J'avais l'intention de la faire passer pour votre nièce.

Un frisson la parcourut.

— Quinn ! Mon Dieu !

S'il ne l'avait pas tenue dans ses bras, elle serait tombée. Tremblante, accrochée à lui, pâle comme un linge, elle fit face à la luge au moment où Paul déposait la fillette à terre.

Elle était blonde comme Lily. Elle avait de grands yeux bleus et une bouche gourmande. Elle portait une cape en velours rouge sur une jupe écossaise, et son manchon en fourrure blanche s'harmonisait à son chapeau. Les joues ruisselantes de larmes, Lily songea que sa tante n'aurait jamais eu de quoi habiller Rose avec un tel raffinement.

— Je vous aime ! chuchota-t-elle.

Puis elle descendit les marches en courant, s'agenouilla dans la neige, et enlaça Rose.

— Ma chérie, j'ai tant attendu ce moment !

Rose lui effleura le visage.

— Je ne croyais pas que j'avais une maman. Je croyais que tu étais morte... Comme tu es belle, maman !

— Toi aussi, mon amour, toi aussi. Viens ! Nous avons tant de choses à nous dire !

— Quand je serai grande, je me marierai avec oncle Paul.

— Cet homme merveilleux est ton nouveau papa.

Quinn se mit à la hauteur de la petite et lui sourit.

— Quand j'ai rencontré ta maman, on ne se connaissait pas, comme toi et moi aujourd'hui. Mais ça va changer. Nous allons devenir de grands amis, Rose. Je t'aimerai autant que j'aime ta mère. Un jour, j'espère que toi aussi tu m'aimeras.

Ils se serrèrent solennellement la main, sous le regard attendri de Lily. Puis, soudain, dans un élan irrésistible, elle forma une boule de neige.

La bataille se termina dans les éclats de rire.

Avril, 1881

Très cher Paul,

J'aime l'Italie en toute saison, mais le printemps est celle que je préfère. Les oliviers sont en fleur, et leur parfum imprègne toute la villa. Le ciel est d'un bleu limpide qui me rappelle souvent celui du Colorado.

Nous étions désolés que vous ne puissiez nous rejoindre cette année, mais nous savons que vous êtes très occupé avec votre nouveau poulain. Venez dès que vous en aurez l'occasion. Vous nous manquez beaucoup.

Je vous remercie d'avoir envoyé ce carton de livres. J'ai apprécié les romans que vous aviez choisis pour moi. Quinn vous écrira lui-même pour vous donner son avis sur vos sélections. Malheureusement, son ouvrage sur le progrès politique n'avance guère. Au fil des ans, la poignée de villageois qui gravissait la colline pour solliciter ses conseils juridiques s'est transformé en une véritable foule. Tôt ou tard, mon cher amour va devoir se faire une raison et accepter le fait qu'il est devenu l'avocat du canton. Oui, je vous entends rire d'ici.

Les enfants vont bien. À dix ans, Rose est déjà une vraie jeune fille. Elle me prie de vous rappeler que vous avez promis de l'épouser quand elle serait grande. Paul a quatre ans maintenant, et mène sa gouvernante par le bout du nez. La petite Miriam, trois ans, sera sans doute aussi belle que son homonyme.

Nous avons une nouvelle bien triste à vous annoncer : la mort de Miriam, peu après le Nouvel An. Jusqu'à la fin, elle a cru que j'étais sa sœur, et Quinn, son frère. Nous en étions arrivés à nous en convaincre, nous aussi. Je l'ai aimée comme une sœur, en effet. Elle me manque affreusement.

Avant de clore cette lettre, sachez que Quinn et moi nous sommes mariés dans la plus stricte intimité le mois dernier. Quand nous avons échangé nos vœux, j'ai pleuré de bonheur. Après tout ce temps, la dernière illusion est enfin effacée. Notre seul regret était de ne pas vous avoir près de nous.

Cher Paul, je pense à vous plus souvent que vous ne l'imaginez. Je me rappelle notre première rencontre. Vous m'avez dit que j'avais tout à gagner en jouant le rôle de la femme d'un inconnu. Aujourd'hui, je regarde mon mari et mes enfants, et je me rends compte que vos promesses se sont réalisées. Merci, cher ami, de m'avoir donné cette vie. Avec toute mon affection et ma reconnaissance,

Lily Westin.